U0131087

靈／性籤

林幸謙——著

推薦序

鑲嵌林幸謙：閱讀另一類的散文

周英雄

幸謙這本書與一般的散文集子寫法不盡相同。一般散文集往往著墨於身邊瑣事，透過家居瑣事的編排——或說得更確切些，身邊細節的自然浮現——來凸顯作者較為他人所知的人格特質。這種筆法在英國十八、十九世紀，甚至一直到第一次世界大戰之前可以說屢見不鮮，而海峽兩岸的現代散文大家，他們的作品何嘗不是想透過藝術手法，將背後為人處事的特點呈現於外？

套古代筆記小說的評點說法，這種主流的散文敘事筆法，實寫顯然多過虛筆，而散文的主旨，毋寧是要把罕為人知的生活點滴，不拘形式，信手拈來，一一加以鋪陳。讀者開卷讀來，眼前所見的往往是吉光片羽，是日常生活當中所未見或未曾留意的另一種情境、另一種情操。閱讀散文因此往往帶有擴充眼界，啟迪心智的功能；朱自清寫他父親的背影，點出不常形諸於外的父子之情，正是最好的寫照。也正因如此，散文顯然不宜以風花雪月等閒視之；而閱讀好散文顯然不止於滿足個人窺伺的欲望，它毋寧有自我提升、自我擴充的功效。

可是話說回頭，散文的功能是不是僅限於此？就以英美的散文為例，傳統的文人散文到了二十世紀經歷一大轉折，作者書寫個人所見所聞，往往也不著痕跡，勾勒大時代的起伏。西方歷史小說如司谷特（Walter Scott）的《劫後英雄傳》（*Ivanhoe*），或托爾斯泰（Leo Tolstoy）的《戰爭與和平》，故事除了交代人物起起伏伏的遭遇之外，另外也能夠在開闔之際，輕描淡寫勾勒出大時代的脈動。

散文受限於文體，無法一如長篇小說那樣大江大河的曲折有致，也難以精雕細刻，將社會文化的脈絡一一加以開展；反之，散文採取的無疑是類似旁敲側擊，說得更白一些、甚至一種游擊的策略，敘事寫景不把話說盡，點到為止。

此地就以最近上課用過懷特（E.B. White）的〈重回湖上〉（*Once More to the Lake*）拿來說明這種從小見大、舉重若輕的現代散文筆法。這篇遊記明寫作者三十多年之後，再度回到童年與家人經常前來度假的湖濱，發現並敘說今昔景象與心境的差異，但寫景抒情之際，作者透過巧妙的排比，點出若干人生變與不變的哲理，甚至襯托出整個時代的浮躁與焦慮。早在一九〇四年，作者的父親幾乎每年夏天都帶著全家來到緬因州這個湖濱度假，當時湖濱一片寧靜與安詳。三十來年之後作者自己已經成家立業，基於懷舊心情，再度帶他的家人來到舊地重遊。雖然這時景象大致一如往昔，可是當年的悠閒已被現代喧吵的交通工具（如汽車與大馬力的汽艇）破壞殆盡，吵雜的環境無疑也破壞了他美好的回憶。接著筆鋒一轉，作者感到周遭熟識的事物似乎變得生疏，到末了甚至令他感到自我的失落，而詭異的是父子似乎相互易位；此時他兒子似乎轉化為舊日的他，而他自己也變化成當日他父親的兒子，文章結束時作者對生命以及世界感到難解。作者用的是化虛為實的筆法。他描述父子兩人一起到湖中釣魚，父親的釣竿上停了一隻蜻蜓，他手一抬，把釣竿的頂端往水裡一壓，想把蜻蜓趕走，沒想到蜻蜓再度飛回來，停在他的釣竿上，做父親的一時入神，無法分清到底這隻蜻蜓是當下的蜻蜓，還是他記憶中童年時期，他跟他父親去湖中釣魚時飛來停在他釣竿上的那隻蜻蜓，而恍惚之中眼看著兒子聚精會神注視著水中的假餌（註：假餌原文為fly，與蜻蜓dragon fly似有某種排列組合的類似關係），做父親的這時感到自己手中握的，不是自己的釣竿，而是兒子手上的釣竿。也就是說，乍看時光流逝，逝者如斯，但所幸生命生生不息，代代相承。筆鋒又一轉，他兒子打算跟著大夥兒去玩水，他擰乾緊身的泳褲，費了一番力氣才把褲子穿上。作者看著他兒子結實的軀體，尤其是兒子如何使勁，把緊身的泳褲拉過他的陽具，生意盎然，而剎那間作者自嘆歲月不居，感到自己胯下一陣涼意，頓悟到死之將至。大自然生生不已，但弔詭的是，歲月到底不饒人，而小我的生命遲早會有終結。讀畢這篇遊記，尤其令人深思的是，生命的遞興固然有其軌跡，但科技對現代生活的衝擊，痕跡似乎處處可見。散文作於一九四一年，美國即將捲入所謂的「全面的戰爭」（total war），面對世界的崩壞，尤其是科技對全體人類的摧殘，作者筆下的憂心，似乎呼之欲出。現代散文之為用，由此可見一斑。

從這個觀點切入，相信我們對幸謙這個散文集子比較能有一個比較公正、比較深入的閱讀，也更能夠了解作者如何在個人與社會、現在與過去、本土與異域、男與女、意識與無意識各種錯綜複雜的動能中，敘說他自己的浮生，甚至建構自我。

散文集分八個章節（包括前後語：心籤與籤語歸為一個章節），等於八塊鑲嵌壁畫（mosaic）的零件，也不妨視之為八個環環相扣的幾何形狀。而不管是用前者或是後者來當隱喻，圖形是不完整的；也就是說，幸謙試圖透過一系列的陳述，來勾勒大至於社會面向的林教授、小林，甚至於私密的幸謙。

前者顯然比較公眾議題取向，觸及兵荒馬亂、離散充斥現代人的災難，並緊扣當下商業掛帥的教育異化問題。處理外界亂象，作者手法往往不直接切入；開頭與結尾兩個章節分別串聯到他的業師的少年與晚年，並從而勾起他老師的女友以及這位女友已過世的男友，離散的動機（音樂用語）貫串時空；從幼年田園恬靜的家居，到避難離家流離，途中邂逅女友，分手之後兩人各奔前程，女友出國進修，後來輾轉來港任教，並從這個點編織出一幅幅九七前後香港高教轉型，政府唯績效是問，追求所謂的「卓越大學」（university of excellence）的亂象，並具體點明這種功利掛帥的教育政策對學術，尤其是創意的戕害。不論主題或語調，對高教的批評無疑是這個集子的主調，怒氣充斥字裡行間。

後者聚焦於作者本人的私密生活，處理的手法抒情顯然多過敘述，讀來難度較高，但興味也相對更加盎然。作者提出隱喻的概念，主張語言文字未必需要具體指涉外界，而文學之所以比其他東西重要，主要在於生命本身就帶強烈的隱喻性。

此地所謂的隱喻性，我們似乎可以作兩種解釋。一來生命本非一成不變的實體；與其說生命是鐵板一塊，它毋寧是無時無刻不在變化的過程，需要不斷的敘述，不斷的建構，如此方能讓生命有比較完整的呈現與掌握。再說要呈現人類的生命，正如卡西勒（Ernst Cassirer）所言，真正有效的工具是象徵或神話的語言，而非自然或科學的語言。換句話說，難以捉摸的人生透過隱喻往往更能活靈活現，現身說法。

這個集子不妨視之為八個隱喻系統，各成一體。透過不同的文體，如敘事、描述、爭辯交叉應用，作者企圖勾勒他從青澀的少年到跡近幻滅的壯年，這期間所聽所聞，以及親身經歷的點點滴滴。寫作的策略不一而足，而上述對大學幾乎不留顏面的指控，讀來暢快淋漓；描寫業師罹病過世前師生之情，出自肺腑；敘述現代文人漂泊離散，充滿異鄉情趣。

不過讀者極可能感到興趣的，可能不是上述比較宏觀的文字，而是相對微觀的抒情細節。就此而言，作者透過這個力作，企圖回顧、反思自己的前半生，而回顧與反思嚴格說來並非一蹴而就，更不用說是信手拈來的流暢；反之，作者殫精竭慮，尋找隱喻來暗陳自己的半生，以及是那不由自己、潛伏在內的他者。尤其讓我印象深刻的是，他引用據說活在喀麥隆雨林中的臭蟻來譬喻自己的回憶，而回憶就像一種厲害的病菌，存活在主體腦中，逼使他往上攀爬，爬到頂端，象徵人的回憶如何難免走進死胡同，置當事人於死地。而儘管如此，病菌並不因此而消逝，它會隨風飄逝，再去感染他人。

文集中人物眾多，除了幸謙以及他其他的稱號之外，其他人物一概以代名詞代之。我們都知道，代名詞具體所指，往往要視發聲成文當下的人際關係而定，而你、我、他在不同溝通的場合完全可以相互置換。作者在幾個地方甚至明確指明，要讀者不要刻舟求劍，用意相對明顯。

這種作法與文學批評裡他者的看法，顯然不謀而合，與心理分析裡意識與無意識之間的辯證思考模式更是完全契合。

談不謀而合，談契合，讀者閱讀時對作者互文性的筆法可能需要下點工夫，才能對作者這種後結構的文人散文，有比較周全的了解。套傳統中國文學批評的用語，論文集子用典、用事的成分極重；換個西方美術的用語，散文集子大量使用鑲嵌的手法，而鑲嵌的材料各有不同，方法跡近近代的拼貼（collage）。

這種帶有後現代主義拼湊（pastiche）相似，而利弊也難定，不過它倒是凸顯了文本與世界交駁的特性。引用其他文本，其中一大目的似乎是要建構女性主義、無意識與語言轉向等等概念的架構。這麼一來，這個散文集子視之為幸謙的心靈自傳固然無妨，不過我們透過他的努力似乎也可以見識到另外一幅世界主義（cosmopolitanism）的圖像。圖像裡最為突出莫過於西蘇（Hélène Cixous），而作者之所以藉助於西蘇，可能與她對女性藝術獨到的看法，認為我們不應該自限於男性比較理性的主流書寫；反之，西蘇認為我們應該解放身體，讓身體敘述自我，也不妨讓無意識流瀉於外。

作者引用西蘇的文本與理論之餘，更能身體力行，努力體現所謂陰性書寫的特質，作法令人耳目一新。

除了西蘇之外，集子的文本還涉及波特萊爾（Charles Baudelaire），襯托現代中產階級與城市若即若離的弔詭關係，也更凸顯香港這個國際大都會裡知識分子認同的困境。而知識分子與社會的弔詭關係，更沿著離散的脈絡進一步擴散。

文集裡的人物漫游五湖四海，包括大陸、台灣、香港、馬來西亞、印尼以及歐洲等地，說是四海為家，還不如說是去盡四海盡不如，有人甚至把現代人說成是自己家鄉的過客或外人其實也並不為過。這是我讀後的心得之一。

談用典、用事，或互文，集子裡的例證可以說是不勝枚舉。佛洛伊德（Sigmund Freud）的無意識（包括文本的無意識）、里奇（Adrianne Rich）的女性書寫（尤其她晚期激進的思想）、克魯亞克（Jack Kerouac）垮掉的一代、李維史陀（Lévi-Strauss）熱帶雨林的憂鬱等等，都是作者透過閱讀而與之神遊的典範，也都或多或少內化為作者自我生命一部分。

從閱讀的觀點而言，這個散文集子處理的對象，不盡是作者個人半輩子的困頓與哀怨，而是許許多多現代知識分子所經歷，世界脫序的普世經驗。讀者在看盡當代社會種種的不堪之餘，也不免想進一步知道，未來生命的曙光或出口，到底從何搜尋。

散文集子以魯迅跟馮至的故事開頭，而作者跟他的老師都以專攻魯迅聞名，而魯迅到底提供什麼樣的啟示，這令我個人感到好奇。再說，魯迅之外還有巴金，甚至張愛玲，他們似乎也都是作者生命實踐的一部分，若有更多的線索，相信讀者對作品，對作者的互文性，更能有進一步主客的互動。

如上所述，幸謙這本力作不宜以一般散文集子看待；他夾敘夾議，抒情與敘事交雜，韻文與散文並置，更不說人我之間錯綜複雜交揉，因此閱讀個別單元或章節固然賞心悅目，但讀者在跨越章節，企圖作整體的文本，甚至作者生命完整的掌握，那麼難度恐怕就要高些。

推薦序

當代「華語敘述」的一種演出
——令人訝異的文本與閱讀

閻連科

新奇的散文閱讀體驗

很長時間都沒有這樣的閱讀體驗了。讀一部作品，如同吃一餐從未品嘗過的新異酒宴，那炒菜、那餐具、那上菜的秩序與擺放，當然，最終還是那桌令人訝然而又不知該怎樣評說的截然不同的菜味。面對這一桌新奇的宴菜，你不能有「好吃」與「不好吃」那慣常而簡單的判言，不能有「美食」與「非美食」的輕易評判。你懷疑自己作為「美食家」的身分和見多識廣、橋路通行的經歷——只是一種新奇；也只有這種新奇。正如了西人第一次品食我們中國的大餐，而我們第一次那麼嚴格、規矩的依序去謹小慎微地品嘗西人的前餐、正餐和飯後的甜點，還有習慣了白酒的味覺，要去試探紅酒完全不一樣的味感。實在說，第一次東方人面對西餐的真正感受，是體味的訝然，而非脫口而出的「好」與「不好」的評判。

閱讀林幸謙的散文集《靈／性籤》——說是散文集或者隨筆集，都似覺不妥與不當。而不說是散文或隨筆，那又該怎樣去稱謂這部書稿呢？這部令人讀之訝異、談之啞然的作品。我一直以為，自己是讀過一些書的人，在閱讀的路道上，橋路廣行，有些見識，而當一篇篇地閱讀幸謙的「散文」時，才發現自己閱讀的狹隘，行路的短少。

感歎漢字、中文、華語能夠結晶為這樣的敘述，說是詩句卻明顯是一種散敘；說是隨筆，又明顯有著深思的布局。而將其視為隨筆式的散思之片段，視為一種「片段式文體」時，可它自前至後，中段起承，卻又都有著詩人或說作家、再或理論家的暗思和暗聯，針穿線引在通篇的作品之中。無論從那一篇章讀起，都各有不同的效果，產生令人訝異的後現代語境與觀感。

「片段式文體」與「華語散文」

通讀下來，不得不說，《靈／性籤》的全文章節，是如此的嚴密，篇與篇間的聯繫千絲而萬縷。全書的每一章卷，都設置有一巧妙的文字與意象來結構。在本書每一卷的每一章節中，均設有一個結構與語言上的巧思：例如在第一卷「無法命名的一代」裡的三個章節：〈穿越地平線，永無止境的逃亡〉，以「記憶」寫起，又以「記憶」意詞為結語；〈十年雨季，他的學術帝國〉，始於「風景線」，又終以「風景線」；而〈靈囚地，他的文本部落〉，則同樣以「那一年春天」為始終。全書以此延展，組成嚴謹巧妙的文體建築，這種建築結構，悄然增加了寫作的難度，卻也悄然建構了極富創造性的文本範例。此外，全書運用不同的字體，去分列表現不同的敘述和內容，也還以不同的字體與結構，給讀者提供著某種不同的閱讀感受。

就此而言，幸謙這種寫法上的創造，是一種新舉，也是一種承傳。其新舉表現在形式、語言和文體建築上；承傳則延續、借鑒著中西方的某些經典之文本，如魯迅的《野草》和卡爾維諾的《看不見的城市》；前者以詩性為名，後者以其後現代之影響見長。這些文本，都以較短的篇章結構全書，而以味長延宕至遙遠或永遠。

與此相類，我們將其《靈／性籤》視為「整部」去讀之品之時，卻又發現它的篇篇節節，都是獨立如月夜新輝、各星各光；而將其視為各星各光時，它卻又渾然天成，為同星同月的一體同宇。而且這種分而合、合而分的文體結構，構成它們內在聯繫的，還並不僅僅是文中所寫的什麼什麼。且還有，作家面對詩、文、書、校、島、市和女性、作家、詩人的問與答，解與悟（如〈穿越地平線，永無止境的逃亡人生〉和〈黑色邊界，她的異鄉學人生涯〉等）。正是這樣，通篇的《靈／性籤》，也正如這書名一樣，被時來時去的語言和內容的靈魂飄忽所纏繞，被寫作者面對「語言的式樣」所纏繞，像他是語言的主人，又是語言的僕從。他駕馭著自由、豐沛、想像的語言，卻也被人類固有語言的有限所束縛。

本書開宗第一卷提綱挈領的以他的老師為原型，書寫老師的戰亂歲月，以及他父輩的傳奇及混血女子的故事。他們從華南地區橫越緬甸、泰北、柬埔寨和越南湄公河到香港，再到那年代的馬來亞，寫作的筆觸，延伸到至今還很少有人關注的東南亞歷史與民族誌書寫。

這在「無法命名的世代」一卷中可以看出：「那年小林還在讀博士學位，他用回憶錄的方式對小林講述她的故事。他完全沒有把小林當作是他晚年的學生，而是視為他記憶中的另一個他的少年自我。」這裡有「他」和「她」的故事，即：作者老師和老師戀人的精神與物事。毫無疑問，就全書而言，它寫的不只是「我」——作者的故事，也還濃筆重彩的書寫著他的老師和老師之父輩等人及文界、學界的事物日常，在這種書寫中，作家的文字處處彌散著某種迷幻影魅之美。

這類的書寫和抒寫，如那位富有傳奇色彩的泰緬柬國的混血女子，懂得幾種少數民族語言和中文的異女，她帶領和家人失散了的少年時期的老師，逃離華南地區的戰火；經香港到馬來亞再到歐洲讀博，最後在香港相遇本書的作者——這漫長奇異的經歷，真是讀來神幻傳奇，詩意盎然，且在敘述中通過敘事人稱——「他」、「她」、「我們」等視覺的有致的轉換，雖然給閱讀帶來了陌生和些微的障礙，但細心的分辨和閱讀，卻更有一種文本的奇詭魔力，如讓讀者在敘述的萬花筒中觀望、蕩漾。

還有，在《靈／性籤》的全文中，作者留下來了許多「過去」的模糊和空白，而在這種模糊、空白中，他如波赫士在寫作中有意模糊清醒與睡夢的邊界樣，有意穿插了和作者自己有關的各種當代和現實的內容，從男女兩性的性愛到情愛，再從學術、文學到離散和現實的生態之災難，凡此種種，信手拈來，皆有所思而反省尖利，使得本書在當代散文應如何「重建整合」與「創新開闢」的挑戰中，顯示了作家鮮明而有力的姿勢和力量。

從而，使得這本可稱為「華語散文」的作品（即近年興起的華語語系／華語風／sinophone），卻又力圖用全新的散文文本去掙脫、擊碎已有的華語之散文；用隨筆去擊退隨筆，用詩歌去破壞詩歌。這是試驗，也是創造；是創造，也是掙脫中的碰撞與吶喊。

「詩之敘」與「敘之詩」

記憶中我們都會消失，成為他人的記憶，然後又重回我們的心靈，再次現身的時候，我們已經老了。記憶，也失去了早年的悲壯，時不時地撞擊我們，在煉金術的夜晚，如夜色，落在晚期肝癌療養期間的白色病床上。（見〈戰火青春〉）

人類的情欲再次被徹底地掀開道德的外衣，如同大膽地要求更多的民主與自由性愛。（見〈生死未卜之戀〉）

那是他在新加坡作客時留下的、富有歷史記憶的身體銘文，也是他所著述的書本銘文。他的文字和新加坡古代馬來王朝的歷史融合在赤道的這一座小島上，馬來帝王世譜帶著獅城的傳奇向作者的身體與歷史的記憶看齊。（見〈傷之身體銘文〉）

細讀《靈／性籤》的通篇全文，這樣的句式，這樣的如特拉克爾的「在兩個括弧之間，他的過去已經死亡」的暗喻和隱語，這麼潛隱、漂浮的帶著靈與肉體驗的文本實驗，如暴雨散風，花開花謝，充斥飄落在本書的通篇通節和每一短文的章句之間。

它是一個作家的敘述，也是一個詩人面向世界與文本的思維。

這種詩人思維的作家式書寫，似乎淹沒了文本中許多的敘述及事件與人物，使文本中的全部物事與人非，幾乎都成了一種書寫的平台，而這種「詩之敘」或「敘之詩」的華語敘述，宛如一場書寫與文字的演出，也似乎唯有如此，才是書寫者真正的導演、攻堅之所在。

從而，從頭至尾，作品集中相對於「靈」之「性」的就不僅是性別男女、人生本欲，而更是一種「文性」的釋放；是文體創造欲望的表達。是創造和想像變異更新的求索。所以，文中的每一個「我」、「幸謙」、「詩人」、「林博士」或「林教授」等，既是多元寫作中的同一個人，又都是不同的他人之敘述。

幸謙在文字中越過性別的海域，從「她」變成「他」，從「妳」變成「你」，最後都又成了「我」。這使得寫作者成為分裂、分散在這世界上的參與者和觀察者，也是這世界上關於「文性」

集中起來的創設者與建造者。還有被詩人、作家「假託」的文中的詩人與作家「西蘇」、「里奇」等，是他人，卻也還是那個作者「林幸謙」的自身或化身。

這種因為敘述者的多樣性，會給閱讀帶來一種澀滯的風險，但倘使沉入其中，卻又使閱讀的感受更為豐富而奇異，變幻而不定，有了使人閱讀後難以表述、不敢表述的膽怯和渴望表述的冒險——這也正是《靈／性籤》寫作的超人之長，抑或為現代寫作面對偉大傳統的固有之短。我想，無論幸謙還是這部完全異樣的作品，其新異的價值，也就正在這兒。它在甲地為之短，而在乙地為之長；在現代之前為之優，在傳統面前為之衰；在習慣面前為之澀，在未來面前為之暢。這樣異類式樣的寫作，也正如了作者自己在〈災難新世紀的舞步〉中說的那樣：

在人們休息的時候，在城市零碎的生活時間匆匆定筆……同時發展後散文書寫的空間，在後散文中開拓敘事性的小說化散文，同時開創新詩的寫作，在美杜莎的笑聲中等待江山。

後散文？

後散文！

不知所語；又似解此語。總之，從第一章的〈戰火青春〉讀到最後的〈籤語〉，似從迷惑到了開悟，又從開悟到了敘述和文體性的困惑；再或是從直行的路上，到了陣圖的迷宮，又從迷宮站到了宮外日光下的曠野廣場。似懂非懂；非懂又解。而那訝異閱讀的快感，對我而言，卻又自始至終，從未間斷，新奇而迷幻，清晰而明瞭，如漢語華文，終於造就成了偉大文學中那柔纏而韌實的某種敘述，某個等待耐心體味的文本。

如林幸謙的這部令人訝異的《靈／性籤》。

人生有此寫作的努力與嘗試，也就對得起了筆墨，對得起了頭腦；自然，也對得起了作家自己的靈魂與肉體。論筆足矣；論人足矣；論靈，也足矣！

目次

心籤

每個人一生中都有一本「大寫」的書。寫，因為我們知道那本大寫的書並不存在，存在著的，永遠只是眾書們。在那裡，有一個不是由絕對主體構想出來的世界、遠在成為統一的意義前就破碎了的虛構世界。寫，也不僅是知道用某種辯證的、盡義務式的否定也無法將未被寫者與未被讀者從無底深淵中拯救出來的那種命運。我們，被這世界「已寫得太多」壓迫著自我而悲歎。這正是大寫的書的缺席。

——德希達

那年魯迅在北京大學的教員預備室裡發呆，一個青年默默地走進室內在他桌上放下一包書，沒有眼神的交接，匆匆走了。魯迅打開，簡樸的「淺草」二字映入他的眼瞳。

《淺草》以其略為粗糙的紙質沉默地注視著魯迅的臉穿透那個年代的，民國。

相隔數十餘年以後我在千禧年的夏天走進可能是當年魯迅坐著休息的那間房子，拿著一本上世紀中葉出版的破舊《野草》坐在可能當年魯迅坐著看《淺草》的位置上，心弦撥動，已然看不到魯迅眼中的北京以及北京當年內心世界裡的淺草，野草，與荒野。

童年時候，家鄉長滿了的野草。數十年來暗自殘淡在記憶裡，在赤道線上一座無名的小鎮上。這是我寫作誕生的地方，在馬來半島一處父親亡故後，而異國母親殘弱不堪的國度。

我出生的地域和時代讓我成為異鄉人，流放於和平的世代以及充滿種族悼亡的，生活。

在馬來半島的東海岸，赤紅的九重葛以熱帶的陽光開出杜鵑花海，無處不在，村村落落蔓延在城邊小鎮的路上。那時我想成為一棵合歡樹，靜聽森林的聲音。在生活深處的休閒處聽一種叫寂靜的聲音，看紅桉柳樹的紫紅色花瓣舞動手指般的三叉長尾，漩渦式的往下飄落在老家故居後面的小河流，漂到赤道的，天涯。

那年我剛從雲南麗江石板小街和小女友漫步了整個春季的時光回到家鄉。從雲之南的古鎮裡那幾條通街都是千篇一律的商業小店爿鋪解脫出來，飛越北回歸線轉到河內小住數日繞了一小圈路線回到熱帶小鎮。在雷雨交加過後的夜晚，小鎮上空的星光如古代迷宮燭火如我滿眼的曼陀羅花，自天而降如雨，如星。

第三種航行。這是我中年以後尋找的小生活。不同於小確幸，不同於小天地，不同的，後半生的航行。

這些年我所走過的地方，遍布的大小城鎮都是有待破解的方格字謎的小我國度，解碼的鑰匙落在路上的行者手中。都市的生活變得無限也變得局限，我的日子感覺就是在德希達的書寫現象學中體驗文字如何在第三種航行中成為，生活。

在我的生活現象學中，現代城市空間就像是德希達筆下一種純透明度的實體與表意空間的，載體。揭示出，現代生活現象學中可直通作家、學者、凡夫俗女的順／逆勢療法之旅程，割裂彼此自我的內心世界，永無止境。

不論是用德希達式或魯迅式的詩性語言不論感性或知性的詩意，書寫的語言注定要歷盡興衰悲歡的沖刷，淨化，而後千瘡百孔。

十餘年前我加入離婚單身族群的生活，成為手握家族巫師紙牌的代言人，等待著打出，最後的籌碼。然而，至今我前次拋擲遠方的骰子仍在迴旋轉動，還沒有揭示出我籌碼的底牌。

十餘年來的生活我過著一種非洲提夫族長老傳授的法術而活。

我常常在深夜裡靜坐，想把自己修煉成一個有能力噬食心靈的巫師，渴望擁有能夠徹底領悟功名愛慾的，無名法術。

這是我的靈囚地。

這是杜靈的現代魔法篇。我活在世俗魔法的力量，開始世俗魔咒的精神之旅。

十年，我在等待一場靈雨季節的到來，了悟愛的本性也了悟心的本性和本性的心。愛的證悟，是我四十歲以後的生活主題之一。萬眾證悟，萬心悟愛，我們或許才能有所謂的真愛。愛中，完美沒有位置，永恆也沒有。愛也許是我們的欠缺之心。我們怎麼愛，我們就是怎樣的人。

我們是怎樣的人，我們就怎樣的愛。

我們有怎樣的內心世界，我們就有怎樣的愛慾人生。證悟之愛，包括我愛的人也包括我不愛的人，包括安逸也包括狂暴包括冷漠。也許這是中年歲月裡無法迴避的，生活景觀。見證我，也是你的見證者。

心的荒原夏日的河熱帶家鄉小鎮的後院，流淌過我的童年。我在深春的夜晚甜睡。夏日如小河流水，隨波追逐，癡迷的慈悲之情，促使我把婚姻和愛，當作現代生活裡一種懲罰心靈的巫術。

當事業穩定之後當生活穩定之後當金錢不再成為問題之後，似乎仍然有某種巨大的力量從體內深處催化我，召喚我，要我再去發掘更強大的靈性，自我。

追尋，現代人開展當代都市精神生活的核心。領略過作家所面對的孤獨，也領略過存活於作者與文本世界中的世紀繁華，我把世俗生活中熟悉的人與物都隔絕了。

我這裡的寫作，有時候只是為了探尋烏托邦中的黑色樂園，用德希達的話說就是為了成為有別於自身的那個叫做意義的主題，而自身卻在召喚中成了等待被說被寫被銘刻出的、充滿神情的雕像。

這些年我彷彿是文字的化身，是等待作者救贖的文字族裔。我筆下的詩屬於青春天堂中神靈的啟示，等待性靈，的到來。

我安於等待性靈的到來。彷似回到年輕時候一心想要成為戀人那般的一種特有的心情，一心想要尋找到理想的愛慾文本。我的精神知音德希達，只有他知曉文字嗜好族裔的這種矛盾苦痛也只有他知曉文字在戀愛時所面臨著的徹底失落的危險同時知道我心中那些永恆遺失的情愛，故事。

在文字中我的寫作本身有時是一種自行建構的新興隱喻群體。

新興隱喻群體，我連同新興的言語，在自身的文本隱喻中時刻渴望著要讓自己和他人吃驚。

這種時代式的驚嘆，如果需要輕描淡寫地比喻，該就像魯迅的某些文字是五四一代的隱喻那般，如今卻已無人會再為之驚嘆了。

德希達對於像我這樣的讀者而言，他是作者同時也是一個無法讀懂我輩文字的一個異族讀者。這正是某種書寫的，時代隱喻。我們在寫作中消亡，也在閱讀中誕生。

在寫作中我想像和德希達這般的作家一起試探酒神的思想極限，也一起像狂人般渴望破壞文字與命運的隱喻：

穿越地平線後，十年雨季終於結束，靈囚地裡我們繼續等待雨季，異鄉學人的犬儒夢典，以及學術娼妓和知識分子的黑暗詩句，追憶起十八歲的生日和剛剛過去的二十世紀最後的詩人節，而七月，我們的故居還在漂泊的路上，輾過城市中心，一步跨出便是天涯，在最後的時光中，我們傾訴……在閱讀中，在長久的傾聽中，尼采的追求仍然令我神往：

> 我們是神話中理想國度的人。那是非常遙遠的地方，然而任何人都找不到一條到達那裡的道路。越過北方、冰雪和死亡——就是我們的生命、我們的幸福（和愛）的所在地。
>
> ——尼采

一　無法命名的世代

我們是沒有意義的符號世族。

我們都將死在二十一世紀中，在無數的化身以後，和妳合而為一成為新世代的無名奉獻者，也是殉道者。

這是無名的一代。無名是因為有太多的名字和代名詞可以稱呼我這世代。從電腦網路科技到有機生物晶片人體的宏願出發，這一世代面對了更華麗也更絕望的，未來世界景觀。我無法，停止對未來美好世界的追求，也無法面對世界的支離破碎與崩潰，觸及，內心最深的恐懼。

這是無名的一代。無名，是因為沒有名字和代名詞可以稱呼我這世代。我和妳，結伴上路。在路上，凱魯克亞的影子已遊走遠方，後來我們也走上了他所開創的垮掉世代的長卷路。

這道路，是以通訊社電傳紙當作稿紙的書寫之路。

書寫是漫長的路。從南非海岸布隆柏斯洞穴中發掘出一塊交叉刻畫著菱形和三角形的幾何符號碑開始，這一塊有著七萬七千年歷史的石碑跨越了傳奇話本與章回的時空，落在，一個無名世代詩人的筆鋒上促使我，寫下去。

今天無名的世代結集在無形的數碼紙卷中毫無倦意地不斷書寫，也在無處不在的數碼網路中毫無悔意的繼續銘刻，不間斷地，書寫。

這些人很多都是相識多年的文友，從台灣作家瘂弦、黃春明，到白先勇、陳映真；中國大陸作家蘇童、閻連科，到賈平凹、莫言；從女性作家蘇偉貞、張曉風、王安憶到中性作家陳雪、朱天文。還有來自我家鄉的作家朋友，黎紫書、溫瑞安，到李永平、王潤華。生活在有形與虛擬的文本中跨過迷惘的一代越過垮掉的一代，在假性生活的美好新世界中想像與體驗生活。這就是我現在的處境。

在無名一代的終極宏願中，想要活出新的價值。

我漫出，在充滿神奇的二十世紀，穿越神靈死亡以後的舊世紀，走到二十一世紀最初的十年時光甬道上，遇見了西蘇。

無名一代繼續銘刻無以言表的，符號。憤世的後垮掉世代繼續凱魯克亞的世界觀，重新又逃亡到各類新舊城區中那些早被人遺忘了的街道邊緣。而波特萊爾當年散播在巴黎街頭上的憂鬱，重新在西蘇的居所裡，蔓延。

盛大的節日依舊，人群與孤獨依然。我獨享群體中獨有的孤獨，恍然是一門最迷離的生活藝術與身體藝術。

生活的藝術如今有點像愛情生活一般成為商品的藝術。愛情，也像婚姻一般成為可以買賣的身體行為藝術。我一再想在身體行為藝術中創造最新最有原創意義的，浪漫華麗作品。

在商品和交易中我們的愛情與婚姻變得更為強大變得更多元也更墮落。這是文字族裔的數碼化時代後的故事也是這世代最前衛的後資本主義者以及最創意的後女性主義者的，愛的故事。

我就是在這樣一種華麗而荒涼的時代場景中遇見我所景仰的海倫•西蘇的。這一個有點神奇的創意女性文學理論家，終於，我們碰見了。

碰見，我最想要遇見的，一位新世代最具顛覆性的解構學派作家。她以陰性文本的形式對我說：請原諒我說「我」的故事。我其實，並不想以「我」的名義寫自己。我也從未以這種方式說過「我」的故事。

我說的，其實都是他人的故事，與身世。

這美妙的說法正是這本書中「我」的故事，也是我的書寫方式。

許多年後，「我」真的忘記了自己的姓名和自我原來的面貌。我漸漸通過過去的美好時光回憶陳舊的往事。戰火青春過去了，流失的古王國雕像所象徵的微笑像潰瘍的岩石崩坍了。少年時代所憧憬的少女如玫瑰花枯萎在記憶中。荒野外，那些遠古的早已逝去或根本未曾發生的事蹟落在青春期以來我所嚮往的文學意象中，越變越美幻。

在逐年老去的漂流中我沉溺於逐漸遠去的性靈和可能是真實的或假象的生活。無人覺察地，老去。

在都市快速發展與層出不窮的擴建中，國際社會已變得十分的科幻化，而在個人的第三世界中我卻是一個名不見經傳的不經審判就已被定罪的，原罪者。

我來到西蘇在法國以她的母語所建構而成的，歷史文本場景。

坐在，西蘇當年坐過的花神咖啡館的座位上。

那是早年波娃和沙特也坐過的座位，還有周恩來與鄧小平留學法國時也坐過的位子。那獨有的咖啡香讓我追憶起從未存在過卻早已杳然而逝的少女少男的故事。

我來到西蘇在法國以她的母語所建構出來的歷史場景，追憶起一些真正存在過卻早已杳然而逝的女孩子的故事。

少女時光是西蘇最願意記起而又可以寬恕的往事。在年少輕狂與浪漫交織的追憶中，一些生死未卜的戀情在現代學府裡流傳。西蘇門派的女性異客們在當代學術的地平線上，平庸而高貴地求存。我的內心，浮現，一場永不消失的蝶舞，仍舊相信一切美的故事。

這也許是我這一生中最後的，華麗蝶舞。

我這一世代無法停止對於未來美好世界的追求，這樣那樣地，生活。也許真會有人體電腦晶片結合有機生物體的未來人。也許有更大的破壞就要到來，後世的新世代或許將面對更絕望的末日世界景觀。誰知道呢。

在這世代，我和西蘇這一位女性主義奉獻者共同走入女性文本深處的黃金季節，追憶起那些遙遠的星期天的早晨。星期天，永遠是無際的夜，孕生了以後所有的星期天。她說。一些忘不了的微不足道的往事，既簡單又神祕。

那些漂移如海洋的夜晚裡，我們記起黃昏時分大雨後爬出地面的紅色蚯蚓。記得，童年花園中偶爾從雨林深處爬到家門外的、終身孤獨的熱帶陸龜；也記得，從雨林邊緣迷途而來、頸下帶著紅色刀刃狀的蜥蜴；還有在每棵不同樹下的螞蟻族群，那些一再被孩子用腳殘踏蹂躪的蟻族帝國的，家園。

在中年的青春期裡，我試圖模仿西蘇白色乳汁寫作方式深入文字的內心世界，在人生必死的門下做一名學徒。

人出於需要征服需要贏得愛而開始寫作。然後進入死亡。一切都已失去。一切都有待重新尋回。我相信人只能在悼亡或追悼的一刻，開始步上一條發現之路，一條寫作或別的什麼發現之路。寫作行為的開端與逝者如斯的體驗、與丟失或拋棄了通過世界的鑰匙的感覺、與對不可復得、終有一死之物之珍貴感受的突然渴望、與對重獲通往世界的門徑、重獲呼吸的急切希冀、與珍藏以往痕跡的心願等等，都有著不解之緣。我們注定在人生必死的門下做一名學徒。

——西蘇

穿越地平線，永無止境的逃亡

「在兩字當中
我說的話消逝了
我只知道我仍活著
在兩個括弧之間」

戰火青春

記憶中我們都會消失，成為他人的記憶。然後又重回我們的心靈，再次現身的時候我們已經老了。

記憶，失去了早年的悲壯，時不時地撞擊我們，在煉金術的夜晚，如夜色，落在晚期肝癌療養期間的白色病床上。

身軀的痛，教他記起消失已久的顏容。病痛的軀體帶來未曾有過的另一種痛，像記憶，從最遙遠的童年回溯，久久，停留在消失已久的日子裡。一個少年，記起父親的臉。父親如果還活著的話如今也已是百多歲的老人了。他的頭髮如今已像當年父親的白髮那般銀亮蒼勁。

一張張幾乎記不起來的、不知是誰的五官容貌，浮現出來。那是幾乎遺忘了數十年的人物影像，是早年父親離開家鄉前常到家裡來喝酒下棋的父輩臉譜。有一天戰火打到家門口，家鄉的人在亂成一團的苦難中四處逃亡。

一張張戰火中的臉，在他的逃亡路上無止限地延長漂泊。

經過許多年後這些早已遺忘在記憶地平線景深處的臉，對他來說都是已經死亡的故人。他在記憶中重新看到一張孩童時代的憂鬱的臉。在他走上昏迷不醒的往事叢林的路程中，他不再有清醒時候的焦急心情，他如今有很多很多時間可以慢慢追憶，時間已經停止，他似乎想起了這是一張曾在鏡子中，看過的臉。

戰火，早已遠離我這一代人，卻沒有，離開過他。

孩童記憶中遙遠的印象，在他的睡夢裡慢慢變得巨大而清晰。他的家門他的莊園在童年逃亡路上毀了，戰火緊隨著他跟著大人逃離家鄉。

那時候他不會料到，那將是一生一世的逃亡路線。

少年時期的逃亡路，路上的風景線述說著一個少年和家人失散的心情，首次感受到心臟被死亡暗語銘刻的恐慌。一個人，在戰火的恐懼中，經過恐慌而飢餓的第一個夜晚以後，在絕望的深坑裡遇到一個同樣孤身逃亡的女人，一段被他後來形容為用盡一生都沒有能力遺忘的初始愛慾體驗。或者說，那時候他以為那就是愛情。

愛慾體驗為他的逃亡生涯帶來純粹的詩意語言，幻化為他日後的生活流程中的精神指標。注入他。注入，日後取之不盡的、他稱之為他所不能或缺的生命能量。

在那年代的戰火硝煙中，一個單身孤旅的奇異女人，黑而長的髮辮，黑而深的眼瞳黑如無月的雨林，像一座與世隔絕的古典油畫中現身的女神，赤躺著，他第一次感受到女人的美。

一次次，深夜的空中轟炸之後的叢林路上，他和這一個傳奇般的混血女人一起逃亡一路相依為命躲避過路上各種戰火的，考驗。

異色山河

「有人提及我們的祖國
我想到一塊貧瘠的土地
塵土與光的子民

一條街一面牆

一個靠牆直立的沉默男子」

他一生都活在某種隱喻中。

隱喻對他而言是一隻長久注視的眼睛，注視著，他的亡命人生。

故鄉門後的山河，後園滿池的睡蓮落在某種隱喻中跟隨他逃亡南方。逃亡路上，他寄宿過的百年古廟第二天就被轟為廢墟，而滿池盛放的蓮花仍然完好如初，在數十年後的某一天突然又重新回到他的記憶成為他的蓮花。

他記得當年被日軍姦殺的母親，留下她年輕的身影，伴著他。在他日後的歲月中以各種形式的逃亡方式，伴著他。

母親年輕時的身影從此在逃亡路上，陪他。一路串連著，越來越緊密。逃亡，成為一組組與眾不同的符號，掠光浮影，漂浮著，如陽光，如秋光，成篇都化為身體的銘文。

南下逃亡，家鄉在異鄉的路上毀了。絕色的山河在異色的春天中，毀了。他的世界突然之間變成陌生的地帶，滿月的春色蔓延到，中年生活中的每一種隱蔽與公開的角落，充斥著，他年輕的哀傷以及母親永恆的青春，光影。

他逃亡前的心情，他後來無論如何都無法再次記起。他知道，已隱蔽在他如今已經年老的內心角落。在病痛中他發現所有的辭彙都失去了描述的功能。他沒法再成為一個奇妙的敘事者，他為自己無法表現母親在他心中的形象而感到有點羞恥，彷彿他是參與輪姦母親的一個日本鬼子。他只能以孩童學語時候陳舊的破調子傾訴。

荒廢。廢墟。風霜。荒涼。

破敗。完全沒有一絲華麗。莊嚴或神聖的意象，讓他陷入更深的羞恥感中。

日後在他重新回到香港前很長的一段歲月裡，他的生活有如他曾經投宿過的馬來半島，一個幾乎停滯在歷史某一板塊之中的社會一般，單薄，脆弱，聽得到每一個清晨來臨時的，破曉之音。

很小的時候，在家鄉，在逃亡前，他和祖父曾一手養大了一隻白熊。他感到他和小白熊一起成長一起作夢。那隻從野外被祖父帶回家的小白熊很快就比他長大了，竟變得異常的溫順。他常常和白熊一起玩耍，每天，他帶小白熊到河中沖洗乾淨時候會看到小熊毛皮下露出一身粉紅的白皙肉色。一天寒冷的清早，他和祖父趕著白熊到鄰村的農場配種。

有一天午後，他被白熊分娩的尖叫聲驚醒，聽得他淚流滿臉。一隻初為母親的年輕白熊，在難產中一臉的悲憫，望向天的盡頭，天邊一團巨大的火焰映照著她在身上。炮火就從城裡落到村鎮的唯一的大街上，在黑暗天色下戰亂炮火中，他的白熊難產死了，只有他，陪在，她身邊。

只有他，看見最後一個黃昏剝奪了一隻白熊渴望延續生命的願望。

他的故鄉就和他的童年養大的白熊一樣常令他動容感傷。他是在這樣一種失去家人的恐慌中，在逃亡路上遇上那位陌生女子，第二天她很快就變成了少年唯一感覺親近的家人，如他失去的小白熊。

多少年以後當他提起他少年板塊中這一處銘刻幽冥之處，他仍然記得他如何向她描述了白熊死去的情景。流光如何消失在天色將盡的幽暗裡，他至今沒能忘記那一天的暮色，一座經過炮火轟炸後的村落裡一具被遺棄的死屍如何流出變酸變爛的血水。只有野狗陪在死者的身邊，就好像，只有她陪在失散了家人的少年的身邊。

戰火路上少年常記起在生育的願望中死去的白熊，卻誕生了另一種生命延續了他對於死亡的黑暗想像。

在白熊死去的那一天入夜，家人帶他逃難南下。

他，帶著白熊絕望的叫聲離開家鄉。白熊重生的原夢，以各種匱乏各種名目占據了他日後的，戰火青春。

那種想要重生的渴望在他逃亡的路上特別的強烈也特別的脆弱。老年的時候當他再次回想起來時，他才了解日後的大半生他是如何在功名富貴的追求中渴望昇華，事實卻在沉淪，最終轟然墮落，寂靜，無聲。

在地土語中流傳的神奇故事

「我聽見台階上的手杖在遲疑

身軀固定在一聲歎息
門自打開，死者進去
從門到死
只有很小的距離」

在一個名為巫師的少數部落古村莊叢林中兩個無家可歸的男女碰在一起，一場新時代的戰爭，炮火特別的猛烈。

在少年以後的人生回憶中這是一段奇幻的，夢境。

她以多種少數民族的語言帶領他走過黑暗的偏遠山區，途經幾個與世隔絕的山區村寨她翻譯了許多當地以土語流傳的神奇故事。這些異色的故事異域的人與物成為他此後無法釋懷的異質鄉愁。她告訴過他幾個他們投宿過的村落的名字，每一村名都足讓他心驚膽跳。昨天剛剛踏過一個名叫仇恨的村莊，今天就已翻越三座山頭走入名叫惡魔咒的古鎮。

他跟隨她走過一段如幻如魔的境界，恍如回到千年的黑暗地魔神道的日月，走過名叫黑暗叫病長眠叫猝死叫絕望叫異夢的，幾處至今不為人知的偏遠古老村莊，有如桃花源般一旦離開就再也無法再找到重回故地的道路。一切是那麼的令他感到悲痛的神奇感受。

曾經連續幾天她帶著他借宿在一個古怪的部族裡，就在印度支那半島的深處，整個地區的幾個村落都是姓死、姓難、姓毒、姓病、姓喪、姓冥、姓賤的原始部落。

這些驚心動魄的地名，少年驚訝地無法置信而又深信，不疑。

在戰火中穿越這些全然違反人性嚮往美好生活願景的村落，少年恐怖陰森的心情特別沉重，他簡直是走入星球最黑暗幽深的內心角落。

戰火，一天天轟炸著那個時代中流離失所的男女庸眾。

他在絕望中無所遁形，把他作為逃亡者最後的勇氣都趕絕，殆盡。

至今，在他人生最後的病床上他感覺那仿似昨日才發生的事，他仍在逃往港口的路上。但也就在那一段戰火時期的怪異體驗，少年的心靈和身體開始有了最初的，愛的想像。

他以為那是沒有明天的愛情，以為第二天就會在孤獨單薄中醒來。他一夜夜在不安中躺進這一個陌生女人的懷抱中睡去，在孤單恐懼中面對隨時可能死亡的一刻的來臨。他終生忘不了生命中第一個女人哀吟的初體驗。

他以為，她也會像他母親一樣突然在人群中消失。她的出現令他對生命產生巨大的迷惑，深夜雨林中，夢幻般，如一隻木船在戰火的斷垣敗瓦中航行，漫無目的，頂著滿天的星光，第一次給了他天堂的幸福感。

那是他充滿了肉體細語的戰火初戀。

逃亡，演繹了他生命中最初最令他心碎的一段戲碼。荒誕、精巧、傳奇。

深夜無人的原野，清晨趕路之前，她偶然說起從前小時候她父親的園地種滿了罌粟花，連綿幾個山頭。她忘不了童年四月初夏的罌粟花海，開遍山頭血染群山有如希臘死神許普諾斯的最後獻禮。

那是她童年時候司谷女神手中的魔鬼之花。在泰國、緬甸和華南交界的山林部落中，交界的山林中，她自小隨家父穿越在幾個部落之間學懂了幾種少數民族的語言。她說她生為部落酋長家中最小的女兒，她家族世代在部落中稱雄，她在最華麗的城堡裡活像個小公主般成長，成婚。然而自從她父親被緬軍政府兵團殺害後，她家族開始了從緬泰北部往中國東南方和北越地方遷移。由於聰慧她自然而然天生似地輕易學會多種語言，這語言能力安全地讓她和他走過各種危險地帶。

這是一個簡單不過的離散故事，逃亡路上一個少年和家人失散了，一個陌生的年輕女人一路保護著他，帶領他暫時忘記戰亂路上的，苦難。

每夜，她一次又一次地帶領他來到他未曾經歷的愛情體驗。

他滿懷驚心動魄，終生記住了她留下的透明的表情。

她深邃得像午夜銀河那般的大眼睛，黑黝黝，把少年整個身心吸入黑洞般的眼瞳，深處。從泰北到柬埔寨，最後穿過湄公河到越南的港口。一路上，他和她共同面對了可能再沒有明天的逃亡，生涯。

古王國雕像的微笑

「這不是她可能的成就

而是她的過去

而過去已經死亡」

在遇見她前，逃亡的少年不敢想像日後他將會是一個怎樣的一個凡夫，是一個藝術界裡的厭世者是亂世後的革命家或一個無名的烈士，還是現實社會中冷眼旁觀的看客。或者，只是個精神世界中孤獨的狂人？

他至今仍然完全無法想像他往後的人生圖景。

他渾身戰慄在戰火和女人之間。她把青春男體的能量帶出來，在戰火的時代中，回歸她的身體。

這種回歸超越了他的極限而陷入更深更迷亂的戰火中，孤獨無助，成全了他們的愛情。恐慌與興奮在兩極化中衝擊戰亂路上一對亡命的男女，彷彿回到史前記憶的原始生命場景，帶領他到達一個女人的肉體邊緣，衝擊能量之大，一夜又一夜讓他們渾身抖慄，不止。

她是他最初體驗的情慾戰場，將他體內最沉重最湮遠的生命之源向內在深處回溯。

這種回溯，帶領他進入日後的情愛澤地，在他乾旱的日子中尋找她，以及她的影子的，餘溫。

然而明天並沒有停止到來，她也沒有突然不明不白的離去。

他的心，和對生的夢，也沒有被戰火轟為炮灰。

他們的逃亡路線穿越南方吳哥窟的邊緣。遠遠地，那一晚的星光，他看到森林中的古王國神靈的微笑。那種神祕莫測的微笑，是她用神話般的少數部落的神祕語言翻譯給他，她說那些巨大的石雕在歡迎他們的到來，並且祝福了他們。

他們在殘破的雕像地帶中度過人生中最溫暖激情的夜晚。許多年後，在他們再次相遇時，她對他說起她沉重的記憶中就有如逃亡路上的那些石雕神像，永遠沉壓在她的心中。

第二天壯麗的朝陽從神雕背後的森林升起射向他的未來的，遠方。在吃早餐的地方，一如她昨晚所言，像受過神雕祝福的結果那般，她很幸運地找到一輛要去越南港口的大卡車。遠遠送他們離去的石像之笑，仿似流動的盛宴一般，走過之後就刻在他的身上，永不磨滅。

明月底下銀光流過石雕的凹陷刻紋，遙遠而迷離，永遠刻入他的記憶之中，他的記憶也就變成了巨大的，石雕。

幾天以後，他們到了港口，又經過幾天之後她把少年送上輪船，叫他在船上等她到岸上辦完事就回船找他。而她卻從此消失在他視線裡。輪船開航離岸時他站在船尾的甲板上整夜不眠，也不哭。到了香港他找到大伯父，在異域的暗巷中，他走在異鄉夜色的迷離之中，他終於明白他已無法打聽也無法再尋找到她了。

失去她的感覺就像他沒有法子尋找到他的自身的影子一樣，傷痛的黑影，在黑暗的印度支那半島。

他的未來沒法尋找只有等待。等待有人把少年帶回家，然而少年早已知道，他連家，都已失去了。在香港，他和陌生的大伯家人擁擠在港島靠海的一角，日夜，流轉。

他常在附近的殖民地公共小圖書館裡打發時間。在一本小書中看到他旅居的小島的前塵雲煙。百年前的小島上只有不到五千的居民，而多年後當他再次回到島上，那座海島已經是一座繁華的國際都市，一座住了五百萬移民之城。這一段港島的年少時光是他發現新世界的小窗口帶領他到更大的生命，窗口。

有一天，大伯父把他家人帶到馬來半島海岸的港口投靠他的一個同鄉老友，在手工廠裡幫忙家人創業。他也踏上改變他一生的土地。在那一年的季候風帶來的雨水中，他經歷了生平第一次熱帶暴雨的洗禮，震動神魂的雷電和密急的狂雨中，他開始了新的讀書生活，在馬來半島上的華文學校求學。

他完全不知道他處在一個國家變動的時期，一個歷史的開端，也是一個逝去的時代的，結束。他深陷在特拉克爾的詩句意象中，在兩個括弧之間，他過去的往事已遠。

他所眼見的那個年代，有些新興國家獨立了，有些國度仍在種族衝突中流血成河，卻幾乎沒有一個家國可以重新以人民的力量征服他們所身處的，專制政權。

不經審判的罪人

「他試著歌唱，歌唱

為了忘卻
他那充滿謊言的真實人生
為了記住
他那充滿真理的撒謊人生」

昨天，他的大學時代剛剛過去，今天他已年老。老在帕斯的詩中，在謊言的歌聲中面對往後數十年的真理人生。

這個逐漸老去的人在病中回想起許多年少以前的往事。昨日的青春廣場被年少的天真毀壞之後，大學時代的生活很快在災難中遠去了。今日的廣場映照出他的晚年映照出一個更大時代的，來臨。

他的學生時代在叛徒般的姿態中度過，反抗社會體制的活動成為他生活的中心。大學畢業不久，警方在他所主持的戲劇學會辦事處中「搜出」所謂他和幾個會員與馬來亞共產黨交往的「證據」文件。國家內政部以不必審判的國安法將他拘捕入獄。他在那個國家的內安法令中被政府治安人員帶走，成為眾多沒有經過審判就被定罪的罪人之一。

以前，這個國家也曾用同樣的方式捕捉了幾個馬來亞大學中文系的學生，關閉了馬來亞大學華文學會。這是這個國家所有國立大學裡唯一的，以華文為主要訴求的學會。警方逮捕了現任主席和眾多會員，包括已畢業的前任主席和祕書等人已都被扣留入獄。在這個受民族主義毒害的新生國度裡，顯得非常的刺眼。

這華文學會，是這個國家唯一一間設有中文系的大學所主辦的學生會，也是這個國家高等教育界中唯一一所可以在校園裡公開使用中文書寫的海報和廣告的機構。關閉華文學會暗中震動了這國家對於華文教育、華文書寫和華人在這個國家的身分認同危機。這個國家的政府特別針對關閉華文學會事件在國會發表白皮書，嚴防共產黨勢力在校園和社會各階層內，滲透。

華文運動，在這個初生的國家被國家機器指責為馬共在這國家內進行顛覆活動的溫床。

在沒有審判的牢獄生涯裡，他沒有能力證明警方所搜出的所謂文件並非他所有，他沒法表明自己的清白，沒有人相信他對有關文件完全不知情，自然也無法指控那是警方栽贓的手段，這會讓他從囚房中消失而無人知曉。他想知道，那位當年以同樣方式被警方祕密逮捕的華文學會主席的下場。

他像是從此被人遺忘了。被逮捕的那天他心中可能仍然充滿理想主義的熱情，卻沒料到，他將徹底消失在歷史場景的陰暗落角裡。不像其他國家的政治囚犯，不少人後來成為國家和民族的英雄，然而這一位被政治黑洞吸食的華文學會主席，已被他的國家成功地，消亡了。

在獄中他遇上另一位代替了這個華文學會主席的同志，是另一位因爭取創辦大馬華文獨立大學的學長。他同樣是不經審判被關在同樣的政治犯祕密地點。他是馬大中文系全盛期的、讀中文系的人。他回憶起德國漢學家傅吾康的講課風采。不知道為什麼他說的中文常讓他感覺好像是馬來人說華語。然後苦笑。還有一個從香港來的中國學者，叫錢穆的，當時我們都不知道他是什麼人物。他說。

他可惜錢穆只在馬大中文系教過短短的一學期就匆匆離開了，他原本的簽約不只半年。他對外說是不適應熱帶的潮濕天氣，其實這裡的天氣是很乾燥的好不好！就是季候風來時雨多了點。其實，那時校園裡的學生都知道他是受不了種族和官僚作風才被氣走的。

錢穆離開馬大中文系後，戰後漢堡學派漢學家傅吾康很快也結束了他在吉隆坡的客座教授生涯，離開了馬大。

這位獄囚同志當年畢業後，好幾年跟隨大馬華校教師總會爭取成立以華英雙語為主要教學語言的獨立大學抗爭運動。一次他計畫在國家獨立日上街遊行，在遊行申請書遞交後第二天他就被情治人員半夜裡從家中，帶走。

沒有明天似的一種愛撫重新將他擁抱。

那種消失的感覺在黑暗中來到他身體，將他環抱起來。

牢房中的日日夜夜，他深深感覺到她從來沒有放開過她環抱的雙手，時緊時輕柔地環抱著他。

許多年後，他在獄中追思她的時候明白了帕斯詩中所說的愛慾體悟：「詩是語言的性愛，性愛是肉體之詩。」

就像愛，是性愛的詩而詩是語言的性愛一樣，碰撞出他人生的各種課題，也見證他，愛與慾的頂峰體驗。

碩大。華美。虛幻。

生死未卜之戀

「我的花園的時間
午後陽光下
草木間瀰漫的慵懶睡意
爆開的無花果
都是虛構的時間」

一張古岩石雕成的臉，刻入，他的年少歲月。

一直到他的中年晚期，他仍然擺脫不了少年時期的這一座雕像的黑影。日後他無數次回想起，牢房中的思念如何成為他的精神糧餉，也讓他痛苦難堪，體會到早歲蒼老的，淒厲。

少年的身體，老年的內在情感，在內心自我流放的男人，他的愛情他的歷史他的國家都成為他難以啟齒的，禁忌。他心中滿布了他所不能接受的現實。

在他的家鄉，祖祠堂裡皇天后土的神像早被他的先祖搬移到更新的遷移地的神殿中供奉。他的囚禁生活就像無人進香的破敗古廟，黑暗的，完全和現實世界隔離了。電視，電台，報紙，書刊，各種新聞，各種聲音和文字都消失在黑暗的牢獄中。他不知度過了多久的日月，完全生活在無聲響無文字無視像的空白空間裡。

他的日子有如神像被重新安置在一座座古廟的幽殿之中。一種生死未卜的惶恐，引他重回最後一次他跟著家人在黑夜中祭祀家園故土的最後一夜。日後在另一座也是英國殖民統治中崛起的東方城市裡，他走在少年時徘徊過的街巷重新體驗逃亡的追捕。

如今他躺在病床上。死亡已是最後的逃亡。一切屠殺行動的極限。逃過此種極限的人意味著逃過了命運的審判，然而這一次他知道他沒法再次迴避死的牢獄。

多年後，當馬共武裝叛亂分子不再威脅這個馬來半島上的國家安全時，他被放出流亡海外。在歐洲苦讀的歷程中他感覺到他是從一個國家到另一個國家的乞求者。某種他無法用語言去定義的求乞者身分，也是一種和五四時代的乞求者完全不同的生命處境。

自從失去家鄉後，他經過了很多年的磨練才慢慢地擺脫乞求者的眼光看世界，也不再乞求安逸與幸福。在殖民主的國家讀研究所時，住在移民到倫敦的舅舅家裡。他舅舅說起當年他來到倫敦第三年，一天打開電視看到吉隆坡秋傑路上通街大火，店鋪和車輛在火海中演繹一個國家的種族屠殺，在火光中，隱約可看到屍首臥道橫街。

這個由不同種族組成的新國家終於爆發種族屠殺慘劇。軍隊上街用黑色的油漆塗上死者的臉，不讓家屬認屍，集體搬運到無人知曉的地點埋葬。到今天，這個國家的人民仍然完全不知道那場種族屠殺慘劇到底死了多少華人子弟。他只記得他的族把單車充氣器注入腐蝕性極強的鏹水，可以噴射到很遠的距離，風聲，鶴唳。

他再次投入參與當地的社會運動，而那是有關民主和性解放的革命運動。人類的情慾被徹底地掀開道德的外衣，如何大膽地要求更多的民主與自由，性愛。

在發展中國家深陷於種族、語言和宗教矛盾之際，他逃亡似地離開了那種生命毫無保障的國度。在另一個國度卻又趕上了另一種社會運動的震動，他走在人群中跟著群眾大聲吶喊大聲宣讀他們的宣言，大聲痛斥政治的骯髒，甚至試圖把政治革命和性革命戲耍在一起，給政府難堪卻又不被逮捕送入獄門。

那時期的運動宣言痛責所有的政治。一代人，替天行道似地公然在大街小巷中離經叛道地把情慾變成圖像和文字。不只是政客和政府被痛罵，也指責作家和藝術家是形式主義的變態狂。

把憤怒寫入書架的灰塵中，借用《憤怒書塵》魏德哈斯的話吶喊，這就是一代新人類想要去掉陳舊幕布的力比多之旅。

這是一代人要求全景式人生的戲劇舞台，他們想要新的社會法則和理想生活，想要去掉所有的窗簾要求透明的房屋要求全景的政治，甚至要把地鐵車站和總警備處變成愛情隧道。而早在六〇年代的時候，西方性解放的成果之高，表現在取消了同性戀的刑法，開始時是男性然後是女性之間的同性戀的解禁。

那一年，他的人生也進入私闖禁忌的階段，開始另一種和命運抗爭的戀愛。

地平線上的異客

「昨夜你告訴我
明天，我們得重新創造
這個世界的真實
在岬角之頂
躺著等待
時光穿過地平線的裂縫
捉摸不定地歸返」

穿過黑暗的地平線，在中年的裂縫中他到了歐洲，開始的一年他遊走在幾個國家，這古老的另一塊大陸給了他新的選擇。

他在歐洲的學院生活，過著有點像東方五四時期的頹廢情調生活，成為現代學府中的異人，是被看客觀看的群眾也是被群眾所觀看的庸眾的一員。他自在地生活在異種人的社會裡，安然地學習著異種人古老的語言。在燈光侵襲城市的暗影中，那些求學的年月仿似五四時代式的浮光掠影，他深深被當代新興起的學術和理論思潮所勞役，特別的慘澹。

寫下《太陽石》長詩的詩人留下的詩句，為他辯證詩人與凡人、真實與撒謊的人生，然後，他尋找到了自己的安全島。

考取了博士學位後有了專業的工作，然後結了婚有了家然後有了孩子然後離婚，放棄了孩子的撫養權。安全島突然間轉眼崩塌了，像卡夫卡筆下的人物那般沒想到有一天竟然會發現自己生活在充滿現代巫術的虛擬世界裡。

在孩子長大快要讀完小學的時候，他回到家鄉安葬了父親，在火化場的儀式中，殯儀館主持人巧妙地在點燃爐火後即開始進行切割燒全豬的拜別儀式，一時間親人都開始吃起派發到手中的一盤燒肉，似乎忘了爐體中被火化的父親。

不知過了多少年，有一天母親對他說，她害怕死後被火化，她常夢到她全身都是火光地去見父親的恐怖景象。他才知道為母親預買父親旁邊靈位的安排不該讓母親事先知曉。很熱啊，痛，母親沒有表情的嘆氣。

離婚後他發現他父親在他身上復活起來。他寓居在父親童年的世界中，和母親的關係越來越疏離，慢慢沒有了親近的感覺，只有悲傷之感。他回到城市中，童年時候母親鞭打在身上的藤條瘀血偶爾出現在他離家出走的夢中。童年時候他幾次計畫離家出走的想法，最後都在飢餓中偷偷從家的後門進入廚房或睡房。

離婚後的單身生活讓他又可以到世界各地遊蕩。

在他再次和她重逢之前，他完全不知道他原來也喜歡熟女，這是他以前並不知曉的奇妙感覺。

他想起《金瓶梅》中西門慶的女人都是結婚了的女人。從此以後他也開始成為中年離婚女性的入幕之賓。他更多是和二十餘歲的少女交往，她們有各種令人著迷的故事，奇妙到接近離奇的童年離奇的美和野性。他和她們建立一種較為鬆散的性友誼關係。他和她們開始某種美麗的性友誼關係，雖然並不無糾纏煩惱卻能較不牽扯或只有淺近的愛與靈魂碰撞，純粹的寂寞與歡愉的兩性關係，沒有占有沒有男女朋友的緊張互動。

從春色中綻放一點點親密，一點點愛與慾的滲透。這只有後工業時代才能發生的兩性關係，在他父母親那一代是完全無法想像的社交文化。

和她重逢，年少時候的影像再次飽滿起來，聲音緊緊捕捉著逝去的青春滲出一絲絲故土家園的逃亡聲響，細微之極。

他曾經無數次幻想過一生中最浪漫的事就是在城市中和初戀情人不期而遇。然而絕沒想到這事會延後數十年後發生在當年失去她的那一座海港，離散的人和離去重返的城市都已變得幾近面目全非了。

年少時候那一個帶他走入歷史走入女性世界的人奇蹟般，出現在他眼前。在她憂鬱的眼中他也看到民族的憂傷，看到他的故園和逃難中的情愛。其實許多年以前那個離去後從此不再回來的女人仍然時時刻刻陪伴他，在她不存在之處，陪他。一直等到她出現的時候，她才從此消失在他的記憶中。

現實的能量如此巨大，再次遇見她，他也預見了他今後的生活。許多年後他接受他再也無法逃離她的生活圈子。重逢後的生活，無數次她回憶起許多他們分手後的她的故事。

逃亡，提早結束了他們戰火中的青春，然後就是各種形式的逃亡生涯，繼續著。九〇年代他們不約而同來到香港，留在香港島上的古老學府。後殖民的幽靈，學院的身影逐漸在他身上顯得有點蒼老。

在國家與國家、男性與女性、研究室與課室之間，他慢慢從乞求者變成施予者。生活有時候需要向命運乞求。這種生的乞求的感覺，從魯迅到他這一代，漫遊於東方的角落。情感上，他憎惡心中隱隱約約的乞求感。在知識上，他的施予者身分並不能平衡這些年來的感受。

情感的地平線上，早已不是當年他年輕時想要進行社會改革所能夠想像的一種處境。

而她的不棄不離，廢除了他所有的愛欲情仇。

她讓他知道他不再是乞求的孩子，不需要再裝聾作啞。她只讓他碰到各種乞求的人，而不讓他成為乞求者。

永不消失的蝶舞

「我的手掀開妳身體的簾帷
把妳籠罩在更徹底的赤裸裡
剝開妳身體外的許多身體

我的手，替妳的身體
創造另一身體」

《愛慾同體世代的新興階級》讓六〇年代的世人知道了第三世界有這一號有色東方女性主義先鋒者。這是她中年時寫下的愛情巨著三部曲的第一部作品，成為今日年輕一代的情感教育典範。當代的愛與婚姻，追求的可能只是一種可以獲得最高價值的交換式的商業行為，或者說，因為涉及愛的因素，因此也可視之為一種藝術行為一種愛的蝶舞。永不消失的蝶舞，經過戰火、革命與牢獄的洗禮，舞姿終於有了獨特的名義與儀式，在她的愛情三部曲中。

他在她的愛情三部曲中見證了青春年少的成長和一個女子生死的丘陵地帶面貌。在她的文字中他看到許多年後仍然在青春河流源頭追尋的影子，屬於她的墓銘文的碑文。

她內心渴望睡在一個長年有男人守在房子的臥房，在夏日的花園裡埋藏她的傷痛。在她居住過的花園中，寂靜的花與悲傷守在身邊。永恆的傾注，直到晚年的時候仍然滋潤著青春的喪盡。

追尋也好，惡靈的追問心靈的探險也好，誰知道呢。他只有好好深藏這一份不為人知的想念，一份他人生中最美的傾注，讓他無憾。

她如今是修補商業社會文化的化妝師，過著一種無重量的生活。

他看得出來她內心的失落的力量，他們不是烈士不是狂人不是革命家也不是厭世者，卻同樣都淪為了現代文化的化妝師，同時也是庸眾。

她不想生活在文化化妝師的角色裡。

他以前也曾過著她當年的生活模式，對抗越來越世俗化的生活入侵。她以前的生活就是他今日的現實。他陪伴她在熱帶雨林的群島絕地中考察萬物。

中年以後的日子有如群山荒雪的山谷，和他一起面臨老年到來前的滅絕山林。

雨林中的亞洲巨象，迷走。

熱帶森林中漫遊的犀牛和喪子的母豹，憂傷而絕美。

這一切憧憬只帶來兩難的困局。重新遇見她後，我老師通過她而有了更大的能力，他看出他以後的人生將會有許多途徑把他引向晚年，不幸地，病痛把他的人生毀於一朝。他再次成為逃命者，在病床的白色被褥與棉襖之間，他開始了另一場和生命有關的戰爭。

同樣是戰火中逃亡路上的亡命孤兒，同樣被一個人照顧著。這是打從他出獄之後，他有了渴望生存下去的意念。他每天對著白色的房間發呆，發現他只是變動的世界中被豬籠草所捕捉的一隻蟲子。沒有人再可以挽救他，可能只有她，只有戰火中的她可以拯救他。

在肝癌的戰場中，沒有人能夠成為勝利者，沒有能夠成功逃出生天的人。他本來以為沒有那麼嚴重到等死，在一組醫生不贊同手術而另一組醫生判斷可以一試的情況下，他進了手術室。如果運氣好，切了一部分生癌的肝日後會生長出來。無奈癌細胞已經擴散，他又回到病床上。那個年紀更輕名叫比爾・蓋茨的人早已成為世界首富，創造了新的科技改變人類的生活，如今已退休享受他的健康生活。在醫院裡，我終日在他的病容前坐著，陪他。

冬日的陽光從記憶深處帶出遙遠的思念，讓他深入他的年少往事之中。

那年小林還在讀博士學位，他用回憶錄的方式對小林講述她的故事。他完全沒有把小林當作是他晚年的學生，而是視為他記憶中的另一個他的少年自我。

他的記憶散布在我的記事簿中，零零散散地，我寫下有關她的幾頁生活側影。漸漸地，小林在他老師的回憶中走入老師年輕時代的雨季。有時會有一種錯覺，他也變為他老師的化身。如今回想起來，他也在過一種他老師以前的逃亡人生。在不斷膨脹的宇宙和個人的歷史中，逃亡的生活一經開始從此沒完沒了。我們其實都像一顆過早偏離軌道的星體，努力逃離宇宙的引力，不惜被外界視為一個內在精神分裂者，就像本太陽系最邊遠的極寒極幻的冥王星。

在老師的青春的雨季裡，點點滴滴，滴落在小林的筆記簿中。

小林的文字像落葉般的紙頁，飄飄蕩蕩，在幸謙的指間流動，記錄著並感受一代男女永恆的戀情。他知道，許多年後這位老師將仍然是當年的孤獨者追尋者。他帶領幸謙深入帕斯詩文本中的曠野。他們師生共同經歷原始沼澤和文本山林的孤獨，他們以這些詩句和文字去思念他們的少年時代。那個捨他們而去的女人，注定要一起共同面對老年時候迎頭趕上的病痛之軀。

我注定要在往後的人生中，像這一位長者一樣追求我們心中較為完滿的生活。一如柏拉圖當年思索的心靈和諧論。學者柏拉圖借鏡了古希臘數學家兼哲學家畢達哥拉斯的思想模式，認為數學與音樂是互通的學問，宇宙和諧的關鍵就在於音樂的協調之數學比率，道出性靈和諧論的核心。性靈之生，煉金術如煙火如爐香梵音，若記若憶，日漸一日消失在心深處的永恆，記憶。

十年雨季，他的學術帝國

「愛的柔力充滿恩惠
癒合了他的創傷」

學術帝國的黃昏

風景線在這座城市的十年歲月裡發生了許多變化。

在商品世界令人陶醉的乳暈奶香中，在當代弱肉強食的學術濕吻中，在學術性愛與文學愛慾的高度技巧中，小林活了下來。

十年雨季，法華經文中佛陀說法時的曼陀羅花如雨自天而降。

至今在幸謙心中未曾停息，那象徵空心無心的無蕊白花，是情慾之門的實體也是神靈的化身，是構造世間一切盛景的道場基地。

十年間他的生活他的學術帝國，他的文學國度在他到來之前已經建構，完成，在他到來後卻崩陷了，然後再重建。再崩陷。然後，就無法重建也不再有崩陷的憂慮了。

那十年的雨感覺沒有停止過，一場場學術道德重整的工程，在他的國度裡百廢待興。浩浩蕩蕩，絲絲縷縷，打動了他。

十年歲月，打造了他這樣一個人物。

他是一個亞瑟王式的宿命男人。

一種凡人模式的悲劇英雄，一種彼德潘人物，一種哈囉喜蒂娃娃，冥頑不靈的專制者。他是個怪傑。難纏。另類。庸才。

他是孤獨者、縱慾人，極端體，性癖類，完美主義家，盲目專家，素食主義專才，天體奉行領袖，媒體世界的反主流派，文化界的雅皮士，以及學術界的嬉皮士。

他，同時又是藍領階級的紅衣主教，貧民窟中的無名神父，城市中的越獄者，是悲劇的哲學家，也是執迷的宿命小生。這自命不凡的小生，如今已到了中年，而且，還在等待他的真命女神。在愛的追尋中，他幾近失去了對於真善美的判斷力。

他的學術生涯，有時讓他迷失生活的節奏與方向。在工作以外，他長久被稱為單身貴族。在系院裡，學生告訴他什麼是系草，另一種性別稱號。從系院最年輕的教授，被學生奉為系草的詩人，一手專攻學術，一手寫作文學，而被學界戲稱為學院派的雙槍手。

對於長久單身生活的中年男人來說，愛有一種難以抵禦的誘惑。他的詩，愛是一個永恆的主題，是深不可測的陷阱也是現代城市與繽紛消費時代的想像體更是浮世生活中的感情病毒。

愛情是一種活力。無限。永恆。新潮。時尚的精神生活，一種無法捉摸、真假難辨的虛無遊戲。

這些年來只有在他戀愛時，才有心情翻閱閒書。其他日子都在閱讀和教研工作有關的書籍。有一次他去探望病中的老師，送給他一本老師早年在倫敦讀博士時購買到的絕版馬來古文的《馬來紀年》。這一本馬來民族留下的最早的馬來文言古語史書的中譯本，他一翻，看到中國皇帝迎娶馬來公主盛事的那一章節。

那是在渤淋邦發生的外洋中華民族的，中國故事。

渤淋邦即是古代三佛齊王朝所在地，位於安達拉斯島的南部。安達拉斯島是今日蘇門答臘的別名。這一本古馬來王譜史書記述了百名中國男人和百名中國女人以及百名中國貴族之子來到了馬來半島。然後中國特使揚帆回到中原，帶回西昆棠山國王的公主嫁給中國國王。蘇巴爾帕王問朝中百官關於遠嫁女兒到中國的事，大臣奏曰：中國國王是大國之君，普天之下，有哪個國家比中國強大？將中國國王收為女婿，不失為一件美事。馬來國王在國書上印上「甘巴」國璽，送公主上船。中國帝王娶得了馬來公主，高興萬分，以盛大隆重的禮儀迎娶馬來公主。

赤道上，這一支波里尼西亞民族的歷史建構，愛情是兩個國家的建交的見證。

中國君王和這位馬來西昆棠山國王的公主的愛情，成為南方家園中一頁傳奇。這一個西昆棠山國度，被馬來民族稱為他們的發祥地。而西昆棠山國的公主和中國帝王所生下的子子孫孫世世代代，承傳王位做了中國的國王。

這本被人遺忘的史傳提醒中原王朝，中國王室其實有著馬來西昆棠的血統。這種波里尼西亞式的民族想像空間，對於中國王國世族的歷史解讀令人嘆為觀止。

除了較多人聽聞過的中國漢寶麗公主遠嫁馬六甲蘇丹外，這些更加古老傳奇的異國愛情故事點綴了他年輕時慘澹的青春。古代的帝王愛情，淹沒在馬六甲海峽的夜幕裡，永遠的消失了，無法言表地成為現代愛情最華麗的演出地點。

最美好的是古老傳奇的異國愛情故事，點綴了年輕時的青春。在格奧爾格的筆下，有如愛的柔力隱含了愛的恩惠，癒合了幸謙的創傷。

身體銘文

「人赤裸裸的痛苦
默默地與天使相搏」

大約在二十世紀最後五年到二十一世紀最初的五年間，他的生活就像藍色星體一般發生了幾件重大的事變。

他的身體銘文刻上壯闊悲烈的年代。

這樣的年代造就了他造就了林幸謙，也毀滅了林幸謙毀滅了他的世紀。他如今是虛擬時代中媒體大鱷的智慧囊，成為實業家的文化打手也成為孩子世界的玩具總工程師；同時也是夢想空間的消費者，教育界的恐怖主義者，學術界的政治玩家，企業界的作家集團，高科技的守舊者，政界的原教主義元老。

偶爾他也是童話故鄉裡失去了魔法的惡魔，是現代都市中被無期囚禁的自由主義者。

十年以來他一路打聽，他的帝國中人如何逃脫現實的各種新聞報導，然後接受了傳媒所說的各種報導，不再反抗。在他的王國裡，這種學術逃兵的報導非常多，而且多彩多姿。

一路走來，在作家和知識分子之間他看到自己是一群不可能被拯救的文人。在可挽救與不可挽救之間的分野之中，他又聽說許多人墜入了學術的情欲深淵。這裡不會有真正的學術或藝術活動，所有的學術或藝術都是仿造的，恍如構思奇特的天篷，籠罩了天空美麗的視野。轉眼，就是十年光陰。

近年他常想起年輕的時候為了考上馬來亞大學他決然放棄了高級幾何數學這一門弱項，獨自在毫無導師的環境下選擇專攻馬來文學。《馬來紀年》是這一門高級馬來文學科目的必修書目之一。這一本十六世紀初編修完成的馬來諸王起源考，其馬來原文可譯為《馬來由史話》（Sejarah

Melayu），亦可譯為《馬來王譜》。在這本馬來民族史料上唯一古典歷史傳記裡，獅城新加坡有一個更加古老的原名，淡馬錫。

那時有一個名叫聖尼羅多摩的王子，是亞歷山大大帝東征印度和印度公主的後世王孫，來到馬來半島最南端的「地之極」（Ujong Tanah）突遇海上風暴，逼使王子把王冠連同船上所有貨物拋入海後才在淡馬錫靠岸。在巨大的岩石布滿的沙灘上，一頭異獸在海邊遊蕩，王子的臣子說那是獅子。王子從而把他的王國建都於此，名之信伽甫羅／新加坡拉（Singapora）。這些馬來民族的故事，讓他早年有機會穿越淡馬錫的歷史。

在信伽甫羅的傳奇中成為俠客哈迪甫，一如往常在新加坡市場上遊蕩，在王宮前散步。俠客死時鮮血滴在信伽甫羅的土地，屍體卻消失得無影無蹤，後來傳說這屍體出現在千里外的，半島最北端吉打的岸邊。當時，刑場附近一個賣蒸糕的小販，用蒸籠蓋子遮蓋了哈迪甫流下的血跡。

血跡變成岩石後，傳說有人在岩上刻寫這座海港的王朝黑暗史。

上世紀那一年快過盡的時候，新的一年在冬日的微陽細雨中來臨，在複雜錯綜的歷史進程中來到他的眼前。往年除夕的情景突然地一晃即逝。他再次站在高樓上，看到最後的一列火車從廣州駛進香港新界，馳過上水，粉嶺，直奔紅磡的方向。

他驚覺到他大半生都生活在邊界地帶。

在國與國、故鄉與異鄉之間生活著，囚禁著。他努力地想要自我救贖。他寫下，邊界的詩和詩的邊界。

在他的小我王國裡，古老的土地最終會向身體回歸，然後發難，就像他的國度，就像吳爾芙的內心那般，他的王國停留在一間冷清的房間中完成自我主體的建構。在他的文學國度與學術帝國之間，他經歷了殖民入侵者與原住民的慘烈游擊戰。

年復一年他書寫著，年復一年在想要擺脫逃亡的念頭中撰寫學術論文，或者寫寫詩歌。那是他在新加坡作客時留下的、富有歷史記憶的身體銘文，也是他所著述的書本銘文。

成千上萬的劍魚紛紛飛上岸。他的文字和新加坡古代馬來王朝的歷史融合在赤道的這一座小島上。馬來帝王世譜帶著獅城的傳奇，向他和他的身體，與歷史的記憶看齊。在那些視歷史為神話的年代，赤道的劍魚族群一年又一年在季候風雨的巨浪中來襲新加坡拉的古老海岸。場景壯烈，成千上萬的劍魚紛紛飛上岸來刺死了海岸上的居民。史傳的文字寫道，劍魚飛到人的胸部劍魚飛到人的頸部劍魚飛到人的腰部，一一由背部飛出來。貫穿而過的歷史銘文，深銘在赤道中成為他人生的歷史場景。

成千上萬的劍魚紛紛飛上岸，書寫他。那年代的歷史銘文的力量，有如劍魚一般強大有力。他書寫的書，銘文也最終要向歷史看齊。他的書，銘文只是肉體的代喻，最終都會回到土地。他的土地。神祇不時在他的這片土地的內心湧動。各種符號系統像風霧鑽入記憶深處，令病痛叢生的肉體倍加感傷起來，紛繁流動，勾起他半生的記憶。

多雨。潮濕。多風。

在微暗的陽光中縱橫交錯：初戀，婚姻，演講，領獎的儀式，掌聲，閃光燈，歡騰的群眾，芳香的溫唇，如今都來向他告別，要他遺忘他所不能遺忘的。許多年以後，知識的誘惑，肉體的形象，土地的血脈，以及盛年所經歷過的各種風雲際會已不再能觸動他。

暴烈如熱帶的盛年雨季，短暫得不近人情。

安全島的漂移

「為神聖的痛苦所驅迫

人默然乞求上帝的麵包和美酒」

乞求上帝的恩惠，發生在他情感最為脆弱的時刻。

特拉克爾詩句深處中的神聖痛苦，對於他而言是恩惠的藍色花叢，癒合了他的創傷。創傷，都是孤獨的。

對他來說，所有孤獨都是神聖的。所有神聖的，都必遭創傷。

沒有比我們時代更不孤獨的時代，這是夸父的隔離狀態是他的狀態。在夸父有點傷痛的身影中，他最深沉的需要是脫離他的隔離狀態，是離開他的孤獨之牢獄。這是他的安全島。

那是他的安全島，那不是眼睛看到的東西而是想像出來的東西。每一個當代人都有一座屬於自己的安全島。他像許多生活在城市中的現代人一樣，長久建立起屬於自己的小王國。他自得其樂，起碼他以為在自得其樂中享受偶爾來到身邊的日常生活。這是幾乎所有人都不願丟棄的安全島。

工作是他長久以來不言而喻的安全島，家庭一度也是他極為重視的安全島。一個個人的島，他逐年積壓了物質財富，更離不開個人的生活習慣。都市生活圍堵了他，都市則圍堵了所有現代人的生活。

他在他的安全島中努力保持一種優雅的狀態，慢慢有了社會地位和文化身分。他試圖追求更高的心靈感應能力。夢中美麗的色彩，讓他相信他能轉變對待生活的態度，也能扭轉內心日漸乾枯的，性靈。

然而他沒料到，安全島的世界，二十一世紀的繁華城市裡，憂鬱症會侵襲到他的安全島。無可選擇的中年危機，到來了，越來越難享受悠閒的高薪生活，只能說苦中作樂。

新世紀的宏願中，生態災難和自然天災顯得有點塗鴉式的難堪。災難像神話故事重臨人間，然而更可怕的是心靈的災難。機械似的生活擁擠在電郵、手提電話、電腦和各種文件、通訊、會議、無形的競爭場之中。他反抗著許多人反抗著的一種微妙的、壓抑的生活狀態。

偶爾的失眠變成日常的失眠夜。吃了抗憂鬱症的藥後，再吃安眠藥，然後又吃胃痛藥。各種安眠藥，褪黑激素，纈草精華，蓮花，後來是祕魯的瑪咖也加入他的日常藥單之中。國內幾個年紀較大的詩人，還有小說家推薦他兩三種安眠藥。只要半粒，就能好好地入睡。國內的同鄉女詩人告訴他說。然而無法在市面上購買到，只有高官級別的人物才能分派到那幾種很有效的藥品。

後來是製作泡藥材的酒，在睡前喝。再後來是喝紅酒，蘇童就喜愛夜晚喝紅酒。幾年下來，他似乎提早走上了藥典之路，在他內心的畫布上，他感到自己睡眠精靈慢慢慢慢消失。

許多發生在二十與二十一世紀之間的日子，落在身心之上的珍貴或暴戾的日子，急促的如赤道的雨，點點滴滴落在心野之上。他想起許多遠離了他生活圈子中的人，亡故的親人，心臟病突發的同窗好友，懷孕後悄悄離他而去想要獨自生養孩子後來又流產了的美麗女友，以及分手後失去聯繫的幾個長得像少女版關之琳、董潔和舒淇的戀人。

在逐年升溫氣候中，他的心日漸冷卻，有了諸多的想念。有想念就想遺忘。在遺忘中，他必須首先遺忘自己。陽光暴烈的夏季，暴烈在赤道地理的位置上。他的生活隨著經驗的變化和不同的心情而改變。開始的時候有些停滯模糊，然後就急轉直下，縱橫變化，在無止盡的，追尋中。

情感，是他追尋的俘虜物。和理念一樣，在他的追尋中成為俘虜，而他在這裡書寫的文字，成為忠誠的另一種俘虜。

他是沒有門派的追尋者。

他常想起另一個不想被別人叫他為追尋者的藝術大師。在藝術追尋中畢卡索告訴他，他不尋找，他說只是看到了就擁有了。

他在他身上看到了事物的另一層真相，就像畢卡索看到藝術不僅只是真理，而藝術更是一種謊言。藝術教導我們去理解真理，同時也讓我們明白真理的謊言。

在他的畫裡看到許多謊言的生命許多藝術的偽裝許多的破壞。他的畫作正是他的身體銘文，他的作品正是這些破壞和補綴的總成績。人生就像藝術中那些被毀壞的東西。和精神成長有關的東西，在毀壞中改造了這些物體的質地。

經過多次不同的追尋，許多往事搖身一變成了夢幻與真理的痕跡，隱隱寫在他的臉龐上。他的追尋穿透了他逐漸年老的雙眼，越過視網膜，二十一世紀在重建中崩解了。他感恩命運對他十分的寬厚與慈愛，沒有讓他遭遇崩解的不幸。他感恩愛情海洋中漂流到他身邊的幾座天使般的島嶼天堂。每一個天使，不論是物質主義的女孩或是浪漫狂熱的少女，都像天父的海灣般給了他永生難忘的愛戀交織的纏綿。

他是沒有門派的追尋者，九〇年代，歐洲的解體與重構為他的留學生活增添一些立體的歷史景觀。

同時代的年輕人，悲憤而憂鬱的群眾走出了濡濕的社會死角。他只是冷眼旁觀，蕩漾在天使島嶼的人間樂園裡。這是他的王國的誕生地，帶領他通往人間的天堂，暫忘世俗。

這美好的天堂冒險旅程，逐年納入在遺忘的行列。

那年的冬天，在北方的冬雪落下之前，他正準備為他的學術論文寫下最後的結語。

紫荊花之雨

「藍色的花
在凋零的岩石中
輕柔地鳴響
所有生成者顯得如此病弱
靈魂，只不過是一個
藍色的瞬間」

許多年後，香港中文大學本部的候車站旁，春天，杜鵑花同樣展開一年一度的花姿演繹，在車站前召喚青春，為候車的學生和教授祝福，送別。

大學是一座華美而哀傷的園林。

從馮景禧樓的研究室往下望去，盛密的相思樹葉掩映出樹下行人的影子。斜坡上的石階，已經有些缺破。前一夜的水痕大概已經乾了。學院中的師長與學生又再現身，然後消失。

在禮崩樂壞的都市中，他身邊許多男女和異性開闢各種可能的第三種男女朋友關係。一場寂寞時分的意外邂逅，讓友情得到了昇華。從週末情人到二奶殺手，從小三知音到深夜炮友到寂寞情人，從午後伴侶到清晨愛慾。青春沒有奇蹟，只有青春和身體的豪賭，召喚著愛，靈與肉開天闢地擱淺在，愛的淺灘在青春的彼岸，感覺復活了。相思樹旁的杜鵑花叢，展示著短暫的青春。

雨季總是在歷盡艱辛變化的中年，年年到來。清爽的春天黃昏，風起了。有一年他計畫申請獎學金到美國短期研究。整個中午，心情都很興奮。然而很多問題接踵而來，他不想丟下陪他到香港的妻子一個人獨自生活。最後選擇了台大和中大的交流獎學金到台灣走走，順便回她娘家走動探親。

去台北前，他到了一間大學的文學院應徵教職。在他完成論文前最後一個的秋天，他和妻子回到她的家鄉，回到當初他們戀愛的城市度過他們最後一個生命的秋季。

兩個月後當他們回到香港的居所時，他收到一封早在一月多前就已寄出給他的應聘合約通知書。在他畢業前，那一份原本可以帶來很大喜悅的大學聘書，卻已不能帶給他喜悅。

在他回到香港以前，他的人生已經發生一頁重要的故事。他驚覺，香港確是一座華美然而悲哀的城。

一頁有關生命演繹的故事，他們失去了一個孩子。他們站立在上升的電梯廂之中，無言地望著手中的聘書，一個象徵人生階段新起點的文件。人生的宿命，原是解體與重構的秩序。本來這就是人生構成的原理，給了他重新認識宿命的一點小縫隙，和命運的某種真相與某種殘酷的衝擊。

回到校園後，校園裡的紫荊又是花開的季節。幾棵紫荊樹很快就展開一輪又一輪的花藝展示。風過處，難得也會看到紫荊花雨。

花雨過後，梅雨季節又到了。他繼續撰寫他的畢業論文。一整座海島在九七到來的眾聲喧譁中，積極重建與解構。他也在建設他的人生景觀。學院的黑暗面貌移入內心，在嘲弄與憐憫的交織中生起一團烈火。狂烈暴燃的火，進一步映照出知識界的醜惡。

學院中一抹暗然浮流的悲哀浮上異鄉人的心頭，露出廢墟他的內心的世界。

他從神話的歷史出發，追尋雅典娜的精神。他知道雅典娜不只是智慧和戰爭之神，也是學術的保護神。這是現代雅典娜生活本質的所在。在實質上，現代大學已經走向非本質的學府，並在弱肉強食的政治演繹中為每一個踏入學院的年輕人洗禮。

往後他逐年逐年的走下去，感受到現代都市優雅生活慢慢遠離他。這一群居住在都市裡的，高學位高薪職權的專業團體漸漸地，遠離了他們當初所要追求的從容生態。

他沒有料到，他想要追求的悠閒生活日漸遠離了他的安全島，也沒有料到他會辜負妻子的一片深情，一個善良十足的小女人，簡單，純真，卻要面對不能過兩口子和諧生活而分手的命運。那一年的秋，發生了許多事，許多可以改變人生走向的際遇。十年後，當他回首那年他和妻子回到台灣時，如沒有失去那個孩子，他的生活如今將會變成怎樣。

那年香港新界靠近中國初春的風，從廚房的窗外吹進高樓，最後的一列火車馳過車站，不停，直奔九龍總站，他立在高樓，站著，在中國的邊界地，他不知道他以後的人生將會有怎樣的風景線。

靈囚地，他的文本部落

「寶石逸離我的雙手
我的疆域
再無力贏獲寶藏」

學院文本

那一年春天，格奧爾格的詩文像雨水般特別的潮濕而透明，彷彿是詩人筆下的圖騰液體，強而有力，塑造了一座城市的側影。

他撐傘擋住有點冰涼的雨水，這是新時代的雨。

如酒的意象，如霧水，雨湧入他的眼瞳，映照出遠方的候鳥，奎利亞候鳥漂浮於天地間，飛舞在隔雨的星光中，成千上萬飛過的荒野大地像海洋一樣吸納了父親離世前留下的蒼茫記憶，許多消逝了的畫面競相，湧現。

關於父親的意象，詩句是為了紀念他的成長，以及他與父親之間毫無親密感的關係：

父親的坐姿
臨睡前梳妝的女人
叢林中的野獸
草原上的巨蟻
荒野中的屍首
清晨中心的夢
黑影一般地爬行
在童年寂寞的街道

許多時候，他走出學院時已是接近午夜時分，幸謙在大學出口處的安全檢驗簿上寫下姓名和離去的時辰，簽了名，在午夜的街上順柏油路往新界的方向滑行，子夜時分，春盡的街道，分不清的燈色和夜色，像紫黑色的濃郁葡萄酒滑過喉頭，流過夜歸人的身影。

一種夜晚獨有的語言，連同城市無形的誑語，隨著疏零的車影在城裡竄動。

在逐漸疏落的燈火中回到家裡，他想起那一年的春雨，雨水，特別的透明，在詩人筆下流逝，一種強而有力的圖騰液體，為他塑造了一座城市的側影。

這城市是一座天父遺棄在人間的潘朵拉百寶箱。

城裡幻化出無數的小天使，他隨她走進潘朵拉大廈裡，在高層的樓上，城市燈火自遠方湧來，他們相戀，他們分手，他常常在失而獲得然後再次失去小天使的身影，在幽暗的城市微光裡，他找不到她，在高樓上，他看到一座許多油畫構成的莊園，虛掩的大門，昏暗中散放出華麗的品質，他推門探看房內幽暗的空間布置，奇異修長變形的人體，一組象牙人像，割裂室內的空間，人體的比例在進入室內的時候突然被拉長了兩倍，變成了象牙雕像，人體變形後的感覺遠比真實人體真實，而等到他適應了室內的光線後，他看到無數有天使般美麗身姿的油畫，畫的就是他自己的過去和現在以及未來的生活盛景。

此後無數的春天花季伴隨著她的到來而讓心身顫慄，一次次墮入唐朝盛世的傳奇之中，體驗到富有古典情調的現代情詩之旅。

他看到生活在城中大樓裡的人，那些尋常人家的少女，她們不是流放到人間的精靈她們是風情異迥的鄰家女孩是情姿卓越的小魔女，在他絕望心死的夜晚散發天使般的感動，那些幻化為北國女狐的春天，來到南方邊遠的古城，在湖畔的鄉間，這些鄰家少女帶著夢幻來到都市來到潘朵拉的花園在他家的門口，以各自的奇異故事與奇幻身世出現在他眼前。

第二天他又回到學院，每天走過一條名為迷途的小巷去上班，晚上從另一條名為恍惚的街道回家，回到他那名為幸福華苑的居所，這裡有三個不同類型與功能的游泳池，六個網球場，數個羽球場籃球場壁球室乒乓球室兒童遊樂場地和豪華會所，然而一般家長卻很少有時間享用這些休閒設施，通常是女傭陪著小主人或女主人出現在這些原本為一家之長所設的地方。

在上班的地方，他常走在學院的長廊與室窗之間，二十一世紀的大學，如今已變成世俗的另一種修道院，所有的學術與道統的僧侶已經出走，留下的，是一群現代的另類住客，漸漸地，他也變成都市原野中這樣的子民，一群生活在後大學時代中的後知識分子，在學院叢林中和許多學術流氓一起生活，過著叢林原則的日子，在弱肉強食的學府中，做做振興學風的妄念。

近十年來，他目睹了大學精神的變遷，也目睹了學術道統墜落的悲情，像經濟移民一樣移入學院的，後現代社會的後知識分子，表面上以經營企業的精神治理大學管理教育，實質上已喪失了大學道統的理想人格。

從大學高等教育的視角來看他的人生展望，他看到的是大學體質的退化，年輕時候許多人所嚮往的大學原型，如今以其隱匿漸進的形式變成學術的叢林地帶，將二十一世紀渲染得充滿悲情的色彩，有如他筆下父親形象的詩句：

春天，父親離世後

亡命的星光

一個文化的文盲
一代文本的奴隸
陪伴著
刻毒的商業分子

時代文本

「我於是哀傷地學會棄絕
詞語破碎處，無物存有」

那年春天過後，夏天的風，從大海啟動，一路打來，冬雨很快也過去了，把新世紀帶入〇四年聖誕節的夜色燈火之中。

早年他踏出年少時代的家門，故鄉在炮火中毀了，許多年後他想起母親的衣裳，一件早已忘記了色彩的素色衣裳，直到今天他還沒有從年少的炮火中醒來，以後的幾十年間，人潮繼續走出家鄉，湧入城鎮隱蔽或公開的紅燈區，或在公海中漂浮數月等待上岸的時機，有時成為非法移民，有時客死異鄉。

而他的情況是介於兩者，之間。

從他的學術成長經歷視角而言，他試從一個男性的角度從事女性主義批評和女性文學的學術研究工作，從法國女性主義者西蘇的潛意識場景到自我的歷史場景，模擬女性的陰性書寫，用女人所獨有的白色乳汁的筆墨解讀傳統父權的黑色筆墨，然後他發現男人雖沒有白色乳汁，卻也有白色精液，西蘇可能當年也曾想到這一點，或者只是不願承認。

白色乳汁和白色精液的時代文本，大概就是為何作家的筆常被女性主義者稱為陽具的象徵體，是男人打壓女人身心情慾的神之器，而在寫作被視為情慾活動的前提下，作家個個成了水仙子的自戀者。

身為新世紀的學者，他看到許多人其實是生存在黑暗的中世紀語境底，文化荒野中，子夜像是非法移民一般引導他從學院和講堂轉移到咖啡廳、酒吧、舞廳、夜總會和各種夜場之中，城市生活中的男男女女都在逃離自我的方向，追求另一種自己也無法確知是什麼的自我。

另一些人從海外回歸早年離去的家國，多年後渾身顫抖地又回到了異域般的故土，然而，不論是香港、台灣、中國大陸、新馬等地，等待他們的，都不再是當年他們離去的家國。

那一年的聖誕節過後，二〇〇四的印度洋，一場九級地震帶來人類當代史上最慘烈的天災，造訪人間的海水流過蘇門答臘島、檳榔嶼、普吉島和斯里蘭卡島，把赤道的美麗海島變成印度洋中一顆顆眼淚，藍色地球的淚。

災難發生時，他照常生活在一座國際都會中，毫不知道許多人在一剎那間失去了親人和家園，在他所不能想像的一種生與死的恐懼形式中，許多島民和遊客失去了他們的所有，而他，並不想知悉他人的內心世界有何感想。

大海嘯為他保留一丁點一脈家族在馬來半島零星的記憶，家鄉毀了，童年長滿了野草，荒蕪的，一片廢灘，像多年後的一個午後，他午睡醒了過來，望著死在戰後的妹妹遺照，大海嘯光影的明暗飄散在午後的陽光裡，用極其陳腔濫調的語言去追索，他求仁得仁。

生活文本

「嚴密而結實，穿越整個邊界
我到達她的領地，帶著一顆寶石
她久久掂量，然後向我昭示：
如此，在淵源深處一無所有」

淵源深處，是今年六月學院的夏天，夏季剛剛開始，他常在研究室裡坐到深夜，雨後，飛來滿室的蝶蛾，亂舞，在魯迅所指的好地獄裡，鄉土淪失後興起的城市，使生活可以在失而復得的天堂深淵處，再次獲得。

有關魯迅的影響，就像西蘇對他的影響，西蘇發現了一個卡夫卡，而這個卡夫卡是個女性；詩人發現了魯迅，而這個魯迅是個女性。

魯迅的文本生活充滿了一個時代的吶喊，這世上有著太多想像不到的吶喊、生活、和他者，多年來這是他的生活文本，一個他者深入野草荒原，那是屬於他的一個國度的語言，在這國度裡，他一直希望能回到古希臘時代的美學裡生活，生活與藝術結合的生活。

大概就是在這樣一種對生活的無意識尋覓中，他離散他漂泊，在中台港幾間學術機構與學院之間活動，在一次的國際研討會場上，最終遇見了她，她早年那一身重金屬的古銅光澤膚色更加的有光澤，突顯出她作為當今第三世界有色女性主義學者的代表者，海外飲譽歸來。

再次遇見她時，她已是當代最重要的女性主義學派作家和理論家，那麼多年以後，她在多元可能空間的都市學府叢林中居住，借助各種文學與文化論調化身為學術界的龐克族，四處掠奪，到處顛覆。

而他，他如今是大男人主義加女性主義的學術怪物，大男人和大女人結合為一，卻可是十分奇特的新思潮，那種機械化與生物化混合的新物種也不外如是，即使這樣，他也已然麻木，在所謂全球化的後資本主義的學術地標上。

他的天國已被功利的生活所收購，破壞殆盡的，是他水盡山崩的預象。耶誕節前的第七天早上，他聽到馬龍・白蘭度生前留下的私人錄音，他嘆燭光短促嘆他的人生只不過是一個行走的影子充滿喧譁和騷動，意義卻一無所有。

我們會在最不可能的地方尋找到愛，他說，形形色色的故事，呈現在我們眼前被文字、影像和聲音加以重組，修訂，絲毫沒有烏托邦色彩，套用史蒂文斯的說法：這種世俗生活是比安慰猶有過之的安慰，與比沒有安慰猶為不如的安慰之間的某種東西。

這某種東西落在格奧爾格的詩句中，成了質樸而單純的哀悼，逐一逐一，將遙遠的奇蹟、疆域和深淵，帶到一處一無所有的界域。

那一年的農曆新年後，香港作家聯會的新春晚宴在北角舉行，他初次被邀約參與盛會，和許多久未見面的作家文人聚舊，故雨新知，在現場的音樂和歌唱表演中度過一個愉快的夜晚，後來他把張大朋引見給作聯主席，邀他成為作聯會員，很快在這圈子認識的人多了，他才發現原來有很多香港的作家文人，都曾居留東南亞，而後回到中國，再從苦難的祖國經不同的路線最後來到香江，但很多人已很少再提他們過去的生活往事了。

在指導老師患病過世後的幾個新春的日子，夜半裡他攜信到花園裡的信箱投遞，他記起新春前後的幾個冬天的早晨，他隨著陽光的明暗光線到郵局購買郵票，然後把帶在身上的賀年卡和問候投入信箱，每一年，投遞的地點都有所不同，一封投到德國，兩封投到美國，幾封投到台灣和中國，其餘投到馬來西亞和新加坡，另一些心情，被他投入沉暗的歲暮和暗淡的內心：許多共同生活的年少同伴，在逝去的歲月，逐一成為一座座荒落的小城。

我們最終都要成為一座小鎮。

一座孤獨的小鎮，一生一世，都在小鎮裡作畫和寫生，一生的往事都成為小鎮的風景，成為他人作畫的題材，終老小鎮，漸漸地，相信自己真的會成為一幅畫中的小鎮，在一座荒落的小鎮裡，終老。

這是他在學術生涯上的問路之石，也是終結之路。學術是各種符號和意識形態爭鬥的場所，他感到學術的體系完全無法統一或分化，都只是學者一種伊底帕斯時期所被壓抑的願望，是生存的機制，是主體建立語言的力量，也是他進入內心潛意識層面去建立的性別角色，以及他在寫作中的象徵秩序。

終於，他進入，拉康學說的精神分析式的語言：當我們進入象徵秩序，我們就進入語言的本體，我們就是語言。

其實我們進入的，是我們內宇最神祕的潛意識迷宮裡，而語言，就是我們心靈史的一部分，也是我們潛意識的所在地，被我們用華麗或哀傷的語言還原為，性靈之象。

我們存在於我們不在之處，對拉康來說是我們的潛意識深處，對西蘇來說，就是我們的歷史場景，在或不在，存或不存，都在我們離鄉多年以後，一一落在，命運中未知的腳底。

他的人生之路一再從腳底展開，從小鎮到國際大都會，活在現代版的城市中，家鄉的感覺已經離他遠去，所有生之尋覓往往必須從頭開始，最終成為他家客廳一幅蝕刻銅版畫上，一隻奎利亞候鳥的漂姿。

城市文本

「我把遙遠的奇蹟，和夢想
帶到我的疆域邊緣
期待著遠古女神的降臨
在她的深淵深深處發現名稱」

格奧爾格的詩句告訴他一個有關居住在城市中的隱喻：夢想和奇蹟存在於命運的深深處，只有在無物存有之後我們才能學會棄絕哀傷，不論什麼狀況我們都可以在女神那裡發現屬於自己的名字，讓我們可以面對不同地區不同時代的文學文本和人生寓言，並讓我們以艱深的理論話語去解開戀人的內心世界。

一生中各種版本的生活文本，伴隨著他筆下的意象圍繞著他飛舞，像午夜到訪的蝶蛾，還有近近遠遠的、燒不盡的燈火。

夜晚的燈火在城市裡組成一系列被展示的陳列品，整座城市，充斥著各式各樣的商業陳列品，似乎已難再為城中的居民提供家居的實質內涵。

在小巷前後，他走過非法攤販、小食檔、大排檔、紅燈區、書街，並畫下一座肉眼所看不到的現實之城，這樣的城市，其實很容易就會被人遺忘。絕沒有唯一的城不會被人遺忘，每一座城，都不會例外。

每次離城而去，他就會去到另一座城市，記得在上海匯豐銀行大樓，鬧市的中心，柱與柱之間的設計剛好有約四尺長兩尺深的空間，幾個乞丐縮緊著身體躺在裡頭，一人一處，並排睡在一起，來往的人潮夜夜如故，街上車流如水，一切人間紅塵，都與他不相關似的。

這一世代，是沒有意義的符號。

另一年冬天，他又來到城裡簽約任教的那一個地點，路過同樣的地方，銀行大樓前的行人道上的空間已經被鐵板封填，冷光閃閃，乞丐沒了蹤影，企業家為了風水的課題，趕走了街邊的寄宿者，香港的高樓大廈，用壯觀的建築諷刺街上的行人，美輪美奐的高樓說出了廣大平民一生的匱乏，是流浪人或是過客，是生活的藝術家或是學者，都是某種形式的街頭寄宿人。

下班後他常常在夜色中走一段路回家，偶爾在一間名叫世俗魔王的酒吧和友人喝酒，或在一家名叫自殺身亡的咖啡廳喝杯熱巧克力而不是喝上一杯讓他失眠的咖啡；有時他會去那一家名叫傷痕累累的酒店吧台小坐，每晚那兒有一個名叫招募聖母的樂團演唱；回家路上他一再經過寂靜的花園與華麗的教堂，從街道望去，偶爾會看到一個老漢躺在街道一角，在一張草蓆上，前面的車站排滿等車回家的人，車子一輛輛馳過，巴士開動的聲響，還有候車男女的家常故事，大概都不會進入流浪老人的夢中。

好不好，要不要，有沒有……

想不想，是不是，會不會……

對不對，像不像，像死靜的湖水沒有漣漪。

在他感到疲倦的夜晚裡幻化成和她一樣墜入塵世離鄉背井四海漂流的小天使，來到他家的後園，帶他去一棟棟他並不知曉確實地址的地方。

他想起，另一座城市的一座廟宇，至今大概還容得下整座城市的流浪漢，而香火依然鼎盛。

人文文本

「少年雅桑特般的聲音
輕輕地訴說
被遺忘的森林
的傳說」

少年格奧爾格的召喚來自遠方，年復一年地向他召喚，訴說一座高樓上的森林故事。

秋天的子夜，少年的白先勇住在香港的童年時期裡，那年秋天，白光就住在白先勇香港家的巷尾，在小街上遇見過，直到老時，白先勇還是喜歡聽她的歌，在性感與感性中充滿時代和歲月的聲調，後來白光嫁到馬來西亞，埋骨在半島的中部，他唯一一次去她墓前上香，一踏上墓地，驀然回首處白光的歌聲響起，別有一種人世與天堂的韻味：我等著你回來我等著你回來，絲毫沒有寒骨浸心的感傷，反而滿心相逢的喜悅之情。

直到很多年後白先勇偶爾還會從美國越洋打電話給他，聊點生活和文化活動的安排事，那是天色未明的時刻，他獨自在高樓上喝酒，有時候一個人，有時候兩個人，有時三數人，有時候和一座城市，一座看得到護城河的高樓，七百萬人的集體分裂，讓他品嘗到美酒中的多重秩序，品味著，多重秩序內各自的自己，扮演自己或不是自己的角色。

午夜，他常常會喝一杯烈酒或葡萄酒，有心情的時候會調一杯由各種烈酒搖成的雞尾酒，有時候加入檸檬汁搖一搖再喝，對著夜色，對著遠處的城門河和樓宇，想著遠方的人。

有一天，所有的人所有的城都會像史前的記憶一樣被人遺忘，而他，將仍然還在尋找些什麼，就像當年尼采那一代人那般尋找屬於他們的家，那是他們共同的考驗，是他們共同尋找過但仍未發現的地點。

從高樓往下望，盛密的相思樹葉掩映出樹下行人的影子，斜坡上的石階，已經有些缺破，昨夜的水跡大概已經乾枯，夜裡，他在雨水中回到家鄉。

新時代的雨，圖騰液體般如酒的意象，把他帶回家裡，帶他回到童年。

雨水的感覺，正是童年時候的火車壓過鐵路的感悟，帶他伸向空空渺渺的荒夜盡頭，帶他，去到現代社會尋找某一種可以令他傾心的詩意的想法，這常常導致他對城市產生了詩意的敵意，產生一系列的幻象，種種的幻象，他不斷遭遇內在殖民的痛苦，經歷文化危機而成為受害者，另有友人成為逃亡者，另一些成了真假難辨的流浪者，而對於大學裡教書的學者來說，在以資本為主要思想體系的商業社會裡，這些專業的知識分子同樣也不能倖免地成為被資本壓榨的團體之一。

有時候，他會在下雨的夜裡喝一點酒，有一夜，不知不覺中睡著了，朦朧中彷彿在《老人與海》中那一灣的海邊睡著，一個孩子陪在他身邊，伴他孤獨地作夢，夢見了獅子，一隻老邁之獅的告白令他驚醒過來，海明威筆下的海、老人和孩子，在文本以外的世界醒了過來，一眼看見睡夢中的他。

其實他一點也不喜歡海明威筆下的海，那不是高崇的激情的美德的大海，他不喜歡他筆下的老人以及這老人所留下的世俗魔法，然而如今卻已成為許多人的，生的譬喻。

早年，他把海明威當作早逝的父親，為他們寫詩：

人面獅身的作家
困於靈性毀盡的學府
歲月如石花般凋落
母親無語
星光下的告白
在旅程結束的時候
送來巨靈的玫瑰

夢中的父親
終於現身
在春天的靈宮中

春天讓他常常想起祖母留給母親的一件衣裳，一件掛在秋天的衣架子上，落葉季節中的赤足者，嬌媚的花球從肩上垂下腳踝，雙足支援著飄墮的姿色，悼念起所有死在戰亂過後的貧瘠年代中的母親，而那些死亡在各種名目之下的母親們，在她們逝世的那一天想起了她們留在另一座異城中的女兒，以及被遺棄在家鄉的父老，許許多多年以後，這些在戰亂年代中死在異域或死在家鄉的逃亡人，是否仍有他們未曾說出的另一種告白，陽光宕蕩在風景線上那一年的，春天。

二　生活在隱喻中的，愛情

然後我聽到里奇講述一個關於開創生活與尋找愛情的故事。愛，總是喜歡在婚約中為自己舉行葬禮。

深埋在粵曲裡的愛情故事從遠方幽暗的港口，唱起，傳進家家戶戶，斷斷續續，有一句沒，一句：

別離人對奈何天，離堪怨別堪憐，別淚灑花前，西飛燕，忽離忽別負華年，春心死咯，化杜鵑，今復長亭折柳，別矣嬋娟，腸欲斷悵望花前，如今也未見，未見未見未見伊人未見，怨天怨天怨天空自怨天，衷情待訴，碧玉多情，夢隨雁斷。

夢斷伊人遠去，殘曲縈迴在這一座城市的成長史之中。在這一座城市的成長史中，發生許多各行各業各式各樣的傳奇、華麗與汙穢、情慾與童真、罪惡與善舉。

在舊粵曲的殘音殘花敗柳中，鉤起這城市的愛戀心事。純愛，純性，純吻，控狂，潮吹女，變性美眉，異族情調，虛擬女愛，肛愛，體虐，陰虐，深喉，暴力，互換，輪姦，平胸，大波，智障，雙槍，侏儒，幼齒，女同，金髮，日藝，韓女泰女越女，北妹。

舊曲已逝，城市的情慾卻才剛啟幕，猶如午夜太陽冬季黑夜隨時間的流逝，以光速奔向未來。不同的時空重聽時代的舊曲，讓我一再回到從前。在時空的瞬間，事實是我從不曾回到相同的時空更未曾在同一時空聽過相同的曲調，幾何學所構成的時空原理讓我了解到自己的宿命，我不但無法回到故地，更無法回到性靈的原地。

時間的流轉促使我只有往前，投向未來，消逝在個人小宇宙中的某一時空，埋了自己。

有段時期，我自以為理解男人心裡的渴望與壯志，我以我自己所知及不知道的方式去模仿肖瓦爾特引用歐文·豪的句法，對哈代的小說撰寫自己的悼詞：許多男人想要擺脫妻子的頹喪和抱怨，不再偷偷摸摸地逃避妻子，而是通過不道德的方式獲得我，第二次的生命。這是現代男人的漂流生活。

這是失去了普世意義的一個世代。

有段時期我以為我是其中一個無名的代表，喪失了普世意義的感受，就像失去了意義的某種符號。我開始過著一種軟體意義的隱喻生活。

漂流的愛，雖沒有年齡的界限之分卻有領地之別，造就了，我漂流的生活，我在城市人稱之為無法迴避的生活急流中尾隨其後，常年在物流與人流中漂流，從里奇出生的巴爾的摩到黑格爾的柏林，在一處從男性殿堂到女性角落的荒野中，獨自生活。

經過許多年的實踐後，愛慾學藝慢慢恢復了信心。在虛浮的嘉年華儀式模仿和戲擬中的許多年以後，我又開始追逐早已遺忘的年少般的快樂，而後又在不知道多少年以後，我更早以前的想像的、初戀式的戀人以及各種鍾意情人的追逐與遊戲，把中年應有的灑脫與生活禪意，逐漸也像里奇一般慢慢在無法迴避的命運中，給流失了。

里奇的筆，帶我進入西蘇的視界裡看自己的迷失中年，通過西蘇的文字，請允許我在說「我」的同時也在說著她的故事，說男人的故事中也說著女人的故事。

西蘇的文字，帶我進入西蘇的文本世界，「我」被我喚喻成各種的「我」。西蘇的「我」，喚喻成這裡小林書中的「我」；這個「我」也可能是你是妳說不定是她或是他，都是各自所認識和遇到過的眾多各類都市漫遊者，異鄉／故鄉航行家，貧／富旅客，新／舊嬉皮士，幸謙／林教授，伊凡／星泉，詩人／小林，男女背包族，銳舞派，自由主義者，商人，主婦，詩人，作家和教授。

我不知道當年凱魯克亞如何用通訊社電傳紙筒和打字機完成他的在路上的大作，我完全是在不知不覺中用上了電腦鍵盤去寫作，也許很多人也都是這樣吧，一開始是想學好一種輸入法，然後這一輸入法就變成我們思想的方式與方法，這，正是凱魯克亞那一代人所無法想像的一種思維模式的數碼打字輸入方式。

此一注入情感的打字法，唯一的好處是可以任意的更改與編輯文稿的誘惑。

那個離過兩次婚的垮掉之父在他紐約的斗室中寫出的文字，今日已被世人稱為垮掉一代的聖經，仍在路上引導我的方向，而我，卻似乎沒有珍貴的遺產可以留給我所愛過的人。

自從我讀過夸父追日而在許多年後在中國小說史中教授此一神話，我就把自己歸為夸父的後裔，這一種夸父的隔離狀態，才是徹底撤離世界的孤獨。

《追憶似水年華》裡馬塞爾童年時以一魔燈開始了他的孤獨，我在夸父的孤獨中也曾追尋零憂傷的中年歲月，海明威是另一個這樣的夸父男子，他後來無法再寫出超越自我水平的作品而自戕了，他無法想像他走過的路後來成為許多人在遙遠漫漫歲月中的，出路。

起碼我就知道有這樣一個老人，在他短暫居住在他女兒家中做客時，我記住了他孤獨的身影，他是我的外公，這個老男人在二戰中死在日本的暴虐中。

我媽追憶說，她當年還未出嫁，清早被聲響吵醒走出家門看到她爸爸躺在家門前那座木橋的地板上，一動不動，老人離去後留下他的妻子，那時她每天腳下都還穿著一對華麗而精緻的三寸金蓮繡花鞋。

很多年後，這個老女人也離世了，我找出她留在她小女兒家中的一對小鞋子，以孩子般好奇的心情拿在小手中反覆把玩，感嘆大人穿的鞋子比小孩子的還小呀，恍惚間我又突然記起許多童年的故事，記得媽媽一生中極少的幾段快樂的時光，如今恍然成為白色教堂前河上的倒影，流回記憶的天涯，流回春天溫暖透明的雨水，等待中的雨季，雨林中美格羅普尼拉螞蟻，成群結隊成千上萬成為文本的圖騰液體。

在城市與雨林之間出現了奇妙的一個敘事人物，與我共同分享書寫和人生的故事，有點像窺伺藝術家的情感災難般，許多城市人在自己的婚姻故事中都是自由的囚徒，大概我年老的時候，或許我的心情也和上一代人的生活文本一樣，逐年遺落在學院和城市的廣場，到時或許我會記得那些美好的初次燃燒的激情，記得身為自由囚犯的，快樂年代。

我遺落在各種隱喻之間生活，愛情，婚姻，城市，都是生活的一種隱喻。

在離婚許多年之後，我已經習慣了漂移的藝術生活方式，二十年後的一個冬天夜裡，我和友人喝了昂貴的紅酒在微醉中回到家裡，一個人坐在沙發上想起前妻的各種好各種體貼，才察覺到這些年來日常生活中已經許久沒有想起過當年新婚的年月，是否有過幸福的感受。

那些青春殘酷的年華，西蘇也許會看到我重新拾起寫作的鑰匙，拿起筆寫下她當年所倡導的身體銘文寫作，用寫作的鑰匙寫下她的性靈銘文：

我出生的地域和時代
經歷了身為異鄉人流放與戰爭
關於和平的虛幻記憶
悼亡的生活和痛苦
我知道人們曾背井離鄉

還好背井離鄉並非總是壞事
生命之根並不按照國界生長
在大地之下
在這世界的深處
有心靈在跳動

——西蘇

等待雨季，她的性靈告白

「中心
萬物中最強大者
站立的人們」

白馬雪山森林中的女人

空洞是她帶回來的禮物，也帶回往後無數的死別。

她曾像莒哈絲那般以時代新女性的手勢尋找愛，特別是她從白馬雪山考察回來以後的那些日子。

那已是她第三次探訪白馬雪山自然保護區內的金絲猴，陽光下，金絲猴終於在一個陽光耀眼的午後出現。經過多年一再的探訪，金絲猴群中有一族她最親近的女猴王剛剛誕下了新生幼女猴王。她原本想要多留幾天觀察新生幼猴的健康情況，但因為有個世界自然保護基金會在香港開會，她為了籌得更多的基金不得不回到城市，順便休息一陣子，整理幾年累積下來的考察材料。

一路上，她從香格里拉部落回到城裡，經過上百公里又上百公里被砍伐的森林，滿目滿心的瘡痍，讓她考察回程的心情特別難受。她看到許多好像金絲猴般面臨滅種的稀奇動物急速地失去棲息地的悲劇。婆羅洲大島上沙巴長鼻猴和蘇門答臘長島上的紅毛猩猩是她最常懷想的兩類朋友。物種絕種讓地球不再有幻想，沒有永恆生態的許諾。她也不是童話故事中追尋自我完整形象的小女孩，沒有詩沒有藍天沒有誓言。

此次踏上考察之旅，在日落時分獨自走上遙遠而荒涼的路來到黑岩砌成的山頂，採擷一朵只在月圓晚上開花的寶藍色玫瑰。臨走前，她走出一片有著千年歷史的古老原始森林，從森林的深處回到詩壩村探望年近百歲的儂娣拉安卞。

上過報紙受到媒體報導的儂娣拉安卞在這片山頭頗有名望，她的大兒子每個月才能回家一次探望母親，平日都在山上放牧牛群。兩個孫子陪伴在儂娣拉身邊，季節到的時候還可以一起到山上挖挖蟲草，尋找松茸、雪蓮花、貝母和岩白菜。她臨走那一天，這一家人難得歡聚在一起。

她在儂娣拉家裡吃了她今年在香格里拉森林邊上最後一次的晚餐，第二天就趕下山進城。在有序與無序之間，她的日常生活陷入熵增變數的現象中，無法自拔。經過十餘年的衝擊與跨越，野地的考察生涯並沒有使她變得更加堅強，或者勇敢。

她對自己生存的意義與未來感到愈來愈不確定。她常常記起儂娣拉的話。儂娣拉說，現代人像是流離失所的蟲草，肉體在泥土中，心靈卻化為花草探首人間。而她在老奶奶的眼裡，是一株離了高山的雪蓮花，如今已乾枯成了標本遺落在城市的廣場。

儂娣拉有時候會像一個資深的人類學家那般說話，用震動人心的故事建構她內心的歷史場景。

寒冷的早上，早餐桌上老女人感嘆山上的生活其實真的很累，就像年輕時她在城市打工生活時候吃過的罐頭魚。看起來完好無缺的表面只是這一種生活的保護層，表層一旦溶解，生活就像魚兒那樣支離破碎。

她至今記得儂娣拉的聲音，像患病的金絲母猴哀號聲，異常的低沉，聲聲落在白馬雪山群中一間木屋的木桌上：

少女時候，我常安慰自己，用軟弱無力的言語，安撫自己。我的軟弱近於諷嘲，成為我嘲笑自己的空洞言詞。城裡人是一群有社交文化的禿鷹，我不懂得共同分食腐屍，不能強占一片自己的領地。我因此不能成為城裡人。我無法侵占自己的心。

她說。儂娣拉好像擔心別人聽不明白她的話，便加強了語氣，聲音更大了，震得她嗡嗡鳴響。

城市，閃耀著黑色光芒，對於我是一塊地下王國。黑暗王國，我是地下的蟻族，尋找蟲草花的附體物為家，但我不是母蟻也不是工蟻，我是失了生育能力的母蟻。我受不了城市的地下世界，才來到荒僻的深山高原生活，數十年下來，沒料竟避開了中國半個世紀的顛沛動亂，避過民族的一場災難。

儂娣拉的話讓她聽起來直覺告訴她，儂娣拉正是白馬山上隱居的女巫師。

等待雨季的曼陀羅

「如同酒
穿透渴望
重力
穿透了她」

在香格里拉度過一生的老女人眼中，她如今的生活是一所年久失修的房子。

從雪山到熱帶島嶼，她記憶中的雨季下個不停，橫掃半個地球從北半球大陸繞道到了南半球的海島。在爪哇茂物，許多年後她仍然難忘那年在茂物小鎮中查找原生植物時的漫長雷雨。

那是名副其實的雨城，雨的雷都。赤道下方的橫越大海的長島，暴雨和狂雷，每日在午後的時分來到。像狂暴的情人一般到來的暴雷狂雨中，她在離地五十公尺的參天古木叢林間的高樹上築起臨時居所，只夠一人橫躺睡臥的有遮蓋帳篷，聽得到每一滴打在樹葉上的雨滴，感受獨一無二的雨水終年落在她的生態身體上，觸摸她。

一年中有三百三十餘天打雷，兩百三十多天下雨，通常是巨轟的雷聲，暴雨緊接其後，瞬間整座原始森林成為她個人的雨林。

在雨城中研究生態考察的生活中，她常在飄著細雨的雨天中走進森林，看到豐沛的雨水如何造就熱帶小島上的生態的多樣性與獨特性，繁殖了與眾不同的物種與植物花果，特別讓她感到興趣的獨特真菌品種。

那是一種並不寄生在植物上而是生長在蟻蟲或蛾蝶的活體身上，從觸管到翅脈長滿蟲子全身的菌。那些細如髮絲的莖末根鬚慢慢長出無數孢子，在潮濕的空氣四處飄遊努力感染更多的活體寄主。一旦成熟便慢慢慢慢地吃空寄主的身體內部所有器官和血肉。這和冬蟲夏草的生態完全相反，不但沒有消滅寄主反而重新創造生命。

她有時感覺到自己就是這樣一隻被真菌寄生的活體，五官內臟終有一天被各種無形的現代真菌所吞噬殆盡。每當從林野考察回到暫居的房子，她疲憊的心渴望自身能成冬蟲夏草的變體，在冷冽的冬天過後重生。

她的工作面對的是奇妙的生態界。天雨曼陀羅花，天使手執魔鬼的號角，在曼陀羅的生物學神話中把人為生態帶到今日崩潰的邊緣。她把這些年在古老園林中考察過的充滿珍貴動植物標本，以及多年所累積下來的無數筆記都丟棄一旁，至今沒有整理。這些野外考察和生活筆記就像是侵蝕她內心世界的蟻族。這是儂娣拉所說的，白馬族祖先流傳下的一種依靠菌類孢子生活的螞蟻。

有一天她從一個對戲劇癡迷的昆蟲生態學愛好者的醫生的經歷，考察了一種生活在格蒙隆雨林中的美格羅普尼拉螞蟻，也同樣會反過來依靠吸食菌類的孢子過活。

她立即感覺自身成為變形記的一種變身，成為另一種活體寄生物。

她的日常生活，有如一座超自然史的博物館。她和她的生活就像她的考察筆記一樣，也是她腦內的一種真菌品種，非常珍稀，就寄宿在她蟻般細小的腦細胞裡生長，依靠她的記憶生活，影響她就像影響雨林中那一群她暫時還沒有機會到現場考察的蟻群的生活一般。

她和蟻群生態的關係有一種愛情的比喻，她有關愛與生活的思考都結合在各種真菌品種中滲透到她的內心。

她變成一種獨有的蟻族。她依靠進食菌類滋養她的精神，她彷彿就是整個族群裡的一隻蟻族，有著神奇的神經系統，是一種她無法迴避的菌絲香味。她帶著蟻群和她的愛情想來到森林樹木上的葉梢，緊緊地控制螞蟻咬住植物的莖，等待雨季的到來，到死，然後釋放更多的菌孢。

此後的無數年間，她去到更遠更荒漠的野地考察，常常也在等待雨水的到來，記下大量的隨筆，然後寫出她愛情小說巨著。這些文字就依靠她腦內的蛋白質和細胞為主食。最後穿透她的腦髓，像菌在螞蟻腦內成長，最後刺穿螞蟻的頭腦，帶著祖先遺留下來的大量孢子基因等待下一場雨季的來臨，以及雨季中漂移而來的蟻群。

她所認識的幾個最知名的大師已經長埋淨土。她每次都自問：為什麼要不厭其煩地把生態觀察記錄下來？她還需要追求這樣的功名嗎？把生命中無足輕重的事件詳盡地記錄下來的意義何在呢？這些沒有重大意義的瑣事，其實都只是很多人生命中也都經歷過的平常事而已。然而她自覺自身就是白馬蟻族傳說中的一隻螞蟻，不能自主地吸食菌類的孢子而活，而她的菌類常常是文字的另一種真菌化身。

過去她沒有感受到現實與精神世界為她布下了怎樣的詭計。她的心，也只是一座性靈的博物館。後來，全球性的災難突然變得真實，變成她生活中不可分割的一部分。她一個人從印尼的大海嘯回來，她的男人和數萬人一起葬身大海。過後不久，另一群遊客在巴里島的天堂樂園中死於恐怖分子的侵襲。

如今她相信了，在文學以外，命運的詭計都得逞了。

大難不死，她的命運改變了。

「祂」的時代遠了，「我」的年代近了，她的日子也遠了。少女的放蕩與瘋狂只是虛無地印證了青春之美。她成長在獨尊自由放任的年代。殘酷的壯年在緊迫釘人中到來。婚後的日子她沒有成為白馬雪山森林的蟻族，沒有依靠愛情的孢子長生不老。或者說，她的愛情沒有爆開孢子。

她像原始森林中的蟻族一樣等待雨季的到來，像，雨林中的真菌品種般等待活體寄主的，到來。

在森林與城市間

「中心
從萬物引出自身
從飛翔之物
復得自己」

十年來的獨身生活打散她外在與內在的所有生活的規則，她的身心從近於歇斯底里中解脫出來。她不願重返支離破碎的現代婚姻，她在本能意識內自我放逐，以親身的經歷寫出她的開山作品《末日情人節》，接著在十年間完成愛情三部曲代表作。

《解愛剖慾經濟學》之後，是《愛之死》，奠定了她作為前衛女性主義作家的文壇地位。

波娃和沙特那種自由而非獨占式的愛情模式，是她終身的愛戀絮語。因此，丈夫有了外遇後，她沒有離婚，照常過他們的所謂分居的婚姻，互不干涉彼此的生活。

她通過愛看到她自己墮落成無為的神祇成無用的廢佛。她跟隨當年李維史陀駐足巴黎的姿態，在聖母院的西門前注視哥德式的宏偉殿堂試著像人類學家那樣在紀念性質的建築物前引發某種超越時間的沉思。

在古老的城市和漂亮的建築群體中，她感受超越時空的美感。

她感受愛感受城市是一種，隱喻，森林也是。

婚姻是另一種隱喻，分居與獨居也是。

她，活在各種隱喻之間，過著一種軟體隱喻的，現代生活。

如今這世代也已從上一代的紙上寫作改為電腦打字輸入書寫，軟件科技發展出各種深具隱喻類比的軟體隱喻體系技術，夜以繼日中影響這一世代的生活質量。每天，她在微軟程式中打開視窗或菜單，一隻蠕蟲就開始了自我複製的進程。

當代科技發明了最精緻的隱喻工程，多層次地滲透在生活與文本體系中。在電子書寫體系中，每一個字的輸入與出現都是電腦系統的隱喻化工程：檔案，菜單，樣式，啟動，倉頡，字型，我們的寫作成為日常生活另一種認知體系，同時也改變了文本的意義／文本的本質／文本的人生。

在隱喻的技術王國裡，文字以獨有的密碼喻體和寓意，進入她的生活。

所有的任何傳喻、代喻、提喻、轉喻、換喻、借喻、諷喻、暗喻、明喻等修辭，隱喻時時刻刻以不同的方式重新定義她的生活，以不同顯隱的形式寄居在字裡行間與個人內心。

隱喻是她生活裡的符號。她成為等待雨季的女人。城市的影像像細微的稀世菌類的孢子寄宿在她的腦袋中，侵蝕的不只是她腦中細胞也侵襲她所居住的城市的神經系統。

她成為等待雨季的，女人。等待，讓她成為符號的，隱喻。

在巴黎聖母院，她感到食菌蟻的神經伸展出她的身體，觸摸每一塊石頭，一塊塊屬於這個國家的歷史之石，像是雨林中富有詩意的岩石交響樂，像法國老作家所說的話一樣富有魅力。華麗的尖塔，鐘樓，玻璃窗和國王長廊上的雕像，印刻著古人和她的愉悅，以及哀傷的旅程。

在城市森林裡工作，她坦然接受禁欲的生活模式。她在三十歲前接受了單身的生活。她感受到一個人的生活最好。然而，愛的原罪並沒有讓她明白欲望的意義，而所有生的欲望都不足以決定她生存的意義。她遵守簡單純樸的生活，卻也無能迴避最基本的工作壓力。

當年她為了迴避感情的顛簸而走上婚姻，後來也是為了同樣的理由走上分居的路。沒料到養大獨生女兒後，女兒竟先她而去死於異鄉。

幻滅是神靈下凡的一種寫照。

在她的想像世界中，死亡的情緒從童年開始已對她展開，圍剿。

憂鬱症開始間歇性地侵犯著她。她嚮往無為的清靜。這種寧靜，在她壯年時期其實就已被她提早過度借貸，如今平添母親臉上的、寂靜無聲的紋路。

前一次她去養老院探望母親，死寂的月影，黃蟬花在深夜中盛開顯露某種喧譁的誘惑，夜色充滿了難言的苦衷。深夜的花開，宇宙的再生，對老去的母親只是一種虛妄的象徵而已。母親的一生禁不起重寫，歲月的召喚在她髮上留下痕跡後就不知所終，背景回歸了寂靜。

母女兩代人的肉體有如民族的進程化成歷史的刻痕，零散，充滿不堪的氣息。她開始像切葉蟻一般在雨林中收集樹葉搬運到她的地下巢穴中培養真菌，開始了離群索居的獨身，生活。

奇妙的，敘事者

「完美萬物
回歸原初
在豐富的變化之上
更加遙遠
更加自由」

一些不被專家修飾撰寫的歷史，以高明曲折的裝扮試圖顛覆她母親一代人的世界。半個世紀以後，上一代的世界緊接著，試探了她的人生。她的父親離世得早。她後來死於海嘯的男人充滿她內心。每次她去到他們的墓園，陵園墳地襯托出死者的身世，也說出她的匱乏。生者的匱乏，已隨死去的人埋在生者的心。

他的大半生有無數愛的古堡，她是他最難忘的城堡。

遇見他，她的生命成為一座島，是她的黑天鵝。在她和丈夫分居以後他們在一座陌生的城市中重逢，重新激發出她對愛的盲目激情。她重新變成一隻精靈，一隻食菌蟻的精靈。

她成為他的，愛之符號，一個囚禁他的場所。

這場所也是囚禁她的，一個場所，讓她的匱乏可以好好隱存起來。有時她感到自己也是林野中那隻失群的野生紅毛猩猩，努力地尋找同伴，在荒野的森林。她再一次愛著以前愛過的男人，在她仍然處在沒有辦理離婚手續的狀態中。這種兩性關係，教她看到原來的自己，讓她勇於面對她的匱乏。這是一種存在著誘惑的選擇，決定了她後半生的行為模式。她明白男女兩性無非都認識到這種行為模式的可逆性：可歡與可悲之間的距離往往在兩耳之間，其間存在著人類最寶貴的器官。

愛的器官，實在是太過古老，也太年輕了。

後來，她再次回到高原村子的時候，她數次住在儂娣拉的家裡，一天夜裡，告訴儂娣拉有關她的一個故事。她內心的故事讓她再次在回憶裡，驚醒。

我獨自醒來的時候，我首先記得起的是事情發生前的那種巨大的聲響。後來我才知道，那海潮的聲音傳到十多公里外的地方。那簡直就是巴西土語中的波羅洛卡的怒濤聲吼。我發現我躺在分不清是醫院還是教堂，一堆死人，幾個重傷者的地方。我以為那就是地獄（海嘯幻化成一聲哀鳴，遺棄於木塊石塊與人塊之間，尋找天堂的雙足消失在人間地獄的海灘）。我急著找他，連續幾天無法入睡找了幾個晝夜（她不知道他在哪裡，她只知道她愛他不能失去他）。我知道，我已經永遠失去了他。我們一聲道別都沒有來得及，說。第一次分手時，我還以為那句再見是永遠的訣別（哀痛是留在她心深淵中的一幅畫面，一塊塊支離破碎的瓦礫，纏繞住，緊緊，有著遠景與海岸的星球，一座平原，一塊堅硬而無人居住的岩石）。安卞，妳大概很難明白我失去他的心情，體會不到我在那個海邊所看到的人間地獄景象。我們曾經真正活過，然而死亡來得更早更快。他的壯年荒廢在荒誕中，我只是他的荒誕場景之一，然而他永遠不會料到，他會葬身在千年難得一遇的海葬之中（他的愛橫越海邊的島嶼，停駐在臉色蒼白的黑髮女子身上，魚一般自海的深淵升起，回來撫摸她失去的海岸，扎下根，淋以淚水）。海嘯過去後的一年時間裡，各國的專家來到泰國幫忙死者的基因對證工作。我在他的臥房找到他遺留在象牙梳子上的毛髮，從他的牙醫紀錄取得齒腔X光片。經過漫長的等待，即使是支離破碎的殘肢，也沒有他的痕跡（異鄉詩人的文字留下一道光，帶她前行，她打算用雙手搭蓋一個牢固的巢，沒有傷害沒有痛苦沒有謊言）。他的肉體最終被判定未能找到基因對證的海難者之一。

我死的時候希望妳在我身邊。她時刻想起他說過的話。消失，也許是最好的一種荒誕式告別，正好符合他大半生所致力追求的新荒誕劇。和他現實生活中的荒誕劇不同，他自己永遠走入劇幕深幽暗的舞台。

有一年她從香格里拉的白馬雪山森林區回到亞熱帶的學院，那時是魚木花盛開的月分，滿樹夢幻似的色系，令她心醉。她的一位閨蜜在泰國南部的小鎮發生意外身亡，遺體就地安葬。她收到消息後立即趕去閨蜜出事故的地方。

她和他在那裡相遇，在泰馬交界一個邊境的小鎮，華玲相識。一處被國際共產主義遺忘了的地方，當年馬來亞共產黨分子和大馬政府談判破裂的歷史場地。

她為了出席友人的葬禮，一位大馬女作家客死異鄉的葬禮，然後順便去到那一座幾乎荒廢了的歷史小鎮。她沒有遇見歷史卻碰上了他。他為了尋找創作的靈感與思路到了泰國那一塊被人遺忘的小鎮。沒有找到寫作的靈思，卻找到他性靈的伴。

這女作家死在她的旅途中，而帶引她好友和他相遇的這個女作家，最後卻也讓他死在同樣的熱帶國家。

這地方，卻是她建議去度假的地點，不料卻成為她閨蜜和她靈魂伴侶的所在。

重逢後的死別

「帶著里拉琴的上帝

沒有認清痛苦

也沒有學會

愛情」

後來他消失了，永遠的，消失在海洋之中消失得異常壯烈。

隱藏在波羅洛卡的巨聲海濤怒吼中，安達曼海水帶走了他和他的劇碼。她好友把他帶到她生命中，後來同樣把他帶走了，在安達曼的海水裡。從印度史詩《羅摩衍那》走到人間的猴神哈奴曼，安達曼是馬來語對印度猴神的民間叫法，在萬物有靈的信仰中，河流，街道，失血的島像血液留在哈奴曼的身體。

這片曾經是傳說中無風帶海域，貫穿在中國和印度間早期的沿海貿易航線上，晏陀蠻，倮人國，如今是他的墓地。

最終她為他選擇了葬身之地。雖然，事先她並不知道而他事後也不會知道。

此後很多年她的黃金年華的愛慾被她埋葬在華玲廢鎮的破街上，連同他的劇場她也埋了，從此不再走入劇院。

文學，曾在她和丈夫分居以後的日子安撫過她，一直到他把她帶入他的劇場。

當年她與他的相識，讓她的重生源自於她對文學的絕望，而不是源自他的出現。文學，一度像癡迷的愛情，曾經讓她歇斯底里，使她人格分裂。文學在她和丈夫分居以後的日子安撫她，但是她最終對文學絕望，產生了厭惡之心，再也不看文學書了。

是莒哈絲把她拉回文學日漸消散的淺淡生活。

和莒哈絲曾經有過的經歷一樣，在她還沒失去寫作熱情的年代裡，她總想保留一個地方讓她可以獨自待在那裡等候她的愛。雖然，她不知道自己會愛上什麼，她既不知道愛誰，也不知道怎麼愛，或會愛多久，她說她唯一可以的，只有等待，以及在她自己心中保留那樣一個，等待愛情的地點。

那時她對莒哈絲在《廣島之戀》中，那種對愛的表態感到異常的驚喜。

那是新一代女性的宣言：我那時飢不擇食，渴望不貞，與人通姦，撒謊騙人，但求一死，很久以來，一直這樣。

她和獨身後的莒哈絲一樣，常常不知會遇上什麼男人，也不知要找什麼樣的男人，不知道屬於自己的愛還要等待多少年，更不知道會愛誰或遇上後會怎麼去愛。

那些生於獨身潮的中年人，現在才明白，她們等的是永不存在的，愛。

精確地說，也不是愛，而是愛的幻影；再精確點，其實也不是愛的幻影，而是幻覺深處湧出的一種賀爾蒙。

今天她已經知道，倖存者與罹難者，或者柏拉圖與蘇格拉底身體的意義與不義，不但在於身體具有哲學和美學的內涵，亦是接近天堂或邁向地獄的途徑。

我們像被自己趕出了宗祠的神靈，在異地發現我們是某種意義的倖存者。

那是一種巨蝶的幻影。在南亞海嘯中有九名受難者在海嘯發生三十八日後被人發現，成為奇蹟的生還者。在海嘯重災區安達曼群島最南端，他們依靠食島上的野生椰子肉和椰子水維生。然而他不是這些受神靈祝福的幸運生還者。

他生前說，他內心常有一種巨蝶的幻影。

這幻影可能只是他自身的心理反射。總之，有一種幻影一直都在欺騙我們的感官。那是靈的狂蝶，靈的性靈。

靈以自身的痛苦來令我們痛苦。

像妳，像妳癡狂的愛和文字。妳們都是沒有生命的生靈。妳和妳的文學，都只是妳們發自內在的匱乏，巨大，如蝶。

如靈，如性，如品。

如心，如生，如命運在另一個現實世界中的重現。那時候她還沒有來到白馬雪山從事野地考察。她居住在一處如今無法清楚記起的小鎮。從她少女時期起，她看著身邊的親朋好友努力不斷地追尋哲學意義上的自我，只有她一人在一旁觀看別人的熱鬧，漠不關心。

她最後一次離開家鄉到海外工作已經是幾十年前的事了。這期間她經歷了人類學家所經歷的心路歷程。最後這幾年，她搬到一處鳳凰木花盛放的花園社區裡，等待他的基因對證的確實消息。經過漫長的等待，這一天被證實不會到來。

他說，一種幻影中的巨蝶，時不時間歇性敲擊他的大腦皮質層，勾勒起他記憶深處的史詩探險體驗，碰觸到內心最深的恐懼與憂傷，也開啟他迎向陽光的決心。

在她住所附近有一排種滿了老榕樹的街道。老榕樹常常帶她和他來到城裡的小街道，然後又帶她和他回到城外，有時候會順道來到幸謙的家閒坐，談起路上他們看到的老榕樹的新葉的美麗醉人的色澤，很纏綿地，在花開的季節散放迷人的香味。

花開的季節散放淡淡的，迷人香味，有榴槤花開的味道，脆弱得，像這一座城市從未有過的種種奢華。

一座小鎮，再也感受不到重逢地點的花香氣息，在華玲小鎮上，一種濃郁的歷史在人心中慢慢死去的，氣味。

深夜裡，她走過老細葉榕樹底下的落葉，抬頭，看到枝頭隱約有新綠的葉子在城市的燈火裡異樣的色彩。她至今仍記得他說這話時的神情。他走後，她走在從前他們走過的路上。她依然看見巨大的樹蔭，她的眼睛穿過黑暗的天空直透太空的迷漫，看見童年時候鄉間星星的隕落。那是他們心中的道場，光芒璀璨，彷彿是神話中的扶桑神木破土重現，給了他們既驚又喜的春晚，時光。

她走過，從前他們走過的路上。第二天清早醒來，她從樓上的窗戶望出，里爾克拉起他的里拉琴，上帝從萬物中引出他完美的自身，幻影。陽光，像掉落在遠洋的古船帆布，帶給她一陣陣波浪微擺的暈眩。淡淡的，如巨蝶夢幻中的，夢幻。

來自遠方的女子，生活在香港九龍的社區中。來自遠方的女子，她空洞的雙眸中已失去星空的靈光。她知道里爾克筆下也有一種有如食菌蟻的死亡體悟。有一天，她將遷入另一座陌生的住宅，把一對冷漠的石獅子搬蹲到院前，以食菌蟻的目光看盡世間的煙火似的空洞。死別。空洞。

黑色邊界，她的異鄉學人生涯

「靈魂，大地上的異鄉者
在安寧和沉默中沉落」

聖嬰世紀的落日

後來當夜晚來臨的時候，或許她並不自知，赤道無風帶的海洋已經來到她的心中，一種沉靜寂寞的赤道風暴，用李維史陀的話說，這是赤道無常情境進入女人心界後打通了兩個不同的世界所建立起來的一處憂鬱的海洋區域，平靜無比，這一片海洋讓她處在兩個極端相異區域之間、最後一道神祕的界限，她來到，她的無風帶的內心深處。

她被人視為是大學校園裡的幽靈，總是孤單地走在各講座與研討會之間，偶爾，也會看到她走在百萬大道上的樹影之下，一如往常的低著頭，幽魂似的，走向圖書館門前的廣場，消失在朱銘的太極雕像的門內，有如消失在文學世界中的，幽靈。

內心裡一處無人知曉的無風帶，停泊著她年輕時候的遠航船的殘骸，在這裡，殘留一些她早年在馬來亞首府吉隆坡的生活往事，當年，她因為能進入坤成女中名校當中文老師而興奮得三天兩夜不能成寐，因為那是海外華人所創辦的、最早的一所專收女生的知名中學，坤成女中。

在她的教書生涯中，這裡是她遇到生平最要好的知音的地點，她的海外知音邢老師，雖然她們年紀差距好幾年，她很高興廣生大姊那時並不把她當作新來的下屬看待。

邢老師早年隨父輩在北平和德齡公主之妹容齡家相識，因而和一位剛來到坤成教女紅手工的留法神祕女子交情篤深，後來那女子成為邢老師孩子的乾媽，那個孤身一人來到陌生地教女紅的女人，有一個作家女兒，她所寫的小說也正是邢老師所喜愛的作家，張愛玲。

她第一次見到黃逸梵，是在邢女士請客的咖啡館裡，天花板上的三葉大風扇颼颼的轉，邢女士把她介紹給同樣剛到吉隆坡的黃逸梵，她們品嘗南洋的特色下午茶，飲品有海南師父所泡的香濃熱白咖啡和印度特飲椰汁珍多，小食有印度人的水果囉吔，一種印式當地水果沙拉，風味和西式沙拉截然不同，再加上一種以馬來語名為「結婚」的烤麵包片，那是當地華人剛發明的、一種用輕炭火現場烤的麵包片，取名結婚是因為烤麵包用了兩種在地特有的不同醬料，表層寓意了兩個不同種族男女的歡好，而深層寓意是，雖然不同種族不同文化不同料理，一旦「結婚」，卻創造了完美的新美食家庭。

她至今仍記得那天的陽光在午後陣雨後，特別的明亮清新，吃慣了西式烤麵包的黃逸梵，對結婚烤麵包表現出孩子般的笑容和歡欣，連連讚賞，此後她們常在一起茶會相聚，這正好迎合黃逸梵本來就喜歡的英式下午茶的生活方式，不過沒料到第二年，張愛玲的母親匆匆離開了吉隆坡，日後邢女士生下第一個女兒，黃逸梵來信說要做這女孩的乾媽，而這一個連張愛玲本身都不知道的、她母親一生中唯一的乾女兒，辛女士。

因為這樣一個機緣，她日後在校園裡從來自馬來亞大學的友人口中知道有一個正在撰寫第一本以張愛玲為博士學位論文的研究生，從而結識了幸謙。日後幸謙也因此結識了從英國退休回到檳城的辛女士，也就是黃逸梵的乾女兒，張愛玲的乾妹妹婉華小姐——這當然都是後話了。

在吉隆坡這一座新興的城市裡，她不但認識了日後她喜歡的作家張愛玲的母親，也認識了現在的先生，她如今雖然精神有點紊亂常在校園裡四處亂跑，這個先生和家人仍然對她愛護有加。

假如婚姻是一種傷害，當初她或許不會選擇愛情，然而有愛的婚姻是最好狀態的家庭了，她慶幸她的福氣——雖然她如今已分不清什麼是福是愛。

聖嬰的落日落在大地上，日日夜夜，她走動的身影變成校園裡一種符號性的象徵，是意義衰落的表徵，也是她的學術國度中的一種隱喻，永恆的陣痛。

她的人生此時和全球的災難同步發生，從內心到外在物質世界，從太平洋到大西洋，從東到西自北到南，聖嬰現象和她個人的痛苦內心同步進行，在她內心的無風地帶向四面八方擴散，乾旱，火災，水患，霜雪，颶風，溫室效應，全球變暖，加上世紀末黑死病和各種絕症等異常現象來到她眼中，她感覺她不是從一個家庭走入另一個家庭，而是從一個時代走入另一個時代。

她自覺成了災難的聖嬰現象，曼陀羅花雨自天界而降，化為弱水三千。

晚風佇息的森林

「森林邊緣一隻黑暗的獸
悄無聲息出現
晚風
在山丘上款款佇息」

後來西印度群島的風在她回憶中仍然還在遠方橫越永無止境的海洋。海的水，水的潮，潮之心。

心之潮，潮的水，水的海，她在無風的赤道地帶，靜止，在死水般的海面等待新世界的到來，無風的日子來到她如今居住的城市。

每天，她孤獨地走出華麗的大學宿舍，來到學院各種大大小小的講座和研討會場地，靜靜聆聽來自世界各地的學者的演說，沒有人知道她的過去。

她不得不承認，她的人格分裂是她選擇生存的一種不失理想的生活方式。

她記起了所有的前因後果，她才不得不承認人格分裂是她所選擇的生存方式的，另一種不失理想的生活，一種，有別於其他女性的處世態度，面對時代的病態化發展，她透視力強大的心靈很早已經察覺到她所身處的社會必將遭受異變的命運，她從意識底層遁入更深的世界，幽暗的夜色勾勒起她內心古老的民族禁地，她母性的情結一生伴隨著她，開拓了生命視野，也詛咒了她的命運。

她不是從一個時代走入另一個時代，而是從一種心靈走向另一種心靈。

曾經她是一個堅定的社會主義者。

社會主義讓她相信社會的平等是可以期待的，不過她已無法相信政治上的社會主義，就像她不相信現代城市化的神話是浮游在雙腿之間的愛情一樣，其實她老早就已走出政治與愛情的神話，過著一種無所為而為的放逐生活，她對於民族文化鬥爭的失望表現在她對民族意義的遺棄，冷戰時代的歷史，如今已成了極其乏味的軼事。

在她追求零憂傷的那些日子，開始她只要求沒有憂傷的一天日子，然後開始追求沒有憂傷侵襲的禮拜，七天，一連七天零憂傷的日子，她的狂喜生活，然後是零憂傷的月分，然後是零憂傷的年歲，然後她發現自己已經老了，零憂傷的日子從未到來。

像梭羅在《湖濱散記》中說過的，我們大多數都在安靜中過著沉靜而絕望的生活，百餘年後，我們會如何看待這一句令人驚心動魄的話呢？百餘年後大部分平常人家的生活應該已經改變了許多了吧？不然，可真要把生活逼到絕處，過一種簡單而基本的日子。

所謂絕望的生活，正是梭羅所說的聽天由命，是一種得到了證實的絕望的，命運。這是今日許多普通人自身並沒有意識到的，不幸者的生活，絕望而平靜。百年了，梭羅那年代的美國生活和今日亞洲第三世界，都經歷了巨大的變化，現代男女不安全感的生活方式中，洞穴中的男人，深井中的女人，荒原上的家，港口旁的城和被遺忘了的愛情，在不斷增值的生活指數中，自我貶值。

她的心獨自在居住了三十年的睡房裡坐著，在她的自畫像中如孟克晚年的孤獨時光，在夜間漫遊在空空蕩蕩的幾間房子中來來回回的走動，像極畫家筆下悲傷而焦慮的，夜遊女子。

遙望六千五百公里流域的亞瑪遜河上的落日在黃昏時照上她的床頭。

她有時深居簡出有時每日往外遊蕩。

她的精神病變造成許多親友驚愕和惋惜，然而她自己清楚，她在精神上的自虐是她心靈上的解放，激發了她回歸深層意識的極大動力，這種洞悉世事的隨性狀態，藉助她日漸冷淡的語言表露為她今天的形象，她摸透了生命流轉的程式，終於成為反被洞悉的對象，她成為虛空的一種語言，變成真正的無人知曉的另一個女人，她說出的話穿過文學的聲音反彈回到她自身，帶動她的身體反彈到禪宗之境，然後傳來她的回聲。

我們何嘗真正了解過自己，我們的心境悄悄冥冥，感到骨肉在日子中的，凌厲。

她曾參與歡笑瑜伽的培訓，實踐過，對抗憂鬱。後來，她長年躺在一張波斯手製的地毯上睡覺，學院的異鄉人悄然出現在校園裡，如一隻黑暗的獸，悄無聲息的晚風在她心頭浮起特拉克爾的詩句，款款佇息在，內心的，黑暗大陸。

疏影花束

「夜的溫柔的藍芙蓉花束
岩石，蘊藏巨大的沉默」

從前，她並不是從一座城市走入另一座城市，而是從一種自我走入另一種自我。她也不是從一座校園走入另一座校園，從一個年紀走向另一個年紀。

那時候的她沒有人知道她是一個精神分裂者，沒有知曉她內心世界住著一個聖嬰現象魔咒師。

讀大學的時候，她和許多大學時代的理想主義青年一樣曾虛構過一種屬於精神分裂者追逐落日的故事，一個文化狂熱時代中變性夸父，從釣魚台主權運動到台灣女性主義運動，在政治與性別、社會與個人的複雜圖像中，她取得博士學位，專攻早期西方女性主義運動中的性別政治課題，在弱肉強食的學院中開始了另一段她視之為現代社會底下叢林原則的學術生涯。叢林原則的學院滿布她發憤的足跡，她深入城市的神經線，看到了一輪巨大的紅日，通過黃昏時分的斜陽射入她的視網膜，刺痛青春不再的眼。

和丈夫分居後她陷入女同性戀的情慾團體中尋找真正的自我，通過一個臨近精神分裂者的眼，所有男女兩性的太陽系歷史進程也都只是隨性狀態下產生的物體，她眼中的世界有如超過三百億顆星球已經消失的宇宙，毀滅了。

這是她回想青春年華的內心寫照。我們都試圖破譯內心世界。從愛的悟證到愛的書寫。愛的寫作其實也是人格構成與發展的形式。《淺草》停刊後魯迅的門派弟子仍然在書寫中國，許多人繼續寫作。然後德希達在書寫中上路了。在追求精神的生活上，眾多文學文本與我們的孤獨性靈同構建，存在於一種共同存活的方式。

清晨，太陽的光芒刺人太甚，她坐在睡房的躺椅上不願起身，早晨的陽光落在她眼中變成一輪落日，巨巖一般壓在一座靠海城市的核心地帶，一切都已毫無意義，死寂，成為一種只有她才看見的疏影，濕冷灰沉，死寂，她心中更遙遠的一輪太陽落在古老森林的地方，光暈像雨絲一樣從雲層落下，原來是這樣的絕望原來是這樣的死寂，她說。

她近年來經常想起少女的時光，她的少女年代，如今是異鄉人的一種記憶。

彳亍者，異鄉人。

離散人，遠行者。

回憶離散青春年華的時候，她的語言是時間的花朵，綻放在內心的天空，她幻見年輕時候她所想像出來的晚年，多年在大學授課，她多次想要逃離講堂，她無法面對異變的大環境也無法面對成長過程中她的心靈，的異變。

多少年前，她在香港中文大學搭上了一輛停在崇基學院的校巴，巴士有如在傍晚時候出沒的怪獸，停在粗壯的黃竹叢旁，槭樹，杜鵑，相思木，立在黃昏裡觀察到訪的人群，坡下的水湖，那幾隻常在湖水中漫遊的白野鵝不知躲在何處休息，這是她回家行程中，偶爾例外的路線。

女兒畢業第二年的暑假過後，學院裡突然人潮湧動，擁擠的校巴，火車，地下鐵，人潮，她到今天仍為這些影像所動，更早以前，高一以後，她騎著中型電單車直到大學畢業，留學海外時她在年輕敏感的年紀裡從不曾想去與群眾擠迫巴士地鐵，而是像勞倫斯一般孤獨地騎著電單車奔馳在荒涼沙漠的無盡路上。

那時香港還沒有回歸，移民潮正盛。香港是一個華美的但是悲哀的城，張愛玲在〈茉莉香片〉說。

香港也是一座她者之城。

在無目的穿插在島上的樓群、街群、燈群、車群之間，人群是現實的一種繁衍，不斷繁衍文人的世俗繁夢。

這足以讓她在晚年的時候，生活在雙重分裂的學院裡，目睹知識分子的人格分裂和墮落，自我的分裂就像原子與太陽的分裂，有著巨大的力量，使她更進一步陷在語言的欲望之中，混亂了兩者的主體，用挖掘的方式用錯覺與困擾用許多色彩透明的景物，女人，男人，野獸，流水，高樓，街道，都流入她的文本中。

每天她從學院回家前她走動在校園裡，好像她當年還在校園裡讀文學時候的模樣，每當校園裡舉辦研討會和演講活動時，她也像當年她還是系裡的名教授那樣到各學院去聆聽，她喜歡聽動人心魄的學術演講，那是她的精神領域裡的一種音樂會。

在地毯上，她躺著，在晚年的一個傍晚，不動，她看見落地長窗外荒寒的野外看見滿布花朵的樹木流淌著血色花瓣的荒野大河流穿她的肢體，一棵落盡花葉的老樹在窗前展示她的軀幹：數千丈高三百里粗的扶桑神木破土重現，一度是太陽沐浴的居所，如今滿是扭曲的枝椏彷彿是受盡壓抑的海中珊瑚赫然破水而出，以夸父的精神演繹充滿象徵意味的性靈語言。

每一個從筆尖流出的文字，今天都成為一個審查者，某種人格分裂的角色，監視她的一生，然而，她早已燒毀了所有流出筆尖的文字，在發表以前。

黑色邊界

「在黑色的牆旁
始終鳴響著上帝的

孤獨的風」

後來孤獨的風來到現代城市人的假性生活中，各自尋求自以為是快樂的假性生活，在情慾與政治交錯的核心區域，燈火日夜點燃，恍如整座銀河系的星體都落在城裡，同時燃燒，在她大自在大無為的禪定時刻。

人工合成的快樂統治了現代城市，在一座物質城市的深處，她沉入禪定之中，經過無數次的努力她終於看清自己的心靈，她看到遠離真實生活的人群，在擁擠的酒吧在狹小的咖啡館在偽古典的餐廳在湧動的人潮在吵嚷的沙灘，許多人設法讓自己相信此刻很享受人生，內心裡似乎總有一絲不確定的心情。

這是無名一代的人工合成快樂症候，不可逆轉的選擇帶來不可逆轉的快樂。城市物質文明的生活總是有點病態，人們過著有點病態的內心想像生活。一代人的假性生活，讓現代城市人自以為快樂自以為幸福地，生活，消費文化和享樂主義中的假性生活，不管我們自己如何看待這種麻木這種假性的人生。許多人習慣於和他人一起集體地分享假性的享樂時光，各種社交媒體裡的照片和視頻，各自分享虛擬的快樂，眾多的人，在一起說服彼此都過著快樂享樂的生活方式。

她讓自己相信自己此刻的生活有短暫的愜意甚至有快意的本質，其實很多假性生活空間充滿了各種問題，認真起來感覺不悅的環境與人與事不斷地在身邊發生，只是她和很多人一樣，各自互不理睬而視彼此為心理學上所謂的不存在的人。

她不願過這種假性快樂的生活，她成為這座城市的隱密心事，是她生活在假性城市叢林的隱身術。

最初，亞當在給予／付出中施愛，夏娃在接受中給予／付出愛。

她就是那個理所當然的夏娃，然而亞當不一定就是當年新婚時的亞當。這種愛的模式到今天似乎仍然沒有改變。

她曾有兩個男人，兩個符號化的所指男人，一個代號夸父，一個代號亞當。

她也知道他曾有兩個情人，兩個能指化的符號娃娃，一個叫女媧，一個叫夏娃。

在接受中，她給予。在給予中，她愛。

她將自己在接受中給予，在給予的愛慾中穿透她所愛的男人，並在男人的愛慾中找到另一個自我，發現自己的本性，也發現愛。

這些年來她認同了佛洛姆的愛藝觀點，然而能不能做到她連自己都很懷疑。如果能像佛洛姆說的給予比接受更令人滿足與快樂，如果愛人比被愛更加困難，如果愛需要強大的力量，就像我們要夠強大才能道歉，然而要更加強大才能原諒。

這些年來她以佛洛姆的愛情哲學去愛人，期盼通過愛情逃離自我中心狀態中的寂寞與孤獨的牢獄，甚至想用愛來創造愛。

愛的人格與愛的能力在一次又一次的挫折中害怕了付出，也許就像佛洛姆說的，愛人比被愛而產生的依賴性的接受更符合人性，然而許多更喜歡仰賴別人的給予，而扮演做一個無助的嬰孩，渴望回到嬰孩時期那種因為我被愛所以我愛的美好，狀態。

成熟的愛遵循的原則是：因為我愛，所以我被愛；雖然如此，然而更多的人渴望的愛是：因為我需要你，所以我愛你；在愛中，她想要保存自我的完整性，因為她相信那是愛情藝術中最高的境界，她想和相愛的人在一起，遠離孤獨，卻又能各自保有完整的自我。

在停經前三年的夏天，她突然有所感悟，她想像自己能夠像森林般，過一種純淨的生活，寂靜地存在，中年的無風地帶已來到她的眼前，她發現了前所未曾踏足過的精神大陸，很多以前想當然的事物道理，都被她的這次發現弄得天翻地覆，讓她產生了巨大的疑問，此後數年她長期深陷在憂鬱症之中，一種關於自我的形構儀式，在混亂而零碎中她創造了自己的心靈領域。

城市人登峰造極的生活方式在追求時尚中尋找新的語言，消費自身的夢想，而所有的夢想幾乎已經可以無止境地複製擴大，變成庸碌，在可持續複製中發展成為我們的世俗夢想，在風水和星相學中尋找真相，她變得貧瘠，在性靈的枯竭中她發現已不能在自我拯救中繼續照常若無其事地生活下去了，她像許多城市人一樣努力追求過超越的人生境界，似乎有末世的黑影在世界各地的大災難中接踵而來。

多少年來她在書房和睡房之間走動著，永不停止的樣子，她走動的身姿，就像她當年走動在研究室和講堂之間的身影，富有一種自閉癖的黑影，在如今老來的內心把世俗的幸福與欺詐，照得渾體透明，無可遁形。

在生前死後之間，她長年生活的社會診斷出她的病症，她知道她長年生活的社會也患了她的病症，同樣患有精神分裂，是病患也是診斷者，更甚的，是她居住的城市病了，而不只是住在其中的人們。

在某種意義上她想要落實完整的寫作，然而她沒有。

在落日的餘暉中，一個精神分裂者的主體喪失在多重人格的社會角色與文化面具之下，多少年前當她來到香港島上古老學府的講堂裡教書的時候，她慢慢沒有了救亡的理想，也不再有任何文化表態的立場，人老了，港島也變成一座多重人格的城，說謊的城，欲望的城，政治的城，隱匿在多重分裂的面相與肢體中，分裂和多重人格的島城，宰割了她者的命運。

藍色的心靈語境

「藍色的花
在凋零的岩石中
輕柔地鳴響」

她的一生自小學開始就不曾離開過校園，在臨近老弱無援的年紀她回憶起許多年前當她還沒有精神崩潰的時候，她曾經如何享受虛無的隨性狀態，完全的透明清澈的心性，沉浸在大寂靜的自由之中，捨棄所有的慾念。

深層意識中她也許得到了另一種更大自在，超脫了語言和凡人的情感，毀棄肉體與心靈，至高無上的大虛空的隨性狀態就再次來到她的內心。

少女求學時期暗地裡偷看《查泰萊夫人的情人》時康妮所面對的情緒再次侵入她的身心，她突然變成康妮，在一天下班回家的路上，她的腳步像康妮一樣沉重，慢慢朝家的方向走動，突然之間人們世世代代用來稱呼那個龐大的、讓人厭倦的、迷宮般的房子的一個溫暖字眼，「家」，突然失去原有的意義，像所有其他偉大的詞語那樣失去了意義。

她察覺到這一代人的「能指」找不到各自的「所指」，就像物質找不到精神之所，就像康妮一樣找不到她，她也找不到康妮的家，找不到家找不到意義，她陷入康妮的歇斯底里之中，認清到她長久以來所肯定的各種關於幸福關於愛情關於溫暖關於永恆的詞語突然都變了樣。

她的生活都反身過來噬咬她，她陷入康妮的痛苦之中，仿似百年以後康妮的靈魂從羊皮紙來到她的內心，帶走她，所有的遺產。

開始時是她的臥床，然後是整間睡房然後是書房，客廳，一一都被搬走。然後，魔咒伸展到她的研究室她的課室和學院，連性愛這一曾被認為是人類發明的最浪漫的字眼也帶走了，帶回給她的，是神經分裂如鬼魅步履，撩撥她，她成了康妮的化身。

勞倫斯早年說過的話：如今我們的生命卻充滿了枯槁的灰燼，她經歷了肖申克的救贖，在心靈與現實的牢獄之中她等待重生的可能，她失去的不只是愛情和婚姻，她失去了自己，也失去她失去了的自己後的另一個缺席的她。

她在心靈的囚牢中看守她早已消失的自己，囚堡中無罪的等待者，只能自我拯救，她向內回溯，孤僻在日漸深沉而安穩的孤獨中，品味肖申克另一種無望的救贖。

一片無風地帶的海洋中心，這是她心中的海洋神話地域，她不知不覺來到了當年鄭和船艦曾經懼怕的赤道無風帶，長久漫遊，遠離海岸，上千座大小島嶼構成她精神上一座座的心結孤島，這些水流緩弱的海域，她無從迴避地到來無所適從地囚禁其中，當年鄭和千艘船艦再三地遠遠避開了的這一片無風水域，而她一個小女子卻無法逃離這死亡了的海水。

這是一片天堂般美麗的海域，水霧幻影變化如夢，古人記述過這片海域的傳奇，說自藍無里去細蘭國途上，如風不順將飄至一處無風群島，地名晏陀蠻，島上人民睡在金床上，井裡流出的水，水過處變石為金，島民男女赤身露體，生食人，死後有大蛇保護數代，古代中國稱之為倮人國，每到無風的季節，島國上看得見也許是世上最為終極美麗的黃昏光影，那裡有她的記憶，有心靈遠景中的飛鳥睡蓮體香和充滿春天氣息的水霧，深入她神經衰弱的內心直通曲折蜿蜒的往事直達赤道的無風，地帶。

水霧幻影的海域，也是她最隱密的無風國度，連接古希臘和古羅馬航海版圖中被遺忘的角落，直通古羅馬老航海家流傳下來的文獻深處，那是古羅馬商船順季候風到印度到東方的最早事蹟，記載了諸多古印度古東方的奇人奇事，連接東西方的世界與大陸的史詩，歷史在千年又千年的季候風中消失得無影無蹤無疾，而終。

她是唯一活著回到人間把這片美麗的無風海域盛景流傳到民間的女人，在這裡，她的男人開始稍稍在外有精神外遇時她還不知是否要接受現實還是反抗命運，然後她發現男人也有了肉體外遇，她發現來到了心的無風地帶來到一場暴烈的雨季中心，這是她身處於扭曲的時空中的恆隱態之中，她身體物質與性靈能量的特有時空，讓她感覺自己消失在海岸線上，疏影，風歸，她的自我在海洋的遠方注視，注視她的內心她的家庭她的事業，她的不悔與追悔。

在時間的始源地，這些年來她想要淨化精神世界的努力遭受到磨難的考驗，淨化的生活是她心頭一朵待放的茉莉，從內在力圖盛放，像熱帶暴風入侵她日漸貧瘠的心靈語境，女人一臉的滄桑，毫無表情地走在幸謙讀博士期間的校園裡，穿梭在各種研討會和演講會之間，形單影隻，在吐露港灣前的群山環抱的學府裡，她形跡可疑，無人問津，十餘年過去了，她如今還在校園裡走動嗎？這一個現實世界中近於原型的人物，在落日的溫柔光影中，給人一種孤獨的風的形象。

後來，她老去的身影也消失了，她的心，天象神話中的聖嬰，伊國中的一個孩子，一束藍芙蓉花，一塊岩石，在黑色山岩的山壁下，蘊藏著巨大的沉默，出世與入世，曾經是那麼曲折迂迴，像城裡夜晚街道上的行人眼中的夜晚，後來。

女性主義，她的犬儒夢典

「死去的花園裡
留下了朋友銀色的面容
不斷傳來
傍晚的藍色鐘聲」

老去的校園

表面底下，很多人都有一個美滿的家庭和美滿的人生，然而她不是，她是那一個在小說家筆下死於終身教職的女教授，一個她不願多談的死亡事件。

在她老死以前，她回想起她自小如何走入自我的核心形象，她從少女時代起，就發現了她的自我其實是他人構想中的一個所謂自我形象，她自身其實並不清楚真實的她到底如何。

她常陷入自我如何在他人的構想形成的自我考古學。

少女時代讀中學的時候，她以為若果有幸考入大學，就將像一般人那樣很快就會在畢業以後永遠離開學院，卻沒料到她將在大學裡度過她的一生，更沒料到她日後會成為校園裡神遊的無名精神失常者。

校園成為她避世之地，日子一頁頁像論述文章掀開她日漸年老的生活面貌，漸漸，她感到快在會議填報告寫論文塗詩句的隙縫窒息，提早將她老來的墳墓內的主題揭示出來，也提早埋葬了她的青春，像許許多多知識分子的大半生一樣，有如眾多學術僧侶一般時常獨處在研究室內，坐著，想著，學院通往的或許並不是大道的生活，因此也沒有所謂背叛的問題，沒有被燒死的危險沒有發瘋沒有被釘死在十字架的私人天地讓她擁有徹底自我放逐的一種樂園。

有時，這是她的保護地，有時是她的完美形象，如一座一座無形的堡壘，如堆積如山的書本，偷取她的一生，吸納她的青春與欲望，卻不知回頭。

香江，燈影華麗，永不能在她們心中留下痕跡，是永恆的春也是不滅的秋，陷於回歸後的乾旱時期，陷於香江的複雜心理之中，陷於湮遠迷離的歷史，殖民的歷史比自我殖民的真相來得更加真切。

在異域的這些年，她在學院中看到今日全球化的教育演變似乎停留在體系的知識論之中，只追求專業知識的教育，許多課程對於人的本身，人的心靈，人的本性缺乏關注，甚至沒有興趣在這些方面進行教育，而只追求職業性的培訓思考工作。

她清楚知道，知識經濟時代中的大學正處於轉型階段，大學之目的不只是傳授知識，更應該以發展知識為目標，因此她的課程除了注重學問領域中的人才理念，也注重現實社會生活中人格的情感素質，結合知識與思想情感的心智發展，開拓學生的心靈上的視野。

她相信現今的大學不可走上淪為實務人才的培訓所，或者和社會的服務社，如大學新理念先驅者佛蘭斯納所言，大學應該是時代的表徵；她在這方面長年進行課程構思，加強課程改革的設計工作，加強課程內容的豐富性與趣味性，她早年求學時的浪漫精神推動她在大學教育和課程上的構思，努力在講授中實踐課程的開放性與師生互動，把自身的課程當作大寫字母的教育本文，而非封閉性的講義而已，引導學生思考相關學科的各種主要課題，發展學生不同性格的取向，開拓學生綜合知識的能力與判斷的能力，進而建構同學此生應該具備的價值觀與人生觀。

遠離家鄉故園的離散體驗改變了她對於自我的認知，改變了她的人生觀，她不只是原鄉的叛離者，在她的學術專業領域中也是教育界的叛徒。

在她的自我追尋中，她的主體認知不斷地改變與變形，觀看知識界與教育界在改革運動中種種隱蔽性的政治動機的道德底線，這些年來她聽聞許多老學人在華麗的世紀景象中所捉摸到的黯澹的消息，城市的節奏，學術理論的思考，以及學院的生活都給了她神殿墜落的，心情。

她的目光可以透視沒有意義的符號，她看著她所認識的人一年一年，老去，老得令她也心慌，起來。

灰暗之年

「你更虔誠了
知道了
灰暗之年的意義」

晚年，誰的晚年，誰有晚年誰幸福誰不幸，誰的晚年還有花開，誰可以在老去的自我中看到更老的晚年，她看到了，看到了灰暗看到老人如何努力去認識老來的自我，許多人在老來時候如何暗自追悔年輕時候無能盡情享受的青春，以及今日也同樣無法享受的、那些在性別和文化上的快樂，不可染指的韻華。

在這裡居住日久，城市變得像一座設備齊全的工廠，首先是香江的城市然後是海峽兩岸的都市，一座座，像情慾勃興的女人集結在一起變成更勃興的形態，終於將她如今居住的現代城市變成一座座巨大的工廠，學院委身在各個角落裡，在越來越沒有冬天寒意的街頭投射出異樣的神色，另一種肉體的寓意表達形式。

在寫作《惡之華》的法國頹廢詩人漫遊過的巴黎街道，在班雅明流亡過的城市影像中，這裡的閒逛者幾乎每天都在街道上走著，上班，開會或約會，為自己的身分扮演不同的角色，採用馬奈繪畫的眼光，從路上行人的表情中取得樂趣，各自的目光和生活方式在各人進入家門後消失無蹤，消失成為另一種身分，預示了大工廠都會中，一個學府居民的傷痛。

城居人的學府被關進她的木製衣櫃之後，她才發現離開家鄉已經很多年了，十多年來，她至今仍然無法相信她已失去了她的家鄉，再也沒有法子尋回來，還是像在尋找避難所的人，或像自殺死去的詩人那般，用一種好意的幻象遮掩了她的悲痛，城市砰的一聲，跌落在難以言狀的一張板刻畫像上，那情境，簡直像波特萊爾所刻畫過的那個賣藝老人的混合體，襤褸瘦黑乾癟，活過了一輩子，活像詩人與學人的代表者，遠遠地，傳來銅鐵碰撞的破銅爛鐵聲，老朽不堪地，竟還能戳破學府的帷幕。

或許，老年的時候她會成為一個難以捉摸的老人，別人無法捉摸她她也不了解自己，她的理性與非理性她的感性與欲望，以及由於這些因素而導致的人生際遇，在往後的人生中成為無法解開的謎成為一抹如玉雕琢的，陽光。

這些年來文學想像的體悟形成她的精神流徙路線圖，永無止境的異鄉遠行人，她日漸發現她愈來愈像她所認識的許多前輩那樣，往往都死在自身所建構的自我主體結構中，在文學創作之餘，她在學術體系之中，在研究生活中帶引出來的各種疾病在不同的地方不同的時間通過許多通道許多風景許多夢典直入她的晚年，而她至今仍然記得許多親人早年在戰亂中度過的時光，像永不磨滅的孩童的時光，即使經過戰亂的沖洗仍會在她們有生之年的許多年月中，活著。

學術之死？學術已死！

現代都市的學院，已死？學院中的漫遊者，已死！

她和他，和許多現代學術僧侶們一樣，在藍色的鐘聲中，走著，走在金色的時光中，如雲彩飛逝，如報時鐘聲流過學院旁的一片相思林，流過早已死亡的花園。

隨著學院中的僧侶們，她步下石階，在獅子山下的學院之間聽到了遠古時期僧侶的哀鳴，她在特拉克爾的詩句中追憶起傳說中那一座骨製的人間，橋梁。

無塵染之界

「那人走下僧侶山的石階
面露藍色的微笑
被裹入
他更寧靜的童年中」

有多少男人有第三者就有多少女人扮演第三者，這是她早已知道的道理，然而很多女人並不自覺，有的更多的是指責男人，這些女人也不會知道男人的性衝動可能是來自自然競爭的進化結果，也不知道決定性能量的是雄激素而非雌激素，統統亡佚在，青春裡。

內心裡她們都有夢幻，很多人也相信夢是個人的神話，而神話則是一個部落的夢幻，然而她如今卻深受巴黎似的憂鬱的侵襲，體會到憂鬱患者所說的，人生原是一所醫院，也可能是精神病院，走動在城市裡，每天都被想要調換床位的欲望纏繞著。

對於非理科的學者來說，她也很清楚香港教資會一味帶領香港的大學追求取得最高研究金額的機制，有朝一日將要面對崩盤的危機一樣，表面看起來，所有大學都提出了很好的學術研究計畫，而大學裡的學者也盡力去爭取獲得最大的研究基金，全然忘了晚年將至，早年的夢想與追求，如今與她一起被打個粉身碎骨，一同消亡。

她如今居住的學府早已變成世俗僧侶的集聚地。

她走下山林道上的石階，通往另一場國際學術研討會的講堂，她知道永遠都達不到無處染塵埃的境界，這反而使她感到心安，並諒宥了自己，她放棄了認命，不禁哀傷起來，聽見銅號聲從星光深處傳來，聽起來就好像是另一種爛鐵破銅聲。

各種沁心入骨的喧譁聲浪，聲聲漸遠，花木蕭疏是今日的寫照，年輕速如風雨一去不返，不是她要告別而是此生對她的告別。

在藍色的鐘聲中，只有她聽得到的古老鐘聲，遠遠地傳來，敲擊著夜晚的內心，沒有人知道的內心，從特拉克爾的詩句中滴落，滴下，她與父執輩的苦難和戰亂，都已不需要她去承擔，那是一種饒恕。

在讀書、寫作和教書之餘，寬恕來自各方朋友，每當有各地的朋友來到香港時，她會陪伴她們遊玩，必要的話，帶她的朋友從尖沙咀天星碼頭坐渡輪到中環，然後坐在山頂的旅遊巴士的上層車廂前頭，午後的陽光，傍晚的昏沉，或者夜色的迷離，她和她的朋友穿梭在中環的城市中心，短短幾分鐘的旅行已經足夠，離地的街道，往上升往上升，越過一座座高樓的夢幻身影，這是一場又一場幻影幢幢的過客之旅。

香港是一個華美的，但是悲哀的城。張愛玲遺留在二戰香港的哀傷，至今依舊華麗不滅。

在香港大學中文系七十週年紀念的國際研討會上，各地的學者集聚到來參加會議。研討會後，在校長的貴賓室內，我們和來港的林姓老師等人聚餐，聽他們談起當年的留台生活，以及學人的處境，感歎著，一晃就是幾十年的時光過去了。我們的老師們從年輕邁向老年，而今我們則將步向他們今日的後塵。

最後一天的晚宴設在香港仔的海鮮舫上，晚宴後回家的路上，一位和她老師同時期留學台灣的老教授伴她一起從香港仔的海鮮舫坐車到港大，再從港島的薄扶林坐上巴士回沙田。

那是她第一次坐巴士從港島到沙田的午夜旅程，在穿越山坡穿過海底隧道之間，她聽到許多當年老師的年輕歲月，在她們的故事中，星月映照在島與半島之間的大道之上。

許多年後，她的日常生活還沒有調整好適意的節奏。

十年香江年月，許多事物已經成為寓意的形象，高樓上的森林已經消失。

經過無數的人生風景線之後，她們實實在在地想要一種自由，自在，自主，不受約束的世界，至少在表面上，她們都是自由快樂的學者，至少從表面來說，有美好的一面。

學院裡的祭司

「金色的雲彩和時間
在孤獨的小屋子裡
你時常邀死者作客
娓娓交談
漫步在綠色小河旁的榆樹下」

表面底下，她從一座城市走到另一座城市生活，從一個教職走向另一個教職，但在表面上，她只是一個在終身教職中瘋狂的無名教授，說確實點其實也不是發瘋而是，精神失常。

她是當代大學學府裡的瘋女人，從上世代的閣樓走出來的女人，最初從她的童年夢境開始，經歷曼陀羅花雨的洗禮，病在床上回顧犬儒的一生。

看我開創新的文體和新學術吧，看我離經叛道的風格看我大膽探索的新理論吧。這是她當年在攻讀博士學位說過的豪語。

如今她已老去，以犬儒夢典的儀式在病床上等待天堂的到來，如今她有無數的日夜可以供她回想往日的生活，年輕時的孤獨者，喜歡在都市的行人道上漫遊，參與反叛社會的建制，那一座年輕的城市，在她看來有著巴黎的憂鬱，流離的人群在這裡成為一門漂流的藝術，有如波特萊爾筆下《巴黎的憂鬱》，她相當享受人群中這一門藝術，人群與孤獨的藝術只是兩個同義詞，她把自己的目光擠入這些名詞之中，互相代替指涉，哪個可以使孤獨充滿在人群中，哪個就不會在繁忙的人群中獨立存在。

她的身姿看起來好像無國籍的漫遊者，有點像憂鬱的波特萊爾，在巴黎的行人道上，嘆息，在城市盛大的節日裡，有時她和一群學術僧侶為伍，內心浮現起一絲絲無人察覺的寂寞，她僅存的，一個無人可以進入的詩意區域。

寂寞的時候，頹廢詩人過時的詩句成為她私人的小生活，象徵詩派筆下巴黎的憂鬱成為她個體存在的形式，在城市狂歡的時候還原為她四周群眾的寂寞個體星球，她模仿著波特萊爾的語調問同樣的話：神杖是什麼呢？

從道德和詩意上來說可能是神聖的象徵，然而實質上只不過是一根棍子，也可能是情慾的火炬。

零星破碎的文字中她有本領找到族群的美滿想像，而在美滿的追尋中她也有本事不讓自己迷失，這是她一個人的破碎寫照，在她的心中也有一片屬於班雅明的夢境，一片只有班雅明和她看得見的荒涼的夢土，繁華的城市建設在夢土上，密密麻麻包圍著島嶼，島嶼上的城市，香港、台灣、新加坡、檳城，四周都有學院，一種屬於新世紀的不安的河水流過島嶼的內心，把城市居民和學術僧侶關在捉摸不定的恐懼中，也把自我關在核心。

像班雅明離開學院的動機一樣，許多現代學術僧侶也同樣終其一生自我放逐於這城市之中，她的心情也有著班雅明的原野情懷，同樣曾經擁有許多奇妙言的夢土。

天朝心態下的君子夢，一夜之間變成犬儒夢，心裡的崢嶸江山，足以閱盡天下人也足以自毀，這一種犬儒夢典的生活，在許多人的心裡表演集體的創傷，表現一個民族的新興，一個民族的虛與妄，一種殘餘的世俗之夢，而她／他，正是這種創傷的殘餘現象。

古希臘時期，犬儒學派哲學家第歐根尼主張真正的知識分子理當奉行禁慾，無為，苦行主義的身體力行者，這不只是有如古印度苦行僧一般的生活，更要像「犬」般的生活，如乞丐，而第歐根尼，大半生住在雅典城中一個破舊木桶中，讓自己過著狗一般的生活。

今日的犬儒除了古希臘時期犬儒學派的古典哲學含意外，也有了新時代的哲學含義，特別是喪失了主體人格的意義，像主人馴養的狗犬，在制度中被犬化被馴化被量化被非學問化被非知識化，也被非人格化。

今日她的夢典也和來自西方文明的班雅明不同，她屬於儒家知識分子的經典之夢，這夢，是不斷膨脹的宇宙，愈是膨脹內宇愈是黑暗越是令人，張揚。

書香喪失的學府散發一種令人哀傷的腥味，各路江湖男女集中於此，群集而來，一再揭示了儒者夢裡的黑暗，從學院到研究所從心靈到身體，大學校園中的人們從黑暗的角落湧現，表現各種扭曲難堪的言行。

崇高，低賤。

卑微，溫馨。

犬儒夢典帶著知識分子的隱喻湧入大學，靜坐，展示，在知識分子的七情六慾之中。

史記的春秋深入骨骸
細膩、蒼白、放肆
我踏上查拉圖斯特拉的橋梁
妄想破譯當代
逐字逐城逐代
放牧不可譯破的祇願詩
我看見經典回到故宮尋找國語
痛悼學院的死亡

應許之地

「在落葉
在古老的石頭中
傾聽
歌唱肉體的綠色腐朽
和野獸的厲聲
哀鳴」

後來，凌晨三時，女性主義理論家與詩人的里奇在孩子的哭啼聲中醒來，寫下她的新娘悼語：吻了妳，新娘，我已失去妳，我的雙唇依然印著妳神聖的祝願和我的癡迷瘋狂。

後來她學會了面對所有的失落，當年的婚禮，至今仍舊刺痛她的雙眼，從此淪為黑暗空間，又一顆金蘋果墮落在荒廢的地點，不帶半點反抗。

後來，薩依德的對知識分子的忠告已無人在意，沒有人願意再去破除那些限制人類思想和溝通的刻板印象和化約式的類別。

後來薩依德客死異鄉，她知道，在這些前輩死後，以及在許多後輩也亡故的許多年以後，生者和死者仍然會互相邀約作客，在她們孤獨的地下的小屋子裡會時常和她們娓娓交談，或者，漫步在綠色小河旁的魚木花樹下，漫步著，走著走著，另一些夢開始如夜色如花色般瀰漫起來，只是沒有人想要醒來。

後來，蘇珊・桑塔格也過世了，在旁觀他人的痛苦的名句中死於急性骨髓白血症的苦痛之中，在曼哈頓的醫院病房以外，一場南亞海嘯捲起的巨浪，讓海島人間成為她們旁觀他人痛苦的另一種場地，另一種痛苦的形式，另一種毀滅之地也是另一種應許，之地。

後來她和眾多學術界中的學人一樣戴上面具，有文化人的面具，有學術權威的面具有作家詩人的面具，或者其他各種專業人士的面具，在學術界中自我複製，如同日與夜的自我複製，然而，只有她，從不複製自己的過去和人格。

後來，她參與了學術界傳統的摧毀與更新工程，參與了大學體制與高等教育課程改革的工程，她自覺，泥足深陷在新興的學術機制之中，她實在已無法自拔，大學教育體制改革的工廠模式發展理念，把她定義為流水線上的教育者，事實上是教育商品化的生產者。

後來全球大學教育的改革，把大學變成私人企業模式，把教學與研究定義在可產量化目標，然而真學術和真理卻正好是不可量化的一間知識，教授，只有淪為銷售經理和職業教練，而院長和校長都是企業主管與董事。

她感覺有點本末倒置的悲哀。

後來，她把自己的心情懸在講堂外的魚木樹枝頭，美麗的魚木花如少女新娘的青春時光被夏天的陽光蹂躪了，遺忘吧，我們曾經渴望的、持久而真誠的愛情。

後來，奶奶留給她的生活理念：愛、美和自由，結合來自她戀人的新興國家的理念：自由、獨立和新生活，被她帶到無名一代人的日常生活中。

後來她的感情總是以難題的形式出現在生活中，在溫暖而慵懶的早晨，她博士畢業後，很快一年又一年走過了十年，上世紀最後十年的時光轉眼成為眼前的過眼雲煙。

後來斜陽中的香江，在煙霧瀰漫的大氣候中看著翻飛如雨的樓影安慰著寂寥的窗口的，大海，窗前，一個天生帶有痲醉劑的犬儒之軀，在樓群中獨立，站著，慢慢感受到內心深處一抹晚雲般脆弱的嘆息，那是童年時候一座黑暗的海洋，她以為只要勇敢游過去，彼岸就是美好生活的開始。

後來，在判別聖賢與卑微之間，她沒法蒙受挫敗的賜福或賜福中的感恩，這一趟旅程似乎有點漫無止境而又匆匆忙忙勞逸不均，走在精神領域的穿越路上，她面對著語言暴力形式，對抗著西方學術文化的殖民入侵。

後來電腦科技高速發展，到了二千禧世紀後，更多的大儒小儒，真儒偽儒，似儒非儒，內儒外儒，在學院中各自成為神像，做起自我的真主，統攝四方，成為精神文明的侏儒國民，從四大皆空到活色生香，各種類型的犬儒夢都具有各自的典範的意義，只是無人知曉，或沒有人想要承認。

後來，單純的書生在更新和死亡中漸漸進入迂迴複雜的犬儒狀態，包羅萬象的人生都在其中根深柢固，聊齋中的野鬼孤魂，大荒時期的圖騰怪物，構成了現代社會的隱喻圖騰：饕餮，九尾狐，食人的窫窳，渾無面目的帝江，自命清高的鳳凰，都隱喻著儒家知識分子的異變形象。

後來有一個現代學術僧侶，從台灣到香港伴著她居住在特拉克爾的詩文本中，慢慢變成隱喻中另一種薩依德的寓言，說是知識分子的主要責任是從壓力中尋求獨立，知識分子因而成為流亡者與邊緣人，一種業餘者，專對權勢說真話的人，但那是怎麼樣的一種人呢？

後來，特拉克爾的詩文本和薩依德與蘇珊等知識分子一樣，也只是另一種詩的文本，一種只有她們聽得到讀得懂的語言，或許，現代知識分子真的可以自我昇華，並設想自己已經成為昇華的生命狀態，而她們的生活與事業，都曾有著令人稱羨的風華，她知道這一切的同義詞都是空洞，起碼，在表面底下。

三　見證時代的學府詩人

我沒有料到日後的大半生都在離散中過著漂泊四海的生活。

如今我居住在愛情神話消亡的城市裡，不再相信愛情的新世代中仍有著我想像不到的江湖行者。

在路上，這些我想像不到的他者，這些或男或女的行者，從昨日的明天到今日的自我，從上世紀一路走到這一世紀，從史前到當代，從自我到他者，以不同的形式來到我們的面前。

這一個名叫西蘇的女人，她的文字通過幾次不同語種的翻譯後出現在我的生活中，為我發現了一個女性的魯迅和卡夫卡。在時代的讀本中她發現了一個女性的魯迅。魯迅的她，有別於卡夫卡的她，她的卡夫卡，有別於魯迅的那個他。他只是一個懷有母性的男人，在她的名義下生活在當代弱肉強食的學術叢林中。

在文學和學術的路上，西蘇在一個秋夜告別了自己原本親生父性的身影，以一個女性的性／

靈見證父系社會的沒落，很多男人開始慢慢習慣了以女人的眼光看自我，見證女性時代的到來。她在白色筆墨中探求新的文體，以女人的白色乳汁代替父系社會的黑色墨汁。然而多少年過去了，新的世紀也到來了，一個女人的新紀元宏圖，最後覺悟了，做女人真難。

西蘇在詩中遇見過年輕時代的伍爾芙，就像伍爾芙曾經在詩中遇見我一樣，描述了她們自身的際遇。她們曾經像我一樣視自身為藝術與學術的罪犯，把眾多罪名加諸自己身上。在新世紀的藍色時期的年代，從抽象派的畢卡索到野獸派的馬蒂斯，從反叛到麻木，從學術到文學，從詩到畫，從少年到中年，從藝術的創造到文學的死亡。

生活，就像伍爾芙所言，並非是一連串左右對稱的馬車燈火，生活永遠似乎遠非如此。這就像在生活中伍爾芙遇見桑塔格的現實情境一樣。現實就像桑塔格觀看張愛玲的那一張「破碎的臉」，遊魂野鬼，魅影鬼靈。她們深相那只是末日景像的倒影。然而她們和我一樣都毫不在乎。

她們的家，有時是作家的家有時是學者的家，是無名世代的小生活也是人間的一個，小國度，懸垂在地獄之上的一座陽台，擺放著我們的書桌和我們的詩句。愛的詩句。我們愛著，因為我們都不是喜歡黑暗的人，我們只是身處黑暗的詩句之中，習慣了在黑暗中生存並把黑暗付諸於自我。

學府黑暗的詩句落在我的書寫中找到了各自的白色筆墨。

在我們的無名時代裡，我們有時扮演公共角色的局外人，有時扮演知識分子的業餘者，時不時攪擾現狀，我們都是佚名的凡夫與俗女、戰士與歌手、學術與商務、作家與教授，一一成為文學消亡的見證世代，見證了薩依德的宣言：

在我們的時代，我們在社會中都具有一己的語言、傳統和歷史情境，然而我們都已被收編，而且情況已經到了異乎尋常的程度。

在我們的時代裡，我們是穿越商品叢林的藝術行為者，在忘卻的風險中尋找安穩的擬態，一種異乎尋常的程度，成為黑暗國度中的一種隱喻。

我們用藍色的粗筆在白板上表達教育、文學和學術在制度中的道德內核，用寫作呼喚我們的存在，作為反抗遺忘的儀式。

她以自我的名字書寫，如今我以她的名字書寫她。

我們都注定在死亡性質的門下做愛情的學徒。戀愛中的人同時預約了婚姻的邀請卡。愛令我們記起幽暗城市中孤獨的那一年夏天，仍然無限度地在伸展中獨自淪喪。

我們都是信念的教徒，是魯迅的希望之影。詩的暗夜中我們放下了希望之盾，記起魯迅當年聽到裴多菲的希望之詩的隱喻：希望是什麼？是娼妓，如青春般拋棄了我們：

有生以來我第一次聽到

人們將「希望」這個名字說得如此動人
說得潸然淚下
而他本人卻是如此單薄
弱不禁風
像舞者拯救舞蹈那樣拯救了這個辭彙
也許，這個名字：希望 **Espérance**
正是對寫作的另一個命名
這一命名下的寫作
把我們帶到我們無法達到的境界

——西蘇

一個目擊者，死在終身教職的學術娼妓

在妳的眼中，她是妳日後的自己，也是妳自己的她者。
她是妳的自我，妳是她另一個她者，也是妳的她者的主體。

幻覺飽滿的，知識分子的不幸愛情

「活著是如此痛苦地善和真
一塊古老石頭輕柔地觸摸著你
我將永遠伴隨你們」

隱喻中的生活讓妳感到無力。

記者生涯讓妳經歷過幾次生死關頭的磨難，巴爾幹半島政教衝突，波士尼亞種族清洗慘劇，庫德族的化武事件，都留下妳的足跡。

妳的報導，一度成為妳生活的隱喻。期間在教書和寫作之餘，妳常常想起班雅明對知識分子的忠告，感受到生活的荒誕與可笑。

忠告一，書和妓女之間自古以來就有一種不幸的愛情。

忠告二，書和妓女都可以帶上床。

忠告三，書和妓女都使許多人變得年輕。

忠告四，書和妓女各自有不同類型的男人。

忠告五，書和妓女都喜歡把時間搞亂，支配我們的日夜。

忠告六，極少人能夠同時占有而又能看到書和妓女們的結局，她們常常會在韶華凋謝之前從我們的眼前消失無蹤。

妳居住的城市有著許多美好的景象，那是一座幻覺飽滿的島城，一座被喻為全球最自由的貿易都會，其實有著最不自由的內在本質，讓妳陷在意識的荒野之中任由翻譯，任男人任企業家冒險家和詩人去閱讀，有一種意識流的痛快。

妳輾轉反側於學術和性別的深淵中，轉眼已是二十年了。二十年前妳沒有想到獨自泳游過一片性別的海，從「她」變成「他」，從「妳」變成「你」，最後都變成，我。後來，妳愛「她」

的他，「她」是女身的他，「她」也愛妳，女身的妳。

這是妳和她的愛的宣言。妳為了妳們的愛情，為中文發明了新女／男同的代名詞：

男性角色女同（體內的男生）「她」稱「⿰女她」，女性角色女同（體內的女生）「她」稱「⿰女她」。

女性角色男同（體內的女生）「他」稱「⿰亻她」，男性角色男同（體內的男生）「他」稱「⿰亻他」。

男性角色女同（體內的男生）「你」稱「⿰女妳」，女性角色女同（體內的女生）「妳」稱「⿰女妳」。

男性角色男同（體內的男生）「你」是「你」，女性角色男同（體內的女生）「妳」是「⿰亻妳」。

女性角色女同（體內的女生）「我」自稱「娥」；男性角色男同（體內的男生）「我」自稱「俄」。

男性角色女同（體內的男生）「我」自稱「娥」；女性角色男同（體內的女生）「我」自稱「⿰亻娥」。

以此類推，雙性戀的人稱也可以按這邏輯推演新詞彙：一律稱「⿰我女」、「⿰你女」、「⿰他女」，或者「⿰我亻」、「⿰你亻」、「⿰他亻」，視雙性者個人的自我定位。

這正是妳通過「她」的性別魔法所發揮的一種隱喻化的書寫。

她是妳。她是他，也是我。她是你。她是他，也是我。

這是變形記的變奏曲，性別的轉換下女裝同性戀和男裝同性戀者分化了同時也多樣化了現代人的生活方式，不只在生活裡，也在文本和寫作裡發生。

性別與角色的變形。這好玩極了，跨性別跨身體跨語境，她興奮的笑了。在妳看來，她總是有本事找到最佳的、甚至最難的理論建構她的學術帝國的疆界，也總是有本領以獨特的、高妙的論述，開闢新的學術版圖，乃至文學的傳統，並用她貫通中西古今的學術修養引領當代學術建構，同時也以學術開拓當代文學的視野與體制／質。

有人為了理想有人為了性別而戰有人為了自身都不知名的東西在學院裡求生存求功名。教書匠也好學術匠也罷，對許多人來說已經不再那麼重要。妳明白，知識分子的重任之一就是努力破除限制人類思想和溝通的刻板印象和化約式的類別，這妳也認同。

在特拉克爾有關善和真的痛苦追憶中，妳成為沒有意義的符號。其實我們都不是符號也不是意義。特拉克爾堅信這是無法抗辯的，也是無法象徵的。

起風的路，微明的林野漸漸在島上消失，海島成為妳所不屑的繁華塵囂之島。妳灰暗的身影，走過漫遊者的橋梁，隨著學院僧侶步出獅子山下的石階，彷彿仍然聽得到遠古時期野獸的淩厲哀鳴。

城外，起風之處，樹林就起舞了，起風的島起舞的森林，那是詹諾比亞微明的晚城，無花的魚木盛開在欲望之城，在無言中各自有無語的心事和往事，一幕幕，在反省與自虐中以其孤立獨特的面貌呈現在妳的面前。

妳常常對她說起許多往事。我的過去置身在幾座父親形象的海港和一些新興的母親形象城市。這些靠海或被大海包圍的海港城市，生活對於我來說不是一片海也和海水無關，而是像海水以及和海的流竄形式有關。在這一座和海有關而又彷似無關的城市裡，有可以談心的島民。島上的學府，散布千奇百怪千瘡百孔的知識分子圈，以及社交界中的政治說客圈，我也希望可以找到更多交心的朋友，但是妳，一人已經足夠。

妳對她說，妳因而能感受到她內心的寂寞，因為那也是妳的寂寞，和她一樣常有著紊亂不清的沒法和外人說清楚的心事。其實最難分享的是有關成長的複雜微妙的苦難記憶，那是有關妳這一代無法忘記的戰亂的歲月。

這也是一個知識分子淪落的歷程，銘刻在，一座城池的廣場石板地上。

妳對她說，妳是我的另一個自我，一個更加完美的自我。妳是我的神祕化自我，我的能指化自我，一個長久在我內宇缺席的自我。我想妳伴我走遍燈火湮淪的街角，和我一起學習城市叢林的隱身術，學習和孤獨共同生活，一起厭棄偽善的生活一起和簡單生活和衷共濟。

這是一處遍布割裂的城池。我們懷著傳統人文典範的書生夢淪落於此，在青春過盡的年紀喚起了那些逝去已久的年華的，表情和心事。在耶穌受難日的晚飯聚餐中，妳對她說起，妳已不再相信她的專業也永遠不再相信愛情，以及愛情的寓言。

以師塔女神的孤獨

「未出生者的小路

繞過幽暗的村莊
繞過，孤獨的夏天
向前伸展」

妳身邊的幾個知識分子年復一年在日漸熟悉又日漸漠然的城市中流離，自喻是永遠漂流的現代尤利西斯。妳是東方的尤利西斯，在中國內外的領地裡遊走。

妳自喻是當代城市中永恆遠行者，永恆的他者。

在自我最高的美學原則中飽含原鄉的文化情懷，千絲萬縷千頭萬緒，自願做一個隱匿在學術界的無聲者。

妳在學術與文學之間跨越疆界，如古代出埃及的摩西使者，在改朝換代的學制改革中，妳同樣被邊緣化為無聲的發聲者。妳是二十世紀的小（女）摩西，不再有族人、信徒和上帝可以相依，妳的心也已失去歸屬。作為現代人的小摩西女，當代的漂流是脫離自我的流放，流落於內在的荒原，追尋著愛的神話。

小摩西的現代性、自我，靈囚於內心深處。妳的孤獨曾飽受尊嚴之苦，孤獨地深植在妳的本我最深之處。最深處的，孤獨。

這些年來妳看到當代學者的地位與身分有了翻天覆地的轉變。和知識一樣，學術早已淪為商業的產品，從後工業時代到資訊新時代，學術界已是面目全非，人格混亂甚至分裂了。這時候妳聽說有個姓林的無名非終身教職的詩人，在大學裡創建教職員工會，終其一生都只是個無名的助理教授，為大學教授起了個自嘲的別號，叫學術娼妓。

好一個名聲響亮的，學術娼妓，也叫知識型娼妓，是當代所有的專業人才的雅號。

妳夜裡酒後吐真言，妳在妳年輕的臉龐尋索，任何可以歸類的符號化表情，看到嫖客和娼妓組合的一張老年的臉，還保留中年的俊美，甚至近似年少的神態。在這樣的女性五官中，妳看到一代人的精神符號的特質。半個世紀前張愛玲曾談起女人的感慨，為了謀生而結婚的女人全可以歸到娼妓的名下。有美的身體以身體悅人，有美的思想以思想悅人其實也沒有多大分別，也是無庸諱言的事。

學界中的學術娼妓，在專業而崇高的知識領域中公然進行金錢、專業知識、功名與學術研究的無廉恥交易。這和古代文明中，性和其他各種交易行為一點，都不禮義廉恥。而這性文化，一度是國家所管理的、光明正大的官方機構。

在古埃及，奈格漢馬第出土了一首古老讚美詩，頌讚的是愛色斯女神。愛色斯女神從遙遠的西元前三、四世紀的記憶中，復活了：

我是人母亦是女兒，我是人妻亦是處女，我是妻亦是夫，我是聖女亦是娼妓，我是先知亦是後覺，我是羞慚之人亦是榮光之子。

希羅多德筆下的巴比倫，出生於蘇美的女子，一生至少一次來到以師塔女神殿中，義務奉獻自己的肉體給陌生人。這風俗後來傳到羅馬帝國化身為另一位女神維斯泰，女人在神殿中以與神祇交歡的方式將世俗的歡樂獻給宇宙。

聖妓後來消失了。肉體娼妓消失了，留下的是，知識型娼妓。如今以更多元不同的形式、身分與角色，重現在各行各業中。

當我坐在酒館門口
我，以師塔女神
是妓女母親妻子神祇
人們稱我為生命，你卻稱我為死亡
人們稱我為法律，你卻稱我為犯罪
我是你們尋找的人，也是你們找到的人
我是你們散落四海的人
也是你們現在收集起來的碎片

學術工業時代落在教育商品化中淪為服務行業活動，不知從何時開始成為後知識工業中不道德的知識交易活動。專業的知識成為學術的情慾伎倆，表現思想放縱的欲望百態，就像羅蘭巴特把文學視為情慾活動一樣吧。

發掘性靈精神是現代都市生活的核心工作。

妳要遠離，那些假裝自以為過著快樂生活的庸眾。在商業主體的大學校園裡，妳變成厭惡知識的信徒。

在學術的禁欲和學問愛慾的放縱中，成為自身的叛徒，妳說。生活在學界中驚覺自己只是思想鬆垮的學術人，而妳只是知識群體中的街頭崩客，和群眾一起陷於全球化的學術浪潮之中，感到窒息。而在一次次金融風暴和泡沫經濟爆破的蕭條中，妳又和各種商品一起委靡不振。

死在終身教職中

「人們在天邊預感到了騷動，
野鳥群的流浪
飄往美麗神奇的異鄉」

妳的身邊發生過很多相識與不相識的、死在終身教職之中的教授。

以前有一位死在哈佛大學校園中一間男盥洗室內的女教授。悲劇發生在哈佛大學中由男教授所組成的英語系裡，因在各界的輿論下聘任了第一位女性教授，結果不久後她被發現在男盥洗室中死因存疑地，暴斃了。

這故事發生在一個小說家的文本中。在妳的現實生活裡，妳常感覺身處在公共體系面臨崩潰的邊緣中。妳一直是在這樣一種男性中心的大學校園裡微妙地掙扎求存，這個女教授的死亡事件，隱喻了妳眼中現實世界裡整個學界知識分子，之死。

關於死亡，妳有太多的記憶。

妳走進她的書房，尋找身體內在一處年輕的感覺，將回憶拉回今晚沙田馬場會所的餐廳，妳感到有著一副柔軟的馬匹身體輕輕向妳靠近。乾了這杯吧，她對妳嘆息似的說。我們的行為與欲望都是文化與社會關係演化的結果，記憶和酒，也只是身體與生活關係的一系列前因後果。酒，和記憶，讓妳想起死亡。

妳追想起一些妳聽過的故事：故鄉的山河，廢墟中的古廟，重生的蓮花。妳想再次相聚，妳沒有忘記青春的相約以及年少的情戀。從當年最初的相思到內心不為人知的追求，妳始終有自己平凡的神話。

其實妳很早就相信她了。她的故事，就好像妳不在場的另一種生活。從當年她決意走學術與文學並重的道路起，妳就知道，這是一趟穿越荒野與繁華的，旅程。

近乎迷茫又近乎清晰，近乎懦弱又近乎權威，妳告訴她說。在事業的話題以外，近年來妳常對她追憶起妳年輕逃亡路上和一個男孩相遇的往事。這變成日後妳最喜歡聽的愛情故事。她喜歡，看著妳邊喝紅酒邊追憶，每次只能捕捉到其中一小片段的馬賽克般的彩色記憶碎片，需要很慢很慢地才能夠拼湊起較為完整的，故事畫面。

有許多細節妳未曾談起，妳也沒有追問。妳說起妳祖父因偶然認識了來到柬埔寨北方山寨傳教的一個法國神父，從他口中得知，外國人對於他們村中的罌粟是如何的高價購買。那時世世代代族人只把罌粟當作藥物和祭祀的用品。我們村人千百年來的這種狀況，就好像南美祕魯高山的瑪卡人參一般，那裡的人完全不知道如何向外界宣傳瑪卡神奇的功效和價值。妳說。不過，瑪卡是只當代商業的宣傳的結果，這和馬來西亞的登革阿里一樣淪為虛假的商業宣傳品，欺騙的，永遠是追求生活品質的無名世代。

祖父帶領貧瘠的族人在金三角靠北泰的深山中種植了大片的罌粟田，望去像茶山一般重巒層疊。族人從此致富起來，但也從那時候起，我家族就和另一部落為了罌粟交惡，直到緬軍其中一個軍團加入那個部落後情勢就急轉直下。當祖父在年老時和家族中幾個長老慘遭殺害後，我們家族才決意到泰北更遠的山區尋找新天地，後來那一大片地區也引來國際黑幫染指慢慢在炮火中被掌管。我們家族近百年來這樣輾轉在與世隔絕的人間天堂三不管地帶，卻又暗中和全球上流與下流的國際社會緊密聯繫，提供全球最大的狂歡市場的，原始興奮品。

我們最後一次遭受逼害，就是我逃離海外的一個起點。開始時我跟隨家族逃離父親仇敵軍團的追捕，後來我被遺棄在柬埔寨偏遠的一個小鎮上，醒來時在一座名為鬼魂的幽暗古鎮的角落，大雨狂暴的打在瓦礫上，我再找不到任何團隊的人。

後來的故事妳早已知道了。妳在驚恐中從妳所知道的地理知識，往海港的方向前進，直到有一天妳遇上那一個同樣驚恐未定的少年，然而他那孩子氣的臉像足了妳家鄉的，初戀情人。

這一位被父親所反對的妳的初戀，有一天突然不再出現在妳生活中，妳知道他永遠再也回不來了。天注定似的，妳和少年的相遇就像神話被宙斯所劈開的另一半自我。妳不禁上前慰問他，把他帶在身邊，一起經歷漫長迂迴的逃難路。

如今妳被人統稱為激進女性主義者，一個作家一個教授，一個稱自己為學術娼妓，一個稱自己為藝術藝妓，完全無視人們的看法，尤其是男人的眼光。

這兩個才華洋溢的女人，年輕時對男人有過數次的愛情追求，最後都在各自的婚姻中對男人、愛和婚姻失望逃入新的生活方式之中。妳說，在生死無悔的愛情憧憬中深入證悟愛的祕密，把愛視為現世的宗教信仰，這幾乎是許多女人一生中都要走過的愛的宗教之旅，在生死無怨中修行，在修行中解脫，自主的愛，讓妳能夠選擇新的生活。

後來妳對久別重逢的她說，看到了嗎？教育改革的神話，自我重生的神話，在心靈一再死去之後就輪到精神世界的破滅。妳的思想不斷遭受衝擊，衝擊著，現代知識分子脆弱的人文主義。

我只是一種儒者的假象。而妳，為我挖掘出各種各樣的學術真相。妳對她說。

任何的改革始終都是無望的，像奇異難解的幾何公式疑案。我們都沒有辦法可想。從學者、企業家到妓女，許多人開始體認到自己和妓女原本就是同一類人種，都極力想要高價出賣自己的思想、情感或肉體。在忠告和忠告之間，各種的想法和怪異的制度在學院中張揚。

當代大學院校在自由的貿易聲中變成越來越集權的堡壘，現代大學變成中世紀的僧侶院，無名一代的學者過著中世紀的僧侶生活。

妳對她說，妳不願像那些死在終身教職上的老師和朋友們一樣，死在各種臨死前的大遺憾中。妳情願像張愛玲所說的那樣，用美麗的思想或身體換取妳所想要的人生。妳可能也會，妳說。

學術叛徒的末日

「在孤獨小屋的清冷和秋日
神聖的藍光中
閃光的步伐響個不停」

學術一直陪伴妳，在人生遭遇重大打擊的時刻陪伴身邊，在妳心碎欲絕的日子，妳把所有精力都投入學術研究之中。在沒有鑽研學術的日子，妳的身分是一葉浮萍，在學者與作家之間漂浮流浪。

在夜深人靜的時刻被種種符號理念支解，不留痕跡。

在那樣一種安靜的時候，妳居住的海島會漂移起來，向大海更遠處遷移。在學術權威的追求中，妳一面教書一面建構現代人所追求的安全島。婚姻曾經是妳最渴望的安全島，如今事業才是妳最感安慰的安全島嶼。雖然被體制所封鎖，妳在自身的安全島上對於幸福安樂的追求似乎是飛舞著透明翅膀的蝴蝶。

光彩透明的舞蝶，隨著海流飄到海洋更遠的中央潮帶。常常，對著滿室的海潮聲，妳對她訴說，妳喜歡畢卡索在二十世紀最初十年的畫作，畫家的藍色時期與玫瑰色時期為他的年輕歲月獻出夢幻般的色彩。

在沒有鑽研學術的日子，妳對她說起早年許多近於傳奇的經歷。有一天，妳曾隨爺爺到過一處十分偏遠的鄉村，在金三角深處的部落，妳們走過一座生物吊橋。那是整村人以好幾代人的四五百年時間，以兩岸高大樹木的根藤經百年的交纏，將山崖水邊的兩岸連接起來，完全不用任何一種人為的附加木板或釘子繩索。樹的根木的藤築起的，一座大吊橋，可以供馬車奔馳。

一對男女，在一座吊橋的一端一個爺爺，帶著一個他的小孫女，在橋邊的樹木間教導她如何觀察如何選擇好的樹根將其依附在主幹上建立另一座新橋，同時把如何建造一座生物橋的知識一代一代傳承下去。妳告訴她，這樣的建橋故事至今仍然震撼妳的價值觀。然而，這是真的。

在沒有鑽研學術的休閒日子裡，一些往事會通過他人的童年記憶，一隻在求生願望中死去的白熊會作夢似的出現在妳的腦海裡，讓妳在每一種生靈都渴望想要延續生命的願望中目睹一隻初為人母的白熊在生產中，死亡。

在遠離原鄉的遷居路上，妳今日所居住的島嶼也已是商品化的城市，充滿商業衝動的自我原慾，撞擊著妳的事業與感情世界。以香港為中心的區域如今形成新理論的實驗場地，東方學術界顯得十分繁華活躍，有些學術論著悄然進行著隱性的抄襲工作，書寫所謂正確的廢話和詭辯，之詞。

學術自由，在今日的大學裡已經死亡。

學術機制讓大學教師遠離專業的研究者角色，成為商業活動的一分子，將妳視為資本主義中一個可供產業化剝削的對象，而非知識與學問的開拓者。我們在體制中像一台榨果汁機一樣讓自己壓榨完所有的時間和精力。妳說。妳身邊以前喜歡思考的人如今變成論文的製造者，以文字和篇幅的數量取代第一流的品質。

那位至今唯一獲得數學界諾貝爾獎——菲爾茲獎——的中國數學家，早早看出了東方學術界的腐敗，甚至將會導致中國科技的發展倒退二十年。妳已淪陷於學術界為自身所設的困境之中，一方面身為學者，另一方面身兼學術模特兒。

走在道統天橋之上展示語言的衣料與思想的潮流，用盡各種手段，拼貼的，層疊的，懸垂的，層包的，纏裹的，流動的，等等各種形式展示學術的曲線身段，真正有思想有新意有價值的研究成果已變得少之又少。一個學者寫二十篇論文其實和寫十篇沒有太大的差別，實質上的差別可能只是數量上的不同。我並不追求數字上的量化成就，我只想開創新的言說，如拉康如傅科如德希達。

妳有點憤世的對她說起妳的宏願。

我也認同德曼的見解，應把學術視為廣義的文學，一切書寫與語言都是隱喻式的，根深柢固地，甚至將作者自身都隱喻化為符號，藉比喻與表喻構成自身的文體。妳說。

妳和德曼一樣深信文學與哲學、乃至法律與政治理論的著作都和詩一樣。都是隱喻文體的一種，建構。妳自覺和她沒有兩樣。

兩個妳或兩個她，是一體兩主，是同性同體也是兩性同體。

同樣都是以一組符號取代另一組符號，相互借喻與比喻，好比文學與學術，好比詩與文，好比虛構與現實。

隱喻的力量顯得極具說服力，好比愛的力量。妳用伊格頓的話說：文學和詩，最喜演繹武斷的天性，而讓讀者游移於「字」意與喻意之間別無選擇，被文本帶入無底的語言符號底深淵。當學術變成一種知識型工業以後，強力衝擊了軟弱的學界的傳統觀念，衝擊著銳意革新的改革者。

在春末時分，木棉花樹下，妳看到學院中的枝葉已經枯萎，也看到學術帝國中一個叛徒的墜落與消亡。妳，最終只是一個無聲地叛變的他者，沒有找到叛變的主體與自我。

叛變的問題背後所隱藏的答案，就像他者對於自我問題的一種反串。妳始終只能是叛變的他者，而不是主體。

學術工業的目擊者

「一種巨大的痛苦
養育著精神的熾熱火焰
這一代尚未出生的孩子們」

我目擊，然而我沒有指控。

我目擊，但我不是證人。

這是妳對她的傾訴。現今學術界各種怪現象在我眼前發生，我們耳濡目染，目睹許許多多的學術垃圾。各式各樣的垃圾思想將當代學術界淪為一種時尚而又庸俗的另類文化工業，將學術包裹在奇光異彩的論述與語言，之間。

大學是一處華美而哀傷的堡壘。身在文學界中，我從很多年前就開始為大學研究被教資會所霸權綁架而憂心。文理絕不能統一的量化看待。妳強調說。

大學的學術，被操縱在掌握了金錢大權和資源的少數人手中。學術研究再也沒法回到自由而透明的年代。這是大學的死亡。

許多人完全不問到底是誰在分配這些公家的資源。

前沿的學術課題，乃是最專業的知識，根本只有金字塔尖極少數人才有資格去評審另一前沿性質的研究構想。因此大學校園裡常流傳很多學術笑話，許許多多似是而非的評論觀點，令人噴飯。

外行領導內行的學術悲劇時代，到了。

換來的結果，是一般較普遍的研究課題，反而比那些真正卓越的、最前沿的研究課題來得容易取得研究資源。那些沒有深入接觸有關研究計畫第一手資料的所謂評審者，僅憑一份數千字的研究計畫書，就做出所謂的評分和評價，正是當代高等教育中反智行為中最大的諷刺。間接讓學術研究淪為資源的爭奪戰。

在學術分野上，文理各自有不同的、甚至相對立的本質。大學教資會和大學本身不分文理的根本性質差異，以統一的量化制度支持理科的發展，卻另一角度扼殺了文科的發展。教資會高層的所作所為，讓原本可以有更多時間去做學術研究的學者，卻花費更多時間和精神去應付所謂的研究計畫書。這些為了競爭所花費的時間和精力，遠遠地比實際的做研究來得更多。

現今學界裡盛傳的暗流，是大學被研究基金操控與綁架的黑暗時代，到了。

夜晚的暗物質，無限擴展，一臉哀容現於妳的眼前。

妳出現在她眼前，今夜，妳的故事移入特拉克爾的詩句中，勾起妳戰時的夏日陽光，和孤獨。

夜晚的時候有幾個友人來訪，妳陪她乾了一杯酒，一起談起昨夜的夢，還有死亡。妳和多年未見的老同學乾了幾杯酒，回憶起當年留學外國的往事，這一群走過了風華絕美的青春老人，一個個瀰漫著玫瑰光芒的臉龐，妳們臉上的皺紋是這座城市的街道，帶出整座城市的迷茫，與逃離。

妳追憶起那個逃難路上相伴的男孩。再見到他時，他已是頗有名氣的社會學家和文化評論家。這一個讓妳找到文學語言的男孩，回到妳的生活圈子並改變了妳原有的生活形態。他依然是一個能夠打磨妳內心原石的媒介體，並重新有暖流穿越妳的內心荒原，只有一座屬於這某個男人的城堡。

那是妳們途經吳哥諸神巨雕的晚上。妳在夜晚中看見天國落在人間的景象。後來妳在大英圖書館的破損檔案中，找到元代使臣周達觀筆下所述的真臘王朝，有最為華美壯麗的歷史場景。無數的金塔，數不盡的金佛，奢華的金橋，守橋的金獅子，各種銅象，銅牛，銅馬，還有紅樟木如山般在城四周展開。每當節日來臨，鹿車，馬車，象隊，長長的象牙套上黃金牙套列過皇宮，宮女三五百人迎歌起舞，掩映在含笑的石雕周邊的樹影裡，在昏暗的天地山林廢墟間見證人類的未來和愛的，死亡。

妳的故事永遠迷離，有超然的人情世故。在妳的追憶中，那是一座從未消失的城堡寺廟。寺廟，是妳年輕時代的記憶活體，曠野中的石雕遍布憶念的岩石。

永恆的微笑諸神，世世代代在曠野中不受外界世人的打擾。有關妳的故事的原型，妳自然也和她一樣喜愛吳哥古城中的印度神話帝王毗濕奴。

在安眠和醒覺之間創造和毀滅宇宙，多麼的灑脫逍遙的情懷。從毗濕奴肚臍裡長出的一朵蓮花，誕生出梵天開創宇宙，而後濕婆又將之毀滅。一奴一婆，是這梵天帝王之神的左右手。毗濕奴漂浮在宇宙之海，躺在大蛇阿南塔盤繞如床的身上沉睡，大約每四十三億又兩千萬年醒來一次，宇宙從他的肚臍裡長出的一朵蓮花中誕生，然後濕婆又把宇宙毀滅。

這傳說，變成了妳的神話。白天，妳的世界被濕婆的戰亂現實所毀，夜晚又被醒來的毗濕奴肚臍眼長出來的蓮花重新創生。這正是妳當時逃亡路上的終極感受。在毗濕奴反覆沉睡與甦醒間，妳體內的宇宙不斷更新，留給妳最為甜美的愛慾體驗。瞬間讓妳生生滅滅，桑香佛舍，毗濕奴寺。妳彷似是世上最大的廟宇中一座長久被人遺忘的女神，突然間被人所發現驚醒了。

吳哥文明只留下一堆令妳驚奇的石堆，新月沃地文明，阿納薩齊文明，大津巴布偉文明，滿者伯夷王朝，馬六甲王朝，素可泰和阿瑜陀耶王國，如今都只留下一堆石塔和金塔供人悼思，有的連一塊石碑都沒有。

古王朝留在巨雕上的微笑，後來在妳心中成為永恆的東方蒙娜麗莎，成全了妳一生所有的愛慾追尋，冒險的愛，孤獨的器官，十字架的心，基督的熱吻，都是妳多元合一的體心會悟。

妳但願他如今還記得那時候留著長髮的那個女子，妳的長髮逐年剪短了許多，再也沒有回到以前少女時候的長度。

妳的髮，在妳的記憶中是他人記憶中的語言，一種會說情話的髮絲，長長的，長到繞過妳的青春繞過妳的中年，繞過妳所喜愛的古雕巨像，在詩人生活過的村莊繞過妳的童年來到妳的身上。在學術工業的帝國大樓裡，妳所選擇的這一條學術與藝術追思之路是那麼的漫長，在妳身邊繞來繞去，始終是無邊無際的他者，空洞而多元。

在學術工業的大潮中一個目擊者，妳，是娼妓也是嫖客，是共謀者也是利益既得者，是被害人也是受害者。

苦行僧的學術生涯

「沿著頹敗的城牆
神聖的兄弟來過的地方
異鄉人沉醉於他的瘋狂
的溫柔彈奏之中」

多少年前的一個黃昏，妳說，少女時代的戀人後來躺在醫院加護病房中看著妳，說起他死前聽到遙遠記憶中殘留下的一聲叫喚，空洞哀傷的回聲。那是求生的白熊在死亡中渴求生育的願望。那熊，生前那個男孩叫她做「死豬」，日後取名「重生」，紀念逃亡路上相伴的人，以及葬在戰火中的童年，還有日後同樣死於學院的人生。死去的生靈，剝奪了她想要延續願望的情懷。在中國的南方，一隻想要成為母親的願望中死去的白熊身上，喚起古代母親們空洞哀傷的叫聲，貫穿雙重意涵的現實與荒野，成為男孩少年的情感圖騰。

這白熊意象如今也成為我的生命圖騰，妳說。其實這也是我的命運圖騰，是我的修行。妳提醒她，強調了這白熊故事對妳也有衝擊。

妳如今在女人的愛中重新接受宗教的洗禮，妳的世界即可在妳到來的時刻，依然顯得卑微。愛與家，曾經是妳們內心一個小小烏托邦，懸垂在家園的一座陽台旁，擺放著，千瘡百孔的心。

學術生涯的修行，是妳的事業之路妳的學術之路也是妳的婚姻之路，揭示了愛與功名真相的發現之旅。

離婚以前，妳是拉康的信徒，妳把拉康的語言概念發揮在妳的愛慾論述之中，把語言和愛的存有與實體解構為欲望的掏空言行。愛和語言一樣，通過戀人與書寫者將想像態的完滿性撕裂，而且永遠也無法意表，永遠無法言傳。不論是以一種語言代替另一種語言，或以書寫代替另一種書寫；文學也好，學術也罷；愛慾也好，理論也罷；都是以隱喻取代隱喻，永遠無法恢復我們在想像態中所體悟的、一種純粹的自我與主體。

在書寫中，我們都成為了他者。

而在戀愛中，我們卻把彼此的主體交付給對方。

在妳的人生主題中，愛始終是主旋律。妳所追尋的愛，之所以真實在於愛中有一種無可避免的毀滅，一種無法控制的轉變力量。妳如今居住在沒有愛情的城市。愛的神話已經消亡，新一代人已不像當年妳年輕時候那般信仰愛情，大部分的新一代人很早就已不再相信愛情。妳只有在戀愛的時候，這世界才真實起來，對於戀人來說真實也往往只是虛幻的活體，唯有相愛的戀人才真實無虛。

這是一座喪失了傳說與傳奇的都市。兩個中年女人在一座陌生的城市的公園裡，躺在巨大的一棵合歡樹下，在春天的一個傍晚小睡了一會，夢見了彩色的童年。醒來後不記得童年的憂傷，只記得愛的感覺，和月光般的色彩，遺留在中年女人的眼底。

愛情還有沒開始前，妳已忘了少女的世界是什麼樣子，有了愛，妳才懂得如何捨棄世俗的身體需求，而男人有了愛以後，更加迷戀肉體。如今妳已然能夠更加超越地面對所謂的愛情與情慾的誘惑。

仁慈，和愛一樣無需任何的條件。

天堂每一天都在身邊，所有的美麗都成為可能。

妳喜歡妳今日的生活，但妳仍然感到失落了什麼。妳向她傾訴的，是已經淡泊的陳年往事。對於妳自己的故事對於學術的思考，也只是妳對生命的一種思考模式，妳的整個內在生命接觸到了某種本質某種核心。我的安全島快崩潰了，超時工作成為正常的生活形態。日常工作中對於速度的追求，並沒有為我的日子爭取到更多休閒的時間。那些以更快速度完成工作後換來的時間，並不屬於自己反而是更多的工作。

許多人在速食文化中以慢食對抗美食的追求。雖然午餐時間只有短短的一個鐘頭，扣除來回餐廳的時間，加上排隊候餐的時間就只有很少很少的時間；然而沒有人要求也沒有人有權利要求更長的午餐時間，事實上如今許多人已經在電腦的協助下完成了大量前一代人所無法完成的工作量。

這一代人比過去任何年代更有權利立法要求更多的午飯與午休時間，這其實也只是很小而合理的一個基本要求。妳如今還在學府中教書，剛剛想要從一間著名的學府退休。兩代人的兩個少女時代，在一隻白熊的死亡中把青春的心拋出理想國，像狂野的眾神一樣地死去，燃燒著炎熱的火焰，為那些精神上尚未重生的人照耀逃亡的人生之路。

我們一輩子都在逃亡。妳說，哀傷來到面前，在我們撰寫論文的時候，發現了自身是一隻不知回頭的蝶。

一隻迷路的蝶，深深鑽入書籍文本之間的花叢森林深處，跳起不可思議的孤蝶之舞，妳伸展四肢，赤身裸體深埋在金黃色的花蕊文字中，覓食。

迴旋。縹緲。狂舞。

以前張愛玲也曾留下謎一般的愛情寓言。妳和她都見證了這時代曾經盛行過的愛情信念，相信只有無條件的愛才是真愛，深信有目的的愛都不是愛。深信感情不應當有目的，也不一定要有結果，同時也深信婚姻只是一場合夥做生意的交易。神聖與庸俗，今天已經沒有幾個人願意相信愛情，也不相信功名能帶來榮華富貴。

妳沒有料到妳日後大半生都在漂泊中走過來，妳和她的文字一樣有著同樣的遭遇，明白了人生是沒有什麼意義的一本大寫的書。妳落在異鄉的離散生活中，沉默到底，在偽生活與性友誼盛行的年代，妳簡直可以自我自嘲地，將自己成為一種，隱喻。

詩體內，一個知識分子的黑暗詩句

妳接受了她的自我，也做了自己的替身。
妳們不是彼此的他者，自然也不是彼此的自我。

穿越商品叢林的心靈

「魚和獸倏忽游移
藍色的靈魂
灰暗的漫遊者
很快我們與愛人

與他人分離」

黑暗在妳心中，就像她是妳隱而不宣的詩體。妳們自喻為卡蜜兒與羅丹，遊憩於田園裡詩般的浪漫，猶如廢園中被人遺忘的鬼魂。

妳給了她青春之美，她也給了妳欲望和情詩。

這樣的故事，只有那些親身經歷的人才會相信。妳們的關係，就像一首黑暗的情詩，像許多學府的祕密一樣不可告人。

祕密，像妳的人生裡許多經歷一樣，很多都是一種詩的表現。回到香江後，妳就和她一起生活，從此妳知道她以前和如今的各種痛苦，就像妳知道教育界變成了服務業的現實後的苦惱。教育文化的淪喪，在她的年代。教育已慢慢變質為服務行業，不再是文化事業。服務已實實在在變成教育的本質，導致教育的危機。

這種大學教育演化的歷史有種哀傷的面容，落在妳和她的身上。

在妳眼中，她始終是學術界的異鄉者，一個在知識神殿破滅後的廢墟上的漫遊者，一個終極不變的異鄉人。在她的臉龐上，妳看到了自身的沉默和妳晚年的刻痕與哀傷。

傷，是一處隱密至極的洞穴，朝欲望的洞穴朝人世構築欲望的圖形。

妳們繞過夏天幽暗的小徑，轉向社會結構的死角，成為某種形式的逃犯。

妳知道歷史充滿黑暗的心，回憶也一樣，妳一直都沒有逃出童年的黑暗死角，以及逃難途中借宿過的破敗廟宇。妳看出她記憶版圖中一處藍色琉璃花窗早已經破舊，而神殿牆上，簡陋的神祇早已老去。

年代已經不可挽回地改變了，如今的大學教授就像許多學院外的文化人一樣，獨立的人格，已經喪失。

妳在她的後散文中看到她自身幽暗的腳步，油畫般，她感到飄忽，在人文體變的時代，她的飄忽散發出歲月的美感。

人文消亡的時代，喪失在知識傳統的消亡中。

妳在她身上看到一代書生墜落的身影，也看到香港高等教育界中，教育市場化的大氣候中一群沉默的知識分子隱然成形，文化建構的疾病成為東方之珠的內隱病症。

這是沉淪中的鐵達尼號的旅程，也是大學崩潰的時代。她看出妳的不安，也看出現代高級知識分子以及其他各種專業人士，都開始了喪失完整人格的、所謂的專業生活，扮演著沒有了獨立人格的社會角色。

這是一個民族另一種模式的尊嚴消化過程，創造與開發知識的學人早已失去了傳統的身分與地位，不可挽留地被商業主導活動取消了。

學院裡，妳看到她的生活是一場透視自我的過程。

妳在她的身體語言中，看到商品化的侵蝕力量如何將她這一代人的精神支柱吞食掏空。她的寫照也是妳一代人的寫照，妳的精神正像妳的肉體，已不是上帝的創造，而是商品活動的運作，知識之花變成商品之果。

商業，造就她的專業形象她的事業她的人格她的精神核心物體，妳說。

這正印證了馬克斯的預言：所有的事物，最終都將成為可以買賣的商品。教育部變成了教育商品部。青春、知識、思想、學問、身分、人格、愛情、性愛和婚姻都已淪為商品，在妳們所經歷的全球化學術之路上，到處兜售。

大學成為職業培訓所，妳們聲嘶力竭地在立法院前示威，然而資本主義的企業化思潮已經深入災難性的百年樹人的基地，妳們完全無法翻轉教育商品化的體制結構。

當年妳們創造了知識的真相和美學，今日卻毀於商業化的當代學術機制，扮演行屍走肉。

妳在人性之中觀看妳的人性，在美好中觀看美好，也在黑暗中觀看黑暗。

這是怎樣的人生景觀，怎樣的學術生涯？

穿越黑暗的藝術

「悲哀的時刻
太陽
沉默的面容」

通過黑暗，我看見最美麗的色彩，妳說，多變而扭曲的世界是我如今面對的世界。在妳的研究室裡，掛著畢卡索的玫瑰色與藍色的畫像。藝術畫家的古典寫實筆觸，讓妳體認到現實更深的本質，一種發生在妳現實生活中扭曲的本質。大師的幾幅複製品掛著，少女肖像，人生，還有丑角與猴子的家庭。

妳必須用妳所懂的各種理論去認識畫中的每一線條、結構與色彩的肌理，如此才能擺脫學術思維的圍困。妳如此告訴她說。

她，曾經是個人物，有名望的雄獅王子。如今已被她的族群放逐在過去一度屬於她的領地的邊緣。一隻老來流放邊界的雄獅，妳從她的身上看到自己未來的人生。她是妳的詩，妳是她的詩體的結構。在詩中，妳們曾有的往事都成為苦澀的文字，在意象斑駁中體驗絕望與空虛。

我已精疲力竭了，妳說，我的人生有如煉丹術士將自己投入熔爐之中，只為提煉一頁學術的神話。

我現在感覺自己越來越像一個頂級的婊子，在學術界中過著一種應召的生活。我居住在一座名為香港的小島上，隱祕地做了應召娼妓。這種感覺感染到島上一座古老的學府，散發很難令我這一代人忘記的一種獨有氣息。妳說。

和她一樣，妳也不想一輩子被關在歷史的黑暗之中過著學術娼妓的生活。不管是才能還是美貌，我們開始了現代娼妓式的日常工作，再而三地想要高價出賣自己，獲取功名和富貴。

歷史中有很多黑暗物質與黑暗能量，藝術也是，充滿和文化一樣黑暗史。許多國家的教育界暗藏著黑暗的心，然而黑暗的心能夠囚禁心靈嗎？

妳看出來了吧，她已經被囚禁在黑暗的知識界很久了，時間長得她已記不起哪一個朝代。和妳一樣，她不想受囚於校園之中，不想受困於思想、學術、知識和各種理論的牢獄之中，卻逃不出學院的生活。

這一座新興的小海島，被古老的大陸所包圍。古老的學院傳統生根於新興的學府，有著我自身隱祕的黑暗詩句，妳說。

妳像達文西開始了妳在東方顛沛流離的散居生涯。

在妳走過的路上妳簽下妳的名字，留下高傲的寂寞和崇高的孤獨。在教學和撰寫論文之餘。這些年來的海島生活，妳知道她仍然忘不了當年妳在西方世界的遊學生活。妳仍然沒能完全忘記妳的許多情詩般年輕事蹟。從台北回到香江後，妳感歎如今的學術界演化成技術馬戲圈。妳目睹學術界的退化現象，學術文化退回到二十年、甚至三十年前的水準。教學環境和學術研究演化為種種技術表演，很得體地用漂亮的言談表達各種意見和思想。

妳知道她還在尋找某種現代生活的核心意義。妳知道，學術界也在尋找自己的位置。在政治、經濟、文化和語言之間，海島的一個文娛藝術區的開發與建設成為注目的焦點，成為文化沙漠未來的文化地標。這些年來，妳知道妳的學術舞姿還不夠精純。妳從無人知曉的內心繞過夏的孤獨回到妳的研究室。走她走過的人生路，繞過妳的青春妳的身體繞過夏天和門後的山河，共同想要更專業地遊舞於學院之中，在學術中與死亡的經典對話。

空洞的死角，至今仍深鎖在歲月門後。

教學研究之餘，妳一心想要尋找再次開啟童年的密碼，妳知道妳早已遺失了通往童年心境的鑰匙。許多許多的天真而美好的往事被冊封於大都會黑暗的死角。沒有玩具沒有糖果的童年，只有牲畜難產的哀叫填補了死角的空虛，聲聲重複回應了遠去的粵曲殘音。

幽暗的天色，未曾從邊界消失，就像學術界中黑暗的詩句。

這是怎樣的學術之舞，怎樣的商品人生？

荒野中知識分子的黑暗詩句

「晚間，異鄉人
在黑暗的十一月的摧毀中
自行淪喪
在腐爛的樹枝間」

妳多年來追尋薩依德的知識分子論，想從各種強大的壓力中尋求獨立的人格，並想做一個對權勢只說真話的人。妳的原始純真已被殖民主義一再蹂躪，妳反對抽象的神話式學問以及其中的虛假修辭。

妳眼看現代學者和藝術家一樣，有時候扮演著社會的蟑螂大師，不管在任何惡劣的環境中都能生活，能夠在困苦中尋求精神的出路。這可能是魯迅筆下另一類阿Q的升級版異變品種。

這是過渡時期的叢林地帶，複雜的學術流派構成商業社會中的叢林元素。學術叢林原則割裂妳的生活，砍伐內在心靈，許多和精神有關的感覺慢慢和日常生活的核心斷絕了關係。

在學術以外在藝術以內，妳跟隨大眾的腳步往前赴。這是香港的特色，也是兩岸教育界和學術界的共性。經過許多年的磨練之後，妳開始在教學中注重經典和典律的解讀，並從人性心靈的視角為學生展示有關經典如何成為一種制度化的知識傳統與文學典範。妳將斷代與文類觀念交叉建構講授，以各個時期各個文類的經典乃至國家民族典章制度的構成文本，結合相關的文學理論加以引導講解。從歷史、文化、社會及人生本體的視角，立足話語和論述的水準教授文學與人生的各大主題。

有一天，妳和來自各地的文友去參觀尖東科學館的模型展覽，在龐大的文藝發展空間中，唯獨沒有文學館或類似的文學展覽中心。有人說，在博物館和藝術展覽中心和藝術設計中心和電影研究中心之間，妳們看不到一間小小的文學館。文學界中許多人感到憤慨不平，商業主導社會又進一步吞噬了文學的發展空間，有人因此發起了文學救亡運動。

島上的生活，比以前更加變化不定。城市和她的居民比以前更加焦急地尋找自己的身分。身分之前，一切屬性的認同都不足以引起人們的人文情愫。內心裡許多早逝的愛情記憶，都來分享妳的晚年。妳以痛失年少時光的心情去質疑如今的處境。

妳的旅程也已經遠了，像她的旅程結束前的詩句，感覺開始累了。而特拉克爾的詩句青春依舊。淪喪不變。孤獨依舊的詩，在黑暗的月分伴妳們走過來光明，穿越繁華與，荒野。

妳和她依舊是學術荒野中的異鄉人，是戀人是師生也是文化沙漠中的藝人，各自以自己的方式將自身變成商品。學術的再生像最頂級的娼妓文化那樣，為了追求最高的報酬為妳們的顧客填滿妳們生命的缺憾，自己留下無法填補的空洞。

年輕時候曾經歷險的荒野，在時間流程中變得空曠。空的力量，散布在如今仍是狂野的地方，凝聚在雄獅的眼中。妳就是那隻被族群驅逐的老雄獅，一個曾經叱吒荒野的老教授，如今在乾旱已久的曠野等待雨水帶來妳的消息。

門外裸體的石獅，當年常被妳們選為遊戲的對象，如今已走進童年的死角。在記憶中陪妳們一同衰老當年，妳們都經歷過一段聲嘶力竭的血色日子，逃過悲壯荒謬的戰時歲月，等到稍有安定之感，已是老之將至。

或許等到也像妳一樣的垂暮之年，或許將會擺脫雙重的難堪，擺脫妓女與嫖客的精神人格，宣告商品生涯的逃離，像張愛玲那樣隱居在大城市中，在不為人事所累的宅女生涯中，獨自老去。

妳說。壯麗的花蝶之舞已喪失殆盡。妳想要退休不幹了。妳說妳像孟克自畫像中筆影與顏料皆已支離斑駁的畫本。在妳漫長的教學、研究和創作的生涯中，妳如今仍堅守自己的信念，有屬於妳自己私人的成就感與快樂。但是現在妳想不再幹下去了。

在妳撰寫此文的過程，妳透露了心底的祕密，與憂傷。妳為她揭示了情感盡處的隱密洞穴，黑暗詩句的真相。心靈烏托邦的破滅中，妳想起了那個逃亡的年輕女子，在睡前醒後一再想起，早歲戰時死去的親友與陌生人的腫脹的棄屍長久浮在河中流向遠方流向如今妳所在的城市街道，穿越生命的各種地平線，深入歷史，貼近隱喻，嵌入，黑暗。

四　走在世界前沿的，少年

所有的神靈、天堂與地獄都可以在這座城池中找到，卓貝地（Zobeide），我年少時候追尋夢想的一座城池一座，極其遙遠而極其夢幻的白色城池。

卓貝地深藏在內心性靈的邊界，教我永不孤獨。

在卓貝地，所有的神靈、天堂與地獄都深藏心中。在這地方可能有另一位和我一模一樣的少年生活在那裡。在未知的深層潛意識之中催促我走上現實世界的前沿，走在時代的前方。

在另一個卓貝地之城的年少時光裡，我很快走完了年少的時光，然後回到伊希朵拉的廣場上，再後來我又離開了一座半島到了一座海島又另一座小島，從馬來半島到福爾摩沙海島到香港島，我離開年少時候所追求的想望去到古老大陸的邊界，後來重新又回到海島城市若無其事地，散居。

華麗的現代城市生活帶著命運的塵埃返回我的現實場景，夏天，在黃昏中漸漸幽暗下來，天蠍星掛在故鄉夜空中閃爍。那是年少時代的星座遺址，天蠍聖歌的主調從潛意識深層的銀河宇宙中漂流到中年的日子。

春天，晚來的那一年早晨我醒來，醒在，春色微寒的清早看到床頭上昨夜抄下的文字：誰讓我們相信，所有的一切，絕非偶然。然後我把她筆下的「酒」字換成「愛」以後，莒哈絲筆下的文字立刻變得更加生動起來：

愛之於我，不是肌膚之親，不是一蔬一飯，而是一種不死的欲望，是疲憊生活中的英雄夢想。而我的夢想，就是希望愛情永遠是不死的英雄夢。

一直到很多年後，我遇見妳以後我才相信這一句話的可信度；又許多年後，我仍記得妳記得和妳相遇在一座，天生就適合戀愛的城市。而你，天生就適合我的身體。我們是配套的。妳說，在耳邊。後來這天生的配套還是發生了無法預測的意外。也許我們只是記憶深層中自己的另一種化身。

在三萬呎高空上，我感覺更加的接近天蠍星的雲層。我從機艙的小窗望出去，黃昏已來到天邊最遠的雲平線，紫紅色的水準線分開下方的墨汁雲和上方由淺藍到深藍的天空。一切那麼平靜一切彷彿永遠不會改變。在天空的裂縫的一角，時間彷彿永恆彷彿停止的那一刻，我想起妳，以及有關妳的復活節假期。想起許多年前的事來。

在我們認識十年以後，我開始了十年前我自己破壞了的承諾，我在耶穌受難的日子來到北京，度過我在北京第一個復活節。這是十年前我承諾去北京看妳的一個約定。我走過來十年才實現的一個承諾，這十年是屬於我們的遮蔽性記憶年代，和北京人分享張愛玲的愛／私語。

後來我從西蘇的潛意識場景到自我的歷史場景，以另一種反模擬模仿她的語言與敘事，在此所說的一切原本都是她想對我說的。二十一世紀戰後無父的時代，當寫作從一種對真理的探討淪喪為商品的運作以後，我躲藏在西蘇的歷史場景之中，棲居在商品帝國的幕後黑手小心翼翼地建立自己小生活的安全島，在經濟風暴的暗潮中摸索前行。

在十八歲生日卡的童話裡我故地重遊，遊歷生命中的各年生日，以藝術的剪裁重組現實世界的複雜結構。在常態與變形的生活實踐中，我走在通往人生各階段的大道與角落，體驗現實社會的奇異之門的穿越之旅。音樂，歌聲，畫像，野草和神話，正是這樣一扇奇異的歷史門扉，並不刻意想要揭示現實或心靈的存在而只是靜靜為我開啟一個國度的語言，開啟第五號庭院中發生的，初戀。

通過文學的門，我尋找新文學導師的靈魅。

通過生活的門，過去的自我通過文字的生命建構一再死亡的自我。在充滿詩與夢境的語言中，我曾經存活，現身於美麗的回憶活體之中。

在現實的灘岸，我一再遭受自我死亡的撃撞，通過生日通過節日通過青春書簡的家門通過玫瑰香頌通過午後陽光和夜晚湖水的茉莉花影，我們終於在天涯，告別。

所有的神靈、天堂與地獄，在陽光普照的午後中充滿了自身的記憶。大學時代，我或許沒有能力去發現新事物甚至自己真正想要的，是什麼。那年代有一種憂鬱的姿態，預知了我十年二十年後的生活。我的手指願意承受孤獨的觸摸，以充滿記憶的指頭摸觸青春。

寫作是為了粉碎一切重組一切文字。若不粉碎世界，也將取代世界。而當自我變成為文本時，我只有永遠是、而且也只能是一種對自我和他人的隱喻：

我的父親，我的母親，我的家園，已全然消逝得杳無蹤跡。我的語言扮演著我失去的父親、我海洋的母親、我的父親們，和我耳畔的語聲。一切皆逝，唯餘詞語。詞語是我們通向另外世界的大門。這是一種孩提時代便可了悟的體驗。對於一個已然失去一切的人，不論他失去的是一個人還是一個國度，在某個特定瞬間，語言總會變成一個家園。然後，人住進詞語的家園，那裡，一切都被放逐，而又未曾放逐一切，一部構成了千萬人的書簡。

——西蘇

十八歲，告別的愛

under the heavens we journey far
on road of life
we are the wanderers
let hope have a place
in the heart of the lovers

勇者的愛

一個人在荒野裡馳騁很長一段時間之後，他會渴望一座城市。終於，他來到伊希朵拉，城中有鑲飾了海螺殼的螺旋階梯，出產上好的望遠鏡與小提琴。當他渴望一座城市時，總是想到這一切。因此，伊希朵拉是他夢想中的城市，只有一點不同：在夢想的城市裡，他正逢青春少年；抵達伊希朵拉時卻已經是個老人。

——卡爾維諾

離開卓貝地之後，少年星泉開始了漫長的青春歲月的馳騁，在取得博士學位以後終於來到傳說中的伊希朵拉之城。一如傳說的那樣，他告訴她，他要老去之前找到一座美麗的城市，好像伊希朵拉城一樣的城市。

沿著鑲飾海螺貝殼的螺旋階梯，往上走，他回到了年少時代。在那些反叛社會文化現象的年紀，少年看著她坐在落地長窗旁的長形陽台上拆開班上同學共同簽名的生日卡，陽台外的道路寂靜無人，午後的陽光斜斜落下，典型的熱帶午後景象，她對著卡片哭了起來。

勇者的愛，只會死一次
敢於愛人的人，在病中也會去愛
敢愛者
在愛過之前早已失戀許多次
但他不會只愛一次

也不會永遠不敢戀愛
妳別再審判他了
別再那樣看他
愛情，只是社會的一部分
保護我們脆弱的心
愛，從來沒有準備好如何面對自己

第二天，少年在圖書館裡溫習功課的時候忽然想起她哭泣的樣子。因為一張生日卡片因為班上來自各方的遊子共同簽名的卡片，其中留著不太熟悉的筆跡，一些甚至記不起容貌的姓名一些首次收到的祝福語，中文英文馬來文交錯縱橫並列的一張生日卡，她哭了起來。

每一張生日卡裡面都隱藏了另一個世界。這一年生日卡的故事，改變了一個少年的人生。湊巧在那個午後的日子，拉曼學院的相思樹為所有離鄉到來首都求學的孩子吹起微風。沒課的下午，兩個十八九歲的少男少女在路上相遇，一起走過相思樹下回到第五號住宿站。

他們幾個同學合租了一間兩層樓的房子，樓下有一個小花園，樓上一個看得見遠方山脈的陽台。他們坐在午後的陽台上，少年看到她興高采烈地將剛剛在信箱裡收到的信封打開，然後，她卻哭了起來。

午後的陽光讓她的臉龐顯得更加的迷離，接近真實的單純。當年，少年就是喜歡她那時候的感覺，在她十八歲生日的那一天。十八歲，有多少成年人想要重回十八歲的日子，化身煉丹術士對青春進行藝術的再創造再重生。

十八歲，她記起她去年初來首都求學說過的話。讓我去從容地生活，讓我忠於自我讓我看清自己的人生讓我好好地生活。我如今的生活，落在異質空間中，無法自拔。那是少年和她日後共同探險的異質空間，開始是有關學業前途然後轉入文化和種族最後變成情愛異質空間的案發地。

一封信一張卡的案情事件，讓兩個原本沒有交會的少年，在午後的陽台上，有了心靈的相遇。加拿大攝影師考伯特在他的作品中，以一封信為始，製作了唯美的心靈史紀錄片，深具寓意的畫面和圖景，正是這兩個少年內心的情境，表現得恰如其分：

> 那一天，我收到了一封信／它把我喚回到我生命裡開始有大象的地方／讓那些話語和圖景／如浪花般洗刷你的身體／傾聽伊甸園的歌聲……沿鳥的徙途／飛翔／我看見了我內心／所有坍塌的伊甸園／那些伊甸園／曾就握在我手裡，終卻失去……

那時，青春如話語和圖景般洗刷你們年少的身體，用來初嘗禁果。

他的青春，到處是坍塌的伊甸園。

不需要通過毀滅或創造，他就可以體驗人生的紛紜與豐富的煩惱。零亂中他相信破碎的青春會自行組合，為年少時光寫下創新而複雜的多樣統一的大寫文本。

第二天少年在圖書館讀書時想起她和她的生日卡，忽然決定要約會她。那是足以決定一個青春年少的命運的，一個下午。同樣的熱帶午後時光，少年回到第五號住宿站，她在少年所設想的地點出現，一個人在小書桌前讀書。那時候少年不知道她是否也在懷念前一天相聚的時光。少年乘興邀約了她。

那是傳說中的告白，以光的方式奔向未來，少年乘興邀約了她。

如果那天下午少年回到住宿，發現她不在那裡，少年想，他會不會在下一次見面時像那一天那樣向她提出第一次的約會呢？而她的答案又會是什麼呢？那一天的約會改變了少年的人生，包括今天他是否會走在香港的道路。情所歸，是緣吧。年輕人的世界是短暫出租的公寓，人來人往，不知明天走向哪裡又從哪裡走來。

美，歡愉，青春，愛情，自由，構成了少年的精神建築學。少年的心靈語言，一直到今天，可能也沒有幾個人聽得懂。那是少年的卓貝地之城，他今年一切有關城市書寫的起點。白色的月光依然在數十百年後籠罩全城，街道依然宛若銀白的沙延伸到日後中年的夢境之中。

第五號宿舍的庭院

once you had gold

once I had silver
then came the rains out of the blue
ever and always
time gave both darkness and dreams to you
but no one can promise
a dream to you

在那種年齡，少年有點相信當年流行的情歌：為了愛，寧願在人世間顛沛流離的文學詞語。愛是年少時候的大事，很多時候比考試和學業更加重要。經過十餘年後，情歌轉變為一種毫無誇張的語言形式出現在生活之中變成中年的現實。即使這樣，重聽當年海洋季節的歌曲時仍有一種駐留往返的憂傷。

年月停留在那一天的傍晚。他們雙雙走出第五號宿舍的庭門，陽台上站著幾個少男少女向他們歡呼叫好，夾雜著幾聲作弄的怪叫和祝福送他們出門，在他們第一次約會的那一天傍晚。

那是愛情的年輕影像，半透明的，在間歇性雨季後形成的湖水中世世代代通過少男少女的追尋生存下來，如夢般降臨在每一個初戀者的內心湖泊。

那是史前侏羅紀時代的原始初戀的記憶，在少年心中形成諸種心理和有關愛與非愛的想法。初戀的人也許是史前世界第一個拿起彩岩在洞穴壁上畫下圖像的人。石壁上第一個人物畫像，永遠留在他們的內心永遠是一個越過地平線上的過客，一個原始人，頎長而模糊，仿似賈珂梅悌的頃刻夢幻凝固在石膏上的雕像，在某個不知名的地點或城市廣場長久注視他們，永恆地：

在時間的源頭／天空滿是飛翔的大象／自我的屋子被焚盡／我把月亮，看得更清／還有，我離棄的愛人／和沒有實現的夢想／我看見了全部那些我沒有接受的意願／看見了全部那些我希望收到／卻始終未來的信／我看見了全部那些本可以／卻再也沒有實現的……

在時間的源頭少年把自我寫入詩中給焚燒了以後，來到時間的源頭上的光譜，進入量子力學和相對論的神祕域境。初次碰撞戀愛的體驗，將少年推入「弦理論」中更高維度的時空裡，在他的「平行宇宙」裡擴展往後數十年的心靈領域。

這是他大腦中的座標，他所身處的知覺空間，投射為自我所創造自戀指數形象。

那是發在馬來半島中部一座古老小城裡的、專屬少年的萬有理論模型。許多年後，遊客一年一年走在十五世紀的古城門前的土地上，這些遊人再也看不到少年當年所看到的海和古老的那棵鳳凰花木。少年來到女孩的家就在離古城門和古教堂不遠的一角，和女孩待上整個暑假，陪她考大學的準備衝刺。

那是青春的黃金年少時光。他從東海岸來，而她從西海岸的古城來到首都，他們共同面對著前程和人生的選擇。在那年紀，少年已有點理解波特萊爾對於青春時光和愛情所做的隱喻，那是魔爪在少年身上留下爪印的青春質感：每一分每一次熱吻，都是魔爪奪走青春與嬌豔的結果。

春青時光的愛情是夢的一種展示場，而中年的愛情則是現實版的展示夢境，帶她走過她的少女，年華。

少年記憶中的她，走過了她的少女時代。如今電腦與網路從無到有，從抗拒到不甘情願的接受與使用，如今占據了她的許多生活空間。她說，有時她感覺她還處在少女的年代裡，心裡有很多莫名其妙的感覺。或空洞，或迷茫，或感傷，或想念，或坦然，或執著，或簡單，或如梭了時光，或揉乾了記憶。

他躺在床上對著電腦，在朋友們的空間裡瞎逛。他想起以前在信箋上滿腔熱血的寫信傾訴，和今日敲打鍵盤想要掏空所有變了質的思緒的放逐沒有太大的差異。那些曾經屬於自己的文字已經變得如此的蒼白無力，輕輕一觸碰便可以灰飛煙滅。她說。

他沉浸在藍玫瑰中的情感，不敢直視自己心中的真實。她害怕哪一天陷進去。儘管，她知道自己永遠不會真的做到沉陷，不會。

永遠不會。她說

許多年後少年再次經歷自我改革中關於愛情的升級版生活。經過愛的洗禮，在未來十年的人生路上扮演了小說家文本中經過變形處理的某種類形的巫師。男人需要經過很多年後才能在未來的現實中看清他如何看待愛看待婚姻和家庭。也許，男人最少需要等到三十五歲或四十歲才清楚知道自己真正想要的是什麼。

那是奧維德的第一部詩集，《愛經》的創作是少年對羅馬哀歌的跨時空注釋，然後是無數世代的《變形記》的完成最後才是《愛的藝術》的激發。自此他像奧維德被放逐在羅馬以外，在黑海邊在青春遙遠的邊界在邁入二十歲之前。在那一兩年時間裡她帶給少年許多人生中重要的經歷，在情感和情慾上互相把對方推入更成熟的境界。她帶少年回家鄉見她的父母見她的大姊和姊夫，以後又逐一見了她的兩個姊姊和哥哥。她沒有弟弟，少年沒有妹妹，感覺是一家人了，但又摻雜著一種不太真實的不安。

N多年前，少年一心想知道初戀情人所提問的一個張愛玲式問題。少年為初戀女友能提到這一疑問感到驚喜而困惑。她問，張愛玲的這一句是真的嗎？你也是這樣嗎？哪句話，說吧。男人憧憬著一個女人的身體的時候，就關心到她的靈魂，自己騙自己說是愛上了她的靈魂，惟有占領了她的身體之後，他才能夠忘記她的靈魂。是真的嗎？

那已是很久以前的往事，不管是否她還懷念他，情有所歸即是緣。男女的愛已無所謂真，與假。

天涯告別

leads me to woods of dreams and I follow

for hope has a place in the lover’s heart
a whispering world
you may dream
and if it should leave
then give it wings

許多年以後，他在盛夏的異鄉夜晚一個人遊蕩在自身的弦理論時空中。繁華過後，只想等待天亮。在香港的太平山頂，風僅有的餘溫溫暖不了清晨的冷冽。

在港島的太平山上，初夏的溫暖讓他快要因思念而冰冷的心泛起一絲醉意，絲般的脆弱。那一年的生日，他面對快將失去的愛情，內心有一些徬徨也有一點釋懷，但最大的恐懼是害怕孤單，她的離去，就永遠回不去了，即使他不曾放棄。

天涯告別，他把寫好的告別信和生日卡燒成了灰。

當所有的記憶煙滅灰飛之後，少年星泉才肯相信在他已經沉陷的心裡一隅，他用盡少年所可以的微觀維度的空間和形態，用足他所可使用的點狀、薄膜狀物體的決心，做出不同維度的決定。各自都不知曉，日後會到那裡闖天涯，又會如何以文學書寫的方式在符號和意象中追尋。多年以後社會巨大的變化中，他們又將如何面對當代文化的召喚。

往後的歲月是少年開創他自身多元宇宙的日子。他追尋他的平行宇宙，他也尋求他的「人擇原理」，他需要認同一個創造者去開創他的小宇宙。少年知道他若遠行回程就必須放棄掉。他腳下的行程抱緊他，一站一站，有點傷心地一路走下去。路上的水露潮濕的景色，遠樹群山微雨晚風都很能勾起當年他們留學台北的記憶。

愛情，讓青春越過年少的純真，而純真的死亡讓生的追尋經歷真實的衝撞與劈裂，放逐於，天之涯。

少年記起過去的一些日子裡，如何沉浸在電影裡無法自拔，影像繚繞，讓人在倦怠中產生一種臆想，有如暴雨過後的空氣，濕濕的。玻璃像被籠罩上一層薄薄的紗，神祕的，美麗著。少年如往常的睜著眼睛躺在床上，習慣了冰冷的空氣習慣了刺骨的冷。

習慣了簡單。那年夏天的微陽，偶爾有細雨或暴雨。那些年月，每當冬天的時候，記憶中有著比他們初來香港時候更多的雨。陰灰寂寞的天色，異鄉都城，他們都曾以一種不熟悉的語言訴說著他們的悲喜。

夏，從八○到九○年代初的天空，常常還是非常的清晰明朗，像琉璃般的透明。這二十年間，他特別鍾愛歌，經歷了來自心靈與物質的各種音樂洗禮。

音樂與歌，詩與圖景，都是少年青春時期的心靈狩獵者，牢牢捕捉住，這些供日後中晚年追憶回想的美麗情事：

這些圖景／是寫給我夢想的信／這些信／也是我，給你的信／我的心恍如一座老屋／窗戶已多年沒有開啟／可現在我聽見窗戶打開了／我記起／鶴群在喜瑪拉雅的消雪上漂遊／在海牛的尾鰭上休憩／我記起／有鬚海豹的歌唱……

年少時光有如木匠手中製作的實木窗口，有桃木的香氛，有神話人物的影像，有夢。從年少的夢跨越，從童年家鄉湖水樹林中成千上萬的螢火蟲美景，從少年野外黃昏天裡飛舞的上百萬隻蝙蝠的赤道飛圖，從中歐洲的大教堂跨越到巴西古鎮街頭上的黑人玫瑰園教堂，再到西非豐族預言法師的、最後歌者的歌聲，鼓，舞蹈和鮮花，一一陪伴少年遠眺海洋的落日。

非洲神靈與海的女兒雅曼佳以她獨特的歌聲，呼喚少年，和眾神的降臨。

這一少時盛華充沛的樂音是緊張的學院學習生活中的一塊淨土，在少年的荒蕪地域中是少年的心靈私語，在少年的初戀年華中以無法用言語、母語或方言表達的內心情感觸動著少年的日夜，如色彩豔麗的愛的影像掠過曾經失落的，海岸線。

如果要用一種自然界的物種去形容無形的音樂的話，少年會選取馬達加斯加島上巨大的猴麵包樹的自由姿態加以展示、形容、象徵這一種美的終極姿影。

城市孤兒

a homeland moon
leads me to woods of dreams
and I follow
who can tell me if we have heaven
who can say
the way it should be

另一年，九〇年代的另一個尋常的午後，一個女學生獨自在資料室裡抄寫，手邊放著一本《西廂記》。少女從文本中走入凡間的複雜眼光之中，在圖書館，在斜坡路上，如今坐在他的眼前，翻閱書本的聲響和鄰桌上小金魚吐泡的水聲有點相似，在人們缺席的地方形成人與物之間的距離。

少年那時完全沒法預料，年少時豐沛的愛情意象將會是中年以後頗為蒼白而匱乏的主題，也沒料到，他累了。多年後，在另一座學院，他感覺到這座城市裡的女孩彷彿不再是《西廂記》中的女角色，毫無表情，像夢一樣飄忽。他感到心慌。詩人節過後，除了資料室的工作外，研究生又必須到語言中心的自學部當值。有一天有一個人生日，不想來當值，有一個替身代友當值了，離去時留下一具印著紅唇的瓷杯和一幕褪色的，山水。

那些在語言自學中心的日子，他常在一個少女，兩個少婦和一個代替主人的杯子之間度過幾個歡樂的下午。不久，一個少女房裡的兩條小金魚死了，魚缸，一直空著，再裝不進任何的夢想。後來，那兩個時常互替的少女，以笑臉替代了憂傷後很快又不見歡顏；一個是尋找身分的城市孤兒，一個為臥病的祖父和自身的第三者處境而悲哀。許多年後，這兩個少女都成了這座城市的新世代作家。然而，到底人們應該為什麼而悲傷才不會白白悲傷呢？什麼是傷的本質呢？而物的本質人的本質又如何。

在這座城裡，他們和許多到來城中的尋夢者一般努力讀書，寫作，在內心裡笑傲江湖。少年是文學的尋夢者，考伯特也是另一種尋夢者，來到卡那克阿蒙神廟的尖碑底捉住歷史，攝像，寫詩：

> 恆河的流淌／尼羅河上的船航／我記起在哈特什普蘇／女王神殿迴廊上的徘徊／和很多女人的臉／無際的大海和綿延千里的河流／我記起父親變成孩子／還有那些味道……我記起，所有／可我卻不記得／我曾經，離去過／記住，你的夢想

古老神廟內哈特什普蘇皇后的玫瑰花崗岩方尖碑上，曾經有過輝煌的夢想，一如他的少年時代。

颱風天過去以後，香港的天空再次放晴，小魚缸一直空置著，裝得下一個雨季的雨水。上世

紀最後一年的夏天，森姆颱風帶給香港一次最多雨水紀錄的濡濕記憶。那年的森姆颱風給了香港最多雨水的紀錄，帶來最多的新聞和最多的風的重量。華航客機破紀錄地在風雨中翻身飛舞，在香港九龍舊機場跑道上撞入海裡，一如森姆的颱風名字一樣狼狽不堪。

在香港生活，生活的側影在他心中留下了烙印。那幾年張愛玲突然再次闖入他的生活，和大學時首次邂逅張愛玲一樣，他在幾座圖書館和幾座城市裡尋找有關張愛玲的一切資料和故事，甚至在夢中遇見了她。在香港大學陸佑堂二樓的一個轉彎處，抬起頭，就碰見了和照片中長得一模一樣的，張。愛。玲。畫面突然切換到在宿舍裡跳馬來舞蹈的場景，有人——可能是張愛玲吧——在旁邊唱著「沙央沙央——」夢中的舞姿一剎那間擬態在虛無中。可能太震動了也可能潛意識不知道下一步應該如何發展，不知所措的，竟醒了。

那一年，讀博的第二年春，在許多人的生活中大概也是風雨最淒迷的季節，都暗地裡發生在香港機場的童話故事裡。沒有人願意對誰說起，這樣一個現代城市的，童話。

在很久很久以前，有一座建在海邊的機場，城市的發展很快就把機場逼到擁擠的小角落。每天，飛機日日夜夜地飛過城市的上空，飛過卡片上的各種節日，飛過，低低的房屋，低低的，低到可以用手去摸的那種飛翔，像摸童話中的大象那樣，可以聽到各種奇怪的叫聲。在九龍的街道上，在破舊的天台上，他可以作夢，夢見飛機的夢，夢見藍天中的飛機掉入他的夢中，夢見他自己早已經不認識的自己，夢見夢的飛翔，夢見飛機飛入他的夢中和他的各個自我遊玩，幸謙L，幸謙C，幸謙N，或者幸謙1，幸謙2，幸謙好，幸謙壞……無止境地，在都市中漫遊。

這是少年星泉的黑天鵝宿命。紛擾，混沌，風的流向，引發他生活中的蝴蝶效應。不是每個童話都有一個快樂的童年，有一些童話總會有悲劇的收場，快樂的童年也不保證會有個快樂的結局。

有一齣戲，有一則童話，可能會令他從頭哭到尾，這樣的戲和童話，他會不會想看想不想繼續聽？

都市漫遊者

啟程，在六天七夜之後，你會抵達白色之城卓貝地，全城在月光籠罩之下，街道宛若一束沙，纏繞在一起。這個城市有這樣的創建傳說：不同國家的人，都做了一個相同的夢。他們見到一個女人，在夜裡跑過一座不知名的城市。

——卡爾維諾

城市漫遊者開始了網上的過客生涯。在無形無影的空間裡，許許多多的城市漫遊者在尋找他人。

跨過新世紀的午後，世界像年少時代泰戈爾詩中的那個世界，在他們的窗外，走過。帶著過客所慣常的冷漠與溫柔難辨的神色，向他們說聲：嗨，午安，然後走過。

向過客問候的過客，心裡想的是什麼呢？把世界留在卓貝地街道的沙灘上吧，但不留下一絲痕跡，和氣息。有時候，她會說，幸謙怎麼也已經會變成網上的過客了？他曾經在無形無影的空間裡尋找她，問候她，等候她。一個又一個午後，網路的世界像泰戈爾年少時代詩中的那一個迷離美麗的世界，每日匆匆地在她的窗外，走過。

走過了，世界帶著過客所慣常的語言，有如他記憶中的她的神色，向少年說聲：嗨，早安。

早晨，他一個人遊蕩
盛夏異鄉的夜晚
有點微溫的微風吹過一座座繁華
如果說
再見是勇者唯一的最後選擇
越往城市邊界的遠處走
勇者的心裡越有愛意
勇者越在妳心裡

在網路內外他也都只是一個過客，向另一種過客問候的另類過客，嗨，在線嗎？

線上線下，他再也找不到她，在網路內外的世界中，她消失了。

在卓貝地，她應該早已不知道少年心裡的思念。他知道她也會記得許多他們當年最瘋狂的記憶。她仍然記得那些在高速公路旁那道小徑上停靠在電動車座位上的性愛狂歡嗎？記得首都那座繁華熱鬧購物商場角落最後一格試衣室內她那站立式的愛情姿勢嗎？記得那一晚趁她父母親在客廳看電視時兩人悄悄跑到樓下百葉窗前的偷情嗎？或者，那一次夜晚在首都蒂蒂旺莎公園湖畔長椅上的初吻嗎？

多少年後，在天色陰灰的冬天和寂寞的學院生活中，那些日子，他和中文所的博士班同學撐傘下坡去用午餐，偶爾也和其他國家的研究生午餐，午後突來的風，把傘給吹反了。香港中文大學小山坡上，潮濕的世界很有台北木柵的感覺，卻不全然一樣。政大指南山的歲月，雖說已經過去，卻有久別的莫名滋味，一樣的雨水，不一樣的雨聲。

春天午後，一場莫名的風雨微微的打濕他們的外衣，以及，他們盛年的臉：

我注視那些草原象越久／傾聽那些草原象越久／我就變得越可匯納／提醒我，我是誰／願這些守護者聽到我的祈望／我要以大象的眼睛去看／我想要成為這個舞蹈／我不能告訴你／你是在更接近，還是在更遠離／那張我以為已經失去了的／我自己的臉

在例常與例外之間，少年長久的注視他內宇的生活。在例常與例外之間，對很多人而言，並沒有太多伸展的空間。匆忙的日子裡，那段大學和研究所的生活，匆匆地度過。三個地域三種首

都的風情，當時並沒有太多珍惜的心情，如今愈離愈遠愈感到可貴，心情也移入記憶愈深處，對自身自我傷害。

窗外的陽光漸漸溫暖起來，又一年的春天將盡。那些年，閱讀與書寫耗去了他大部分的時光。少年毫不心疼美好時光的逝去，在星泉心中有更美好的思想和情感移居到少年的各個自我裡去，像這許多年來少年所收集的來自各方的，生日卡。

白色月光下的卓貝地，守候著城市創建者的夢境守候著少年的青春之夢。在少女消失的地方，他最終也離開了他初戀的城。一座初戀之城像一個國家的首都，而那座城正是愛情地圖中的，首府之都。

而那一年十八歲的生日卡她還保留在身邊嗎？十八歲，在德希達的筆之舞蹈中，他的寫作正是德希達所說的、徹頭徹尾的酒神狂歡。十八歲，如青春的意義早已遠遠的，消失，離開。

one thousand nights and one night
earth's last picture
the evening of evening
angel's tears below a tree
a particular tree along the roadside
waiting for no answer

青春，永不孤獨的追尋者

午後陽光

（想像在一個午後，偌大的夜，自然的躺椅，上游之上金黃的陽光，心情燦爛而多變，這樣午後的陽光，燦爛、芬芳、金黃、充滿歡樂的色彩，你或許，會因此想起某一個人。）

青春，是藍天裡不同方向的紙鳶。

紙鳶抱著不同的心態，各有不同的飛姿和朝向的目的各自尋找的故事也不盡相同。

在一間優雅的咖啡廳，少年懷著各自的心事喝著各自的飲品。餐桌上放了幾頁下午茶的心語廣告，他抄下那些心語那幾種心情，但只有一個故事。

這是少年永遠無法同時知道的故事，他在卡爾維諾的城市裡長期跋涉，在命運交叉的城堡中像冬季裡的旅人一般漫遊。在阿吉亞在安那塔西亞在齊拉在白色卓貝地，許多城市都像是牧神的迷宮，隱藏著各種連城市自身都無法知悉的祕密、夢和，欲望。

每一座城市的內心都有一塊未經磨煉的原石，而他就是那個尋找原石的旅人。他想要成為找到原石的那種人，然後將自己內心好好打磨讓自體發光。隨時光的流逝，一年又一年的端午節到了又過去，無聲無息。那一年，又一次旅行又一次穿越一座座繁華的現代城市，少年像許多旅行者一樣期待旅行永不停止。

在異域的城中，舞者的歡樂舞步和女人的疲累眼神，落葉般飄遊在這一條旅行路線上。那年代的節日仿似少年的身體般充滿記憶。他小心的把泡沫用湯匙挖掉，一顆泡沫也不留。少年不喜泡沫的奶茶或咖啡，只喜歡平滑如鏡子的一杯港式奶茶，或歐式咖啡。那是少年心口的一口井，一口湖，縮小了似地擺在少年眼前。

加了薑片的咖啡香味有著童年的記憶。記憶不只是屬於少年，也屬於咖啡，咖啡也有自己的記憶，就像品嘗咖啡的口也有自身不滅的記憶。小時候，他常常在黑色的咖啡上索尋自己的眼、鼻、嘴和牙齒，努力地想把自己裝進一口井，或一口湖中。

咖啡、井和湖，都是有記憶的活體，寄生在少年的身體中如真菌般吸食他的記憶。

小時候的井小時候的湖如今仍然沒有變成海洋。成年人的世界裡，他的前半部紅樓之夢即將結束，後半部的紅樓之夢還在他的舞台上演繹著。年輕時候的紅樓之夢早已不再，紅色的心情逝去了，紅樓也沒了，年輕時的紅色的夢也早已被各種更加原始之色取代，而原來的自我，消失了。

日常生活中，偶爾有僧道說夢，人非物換，萬境歸空。那些年，端午節前後走在上學的路上，在火車上在岸邊在湖泊在都市，在家鄉或在他鄉，他都會特別想念各方的朋友。在少年所有曾經揣測和推心置腹的朋友中，其中有幾個喜愛飄泊的男女，畫下了遙遠漫長的遷移線後，有人回到家鄉有人移居到別的城市。

只有他，他是一種隨水的漂鳥也是隨風的飄禽，一種四處遷移的遊人，畫下居無定所的遷移線後再沒有人知道他的去處。

反正，青春緊緊貼牢他的胸口，他不必在乎。

走下港大
中山階六十級的山水
漂流的企求貼近影人
消失在中山廣場
無法訴求的愛
對愛來說
是一種褻瀆

玫瑰香頌

（我曾這樣對你說：一直期待，有一天打開大門，迎面而來的會是一束美的馨香的玫瑰，對我說，你要我的花香與氣息，你要把我永遠記在永不死亡的記憶之海。）

他們是永不孤獨的追尋者，永遠走在現實世界的前沿，走在時代之前。他們的足跡永遠超越同時代的探險者，永遠在顛沛流離中追尋。

那一年的端午節，少年坐在一間河畔的露天咖啡座裡。陳舊的木偶娃娃，殘破的圓頂迴廊，空無人跡的街頭流露出情不自禁的悲傷。他說，離開家鄉的人最後只會成為兩種人，一種是不再回鄉的人，另一種是一再回鄉的人。而他們是哪一種人呢？

離開城市的人最後都要回到當初離開的地方。早在他想要正式結婚以前，他已經偕同他的初戀情人回到家鄉度蜜月，他說。在馬來西亞北方的古老殖民小鎮裡遊憩，像魂魄那樣。

喬治亞城，在他的心中不是一般人眼中的檳城。檳城是世俗的，喬治亞城才是他魂魄棲息之所。

和她不同。在婚前的蜜月旅行中，少年好幾次都在古城裡留連。許多年後仍然常常回到古城尋找年輕時候的影子。

在他們的精神領域裡，青銅雕像的青春替身讓身在異鄉的他們感到異地的陌生，然而他們蒙昧無知地照常生活，為他們所擁有與沒法擁有的心靈銅雕而驕傲。在巨大的心靈雕像之前他們不再迷失，心靈的雕像成為精神地圖中的地標。

給遠方的海島祝福吧
中山階前的孤影
海島給了我第一個端午的夜晚
守護心中一片離散的人間
教我迷失在，情感底層的荒野

在港島的街道小店裡喝咖啡，他們感到一種熟悉的親人回到了身邊的感覺，就像當年少年在中環街頭離去的時候，她立在街頭巴士站的地方注視他，目送他的到來，目送他的離去。

在黃昏小路上，這座城市的貴族已經四處離散，但他們仍在尋找他們所追求的夢土。尋找中的鄉園是一種夢土景致。然後是無止境的流離，他開始走進世界各地的雨林中考察自然生態，收集動植物標本。

從熱帶雨林到溫帶雨林，從印尼的婆羅洲各大海島到馬達加斯加島再到紐西蘭的菲歐蘭溫帶林，從巴西雨林到剛果的雨林盆地，他走入幽暗的原始森林探險，在夜幕降臨的密林深處搭起簡陋的臨時帳篷，有時候獨自在雨林度過森林之夜，千百種昆蟲的聲音迴盪在林木之間，向他展示大自然的強大生命力量。

這是他的原鄉追尋的一種形式。

很多年以後，他常到爪哇島上的高原雨城去度假，在茂物古鎮的林中獨坐在二百米高的樹冠層考察色彩斑斕的奇異蟋蟀。在那熱帶雨林曾經生活著五千餘種蟋蟀品種，隨城市與人口的發展如今已所剩不多，只能在隔島的蘇門答臘島上找到更多的品種。

高空樹冠層的觀察小站就建在動物空中通道之間，那一天的暴雨突然落下，他獨處在暴雨中，在匆忙往下降落的途中他看到對面樹上一隻紅毛猩猩抱著小兒坐在樹葉圍成的葉傘下躲雨，她憂鬱的神情他至今仍時常想起，特別在他失落的時刻，他仿似回到那天的高樹冠小站上，陪一對猩猩母女度過一個暴雨的午後。

他此時並不知道，他日後會逃到雨林深處的神祕生態之中去觀看天地自然。此時他還不知道以後會喜愛自然生態的原始森林，在夢幻似的大自然裡生活。

那是大自然的天堂，他在世界各地錄下很多特異的自然生物的森林聲音之歌。大多數時候他像一隻稀有的毛毛蟲在無人知曉的樹葉底下過著隱祕的獨居生活，常常面對著九死一生的危難時刻，幾近受到毒物的攻擊，幾次從鬼門關口走回人間。

此後他在大自然中尋找夢土的景致，尋找美麗而複雜的生態景觀。

他們共同的興趣讓彼此看到世界偏遠地帶與各自心中的山水鄉園。他們夢土中的山水源頭的生態最為豐沛，有如最遼闊的原始熱帶雨林最遼闊的千里沼澤，最壯觀而悲悽的半環形瀑布，還有流域面向最廣大的河域以及最長最高的山脈。找尋中的山河穿越時空的夢想，帶他們返回年少返回悲喜不定的旅程返回年輕的，時光。

都市的煙塵把初戀的人帶到不能重來不能回頭的生活之中，脂粉香沉的糾纏不斷的故事逐年地淡忘了。漫遊者是那些像他們一樣曾經前往神話邊界尋找過神性的藝術奉獻者，一一坐在張愛玲的時代列車中轟轟地悲壯前去，像美杜莎一樣的夢想，在沉重的大時代中沒有任何的啟示，在現實的斷瓦頽垣裡過著平淡的，生活。

在逝去的時光中思念愛過的人和愛過的地方，那些偶爾想起的，往事。

晚安湖水

（沒有惱人的事情，你們剛剛才互相輕輕說晚安，月亮靜靜的掛在夜空，平靜的心緒一如春日的湖水，今晚，且讓我帶著你的笑容入睡。）

一個人的生活並非簡單、也非複雜的展示場景。

他們一起在家鄉的城市和異國的都會中追尋自我，在自我的可能替身中尋找到他者。

兩人過著各自相對自由的生活，幾次經濟蕭條的時期在心情起伏中過去，他的日子好像在原地踏步，匆匆數年他已經感覺老去。沉默的面容一直是日後生活中的常景，直到他在語言中找到自我的形式，直到心靈終於復歸的許多年後的晚年直到他心靈的亡魂重返今生的現實，他都在對抗日常生活的世俗化誘惑。

他的世俗化與祛魅在他的寫作中斷斷續續地進行，然而毫無終止的跡象。在一種既簡單又神祕如西蘇的自我處於各種他者之中的寫作方式，讓他深感重複性生活的壓抑。

如今他是青春的他者活體，處於內心的符號之中，在他所寄身於文本的墳地。

他更多地投入野外民族誌生態考察，生態考察的筆記寓生在他的生活之中，在物種之間在生態之間在主題之間在語言之間在象徵之間，在他和他凌亂的素材之間，某種密不可分的關係之間構成他的民族誌筆記，日後他的主體現形的地點，再沒有童話。

他帶她到廣西新發現的史前活化石植物品種植地考察，在偏遠的海拔一千多米高山區觀察站木屋，考察一度被認為已經滅絕的古老珍稀杉木，在原始杉林中會滑翔的飛鼠，以及依靠飛鼠糞便生長的金釵石斛蘭花，在他帶來的音樂聲中，他們放慢腳步觀看史前大滅絕中生存下來的絕美物種，然後把山林的影像帶回城市中繼續假性快樂指數的現代生活。

現代城市曾令他開心快樂過。那時候，許多年以前，少年記起她播放起剛剛新買的陳淑樺的卡帶，告訴幸謙說，她喜歡那首歌。這是他如今還帶在身邊幾首歌曲，品味她當年的少女時代的夢，那個已經消失的追尋新生活的創造者，以及消失的新時代的生活。

那是前喻領域中的心靈邊緣地帶，他們帶起各式人格面具生活的新時代，內心深處仍然想要追尋純粹的生活方式。在節假日中特別想要離經叛道的一種生活，直到某一年端午節的來臨，醒來的時候窗外的天色布滿雨雲，不久就下起雨來。一覺醒來已十一點多，節日已來到二十世紀最後的一個詩人節。

圖書館在端午的傍晚關上
詩人死後的人間
為學院保留文本最後一片的淨土
我獨自坐著
而你走遍校園
找尋自己的消瘦

下午的時候他到書房寫信給台灣的朋友，客廳傳來當年她喜愛播放的那一首陳淑樺的歌。很平常的家居生活很典型的日常的日子，他對遠方的朋友說，他想起以前年少初戀的日子。很多記憶變得很美，很多事發時的不快，經過時間的釀製後變得美好起來。不料，他的朋友日後來到他家裡借宿時，竟把那封信夾在書本中讓他妻子看見了，她大大地發脾氣鬧了一場，他想起他這些年來的生活竟在朋友面前有點歇斯底里地痛哭了一場。

家居生活化作年年端午的雨水。夏天的雨落在窗外的三隻青銅馬上，仿古的飛奔姿態和色彩在細雨中伴少年再一次一起聽歌，看水池的噴泉在銅雕馬的身旁飛吐。花園中的小柏樹，白蘭，花開季節之後的杜鵑和大片的白鶴芋，在青銅馬的飛馳中駐足觀望他們的生活。

對著沙田的跑馬場，細雨在飛吐中深入景色。少年發現陳淑樺的歌曲在許多年後還是很能打動少年的耳膜。遠離年少的日子，快樂的人也有權利悲傷。貼在胸口的午後時光，有過去年少歲月的不真實感，一種直接和禁不住的界面間，少年捕捉到駐留不去的點點記憶。

反正秋天還早，夏天才剛剛開始。反正有整整一個暑假的時光貼在胸口，少年至今仍聽得到陳淑樺歌唱時她的心跳。

當年拉曼學院的歲月，少年告訴他的朋友他首次聽陳淑樺的歌的時候，也正是他剛剛初戀的時候。

那一年的端午節，他把兩粒母親包裹的粽子和陳淑樺的一個華語專輯介紹給少年聽。他當時並不知道那是否也是她所聽到的陳淑樺專輯，卻仍感覺到她的歌聲裡有她，和她一樣，奇妙地，感覺到非常美妙的一種失去重回心靈的一種感動。

無法訴諸
詩人的節日
詩人已死
死者必然有方向有什麼流程

我像是繡在胸口等待的扣子
無法收集島上所有來自海外的想念
毫不知悉
妳已給我寫下試煉愛情的詩句

鄉村茉莉

（微風吹拂著茉莉花，無瑕的茉莉像個羞澀卻又豐高甜美的鄉村少女，甘甜中帶著清秀，潔白中動著嫩綠。有一種欲言又止的羞怯，以及，無法抑止的青春氣息。）

青春，不是語言簡單的展示體，而是他以血肉簽下自己名字的生活座標。

第一次戀愛有如第三類的接觸。在燭光中，印在牆上的黑影，到天亮的時候還未曾消失。消失的，是日後人生的人文主義精神。

反正，青春貼在胸口貼在陳淑樺的海洋之歌的旋律中，貼上，悸動波浪中少男少女的情愁。遠離海岸的海風吹動心頭的憂傷，鏗鏘有聲。

反正青春貼在胸口。那種感覺駐留不去。不想不想不想，就真的要忘了嗎？不看不看不看，就真的消失了嗎？十多年的茉莉花之香，逝者如斯不捨晝夜，轉眼那已是許多年前的事了。

當時少年在想像中把青春歲月稱為海洋季節。海洋季節中的各種各色的風華，雨季過去了又重來。青春年華仿似達利的超現實主義的畫像，在畫家對於他的伴侶的畫像中，永遠戀愛下去，加拉這個女子成為這一個男人永遠的戀人，他的守護神他的繆思他的模特兒他的知音他的妻子，而當這女子死後，他再也無法創作。少年曾經嚮往這樣的愛情。

青春正盛的海洋季節，青春和年少已經到了中年，可以獨坐在一起歌唱談天，靠在陽台的落地長窗旁消磨整個下午，時光再次回到十八歲的那一天，喚起未曾溢於言表的往事。

在一頁特製的端午節卡片上的一角，寫著，當年他們買不回的青春，今天竟然沒有變老。當年的少女少男今天領略了情歌的節奏和古老的詞語。那些藏在歌中的年少歲月，和他們一樣先後都經歷了各種情愛的試題。

她在太陽系的中心注視她自己，光線爬行在枯木與腐葉層上的亞瑪遜巨蟻，爬過砍伐殆盡了的雨林爬過無風的海洋爬滿她的全身，像蝨子一樣鑽入神經系統，在她的皮膚底下爬行訴說風經過海水乾涸以後的願望。

那時他看到別人無法看見的年輕身影在臥房的天空升騰，幻化出在他們居住過的度假勝地裡。風景在回憶中形成迷宮的幻影，令人神往的伊甸園。中年時候所追尋的上古黃金時代，中晚歲所不敢碰撞的青春之泉，神界的真實世界與人間的天啟及救贖，一剎那間都被證實了，同時也被取消。

在他們初次的戀愛中，各自先後粉碎了他們對於初戀的神話和禁忌。他們像過客一般在香港的各個角落旅遊，白色的海鳥在海面上群飛，小提琴的音聲自古老的街道響起，飄過教堂，隨飛鳥飄浮在藍色的水面，說出他們的故事。那是一個二十世紀末的現代婚禮，在歷史三百年的古老禮堂中舉行，然後呢？

不說不說不說，就真的有人懂了嗎？這一切無法觸摸無從再次體驗的時光，以各種文字的形式再現，那種頑強，就像卡羅十八歲那年經受的車禍一般，身體被電車的扶手刺穿骨盆，腰椎經受三處斷裂，右腳被壓得碎爛，右腿十一處的骨折，鎖骨和兩根肋骨斷裂，左肩脫臼，骨盆也有三處破裂，卻奇蹟般地活了下來。這就是青春的力量，在少年的詩中，年復一年在他日後的寫作中如活體重現。

多少年後，他們從文學的潛意識場景來到心靈的潛意識場景，從自我的小國度來到生活的大歷史場景。他醒來，發現躺在醫院的病床上。病床是他日後的歷史場景。當歷史場景移置在醫院中，他滿眼看見四處躺在病床的病患，連走廊都塞滿流動的病床。滿室被推來推去的做各種檢查的病人有如流竄的吉普賽人。

這些有關自我和病患行者的片言隻語，是他們永遠無法同時聽到的故事，一種平靜的青春。到底是青春動人，還是風情迷人，有人一直忘了發問——妳說，不想重複，卻又不得不重複，一個詩人筆下的異色戀情，以細微的差距進入詩體的，青春。

五　無聲男版的女性主義發言者

我是從另一個性別的視角去認識三十歲以後的世界。

我是沒有聲音的發言者是沒有性別的男人與女人也是一個男人隱身在女人的文本之中，這位置在寂寞長廊伸向各種流程的總站。大約有十年的時間，我感覺就像重走了一次男性版本的美國女性主義者里奇的道路，以一個男性研究者走入女性主義理論的深淵，開始我的博士與博士後的生活開始研究張愛玲和女性文學。這種感覺是一個從黑洞走出來的家庭主婦，像里奇在易卜生的舞台上演繹了女性版本的「當他徹底覺醒的時候」的劇碼。

愛情需要女人自我放棄。當她沉浸在被動的懶散中，閉著眼睛，無以名之地迷失時，她感覺到被波浪掀起，被黑暗包圍，是子宮墓穴的黑夜，她被毀滅。當男人離開她身體時，她又發覺自己已墮落塵世，躺在一張床上，再度有了名字和面孔。

——波娃

當我清醒時，發現我的劇碼卻不是男性文學家的那種覺醒而是里奇那般屬於千萬家庭主婦一種微弱至極的覺醒意識，但不只是對里奇來說已經足夠對我來說也是，夠了。

上世紀的最後的三十年發生很多令人振奮的意識覺醒的事件。在我三十歲之前，漫長的沉睡無語的意識深埋在內心黑暗的角落，一旦覺醒早已年過四十轉眼，又將來到知天命之年。

這位置並不缺乏美而是缺乏發現愛的能力，也並不是生活缺乏藝術而是缺乏促使藝術成形的夢想的能源。在以後的十多年歲月中我遺失在，神奇的洞穴，傳說中，一千零一夜之地。

除了里奇，波娃是另一個令我改變世界觀的女人，另一個她。在離婚後的生活中繼續學習去愛，在大學講堂裡開設愛情教授文學與電影的愛情主題，借助波娃的愛情觀，去做一個女人或一個男人那樣去取悅所愛的人而不踐踏自己不貶低自己也不物化自己而是全心全意，去愛，然而我沒有找到愛也沒有找到文學或者，文學的愛，甚至愛的文學。

這一個她，是上世紀三、四〇年代寫下女性主義理論的奠基之作《第二性》的女人。她不會料到，在上世紀最後的三、四十年裡，她的觀點影響了多少的男人與女人。我是其中一個被影響的離婚族人。她讓許多女人更加了解女人。她說出女人所不願說或根本不懂的名言：對女人而言，肉體的愛是一種墮落，因此女人的性必須有愛，只有愛上男人以後才能消除女人對於肉體的墮落感。

這其實是中國傳統說法上的性愛，性在先而愛在後。愛，曾經是女人的宗教，但已成為過去式。如人想要安全感，但在愛中，最缺少的恰恰是安全感。真實的愛，往往就在冒險式的體驗中構成。在波娃看來，以前那些屈膝下跪的聖女把肉體獻給上帝，而現代床上做愛的女人則把自己像貢品一樣等待上帝的到來。這些事，也許是波娃才能體會而不是男人所能了解的事。

對於我而言，上世紀最後的三十年發生了很多令人振奮的意識覺醒的事件。然而我無法像波娃那樣，要求自己像女人那樣想要完全擁有男人又要求男人去超越一切。女人的愛遠比男人更加矛盾，雖然大部分時間比男人超越卻也較男人更加內囿——想做好戀人又想要做好賢妻良母的角色。

上世紀的最後的三十年發生了，很多令人振奮的意識覺醒的事件。在我三十歲之前，漫長的沉睡無語的意識深埋在內心黑暗的角落，一旦覺醒早已年過四十轉眼又來到了，知天命之年。

在某處深深幽微光線的地點裡，波娃遠去了，蒼老爬上茖哈絲的臉龐，那也是一處完全虛構的歲月場所。日後中晚年的某一個黃昏，那個內心曾經充滿各種幻想與追求的少年的我，一直懸置在青春廢墟中的故居之中，一個有關自我形構的舞台，思念如後院的盛花凋零。

當我意識到可能覺醒的時候，內心的美杜莎終於也甦醒了並說出，我的微末的故事我的無著無落零散的心緒。美杜莎的微笑仍然絕代無雙，把我推向自我消亡的人潮，我仿似無名的世代飄移在心界地圖上，充滿巨大而驚人的美杜莎的欲望，與夢想。

夢想有如我的寫作誕生於馬來半島的路上，在一個有著亡故的父親和異國土生母親的新生國度裡，我以他族的身分以及他人的語言誕生在這片熱帶土地上。這是我和凱魯克亞和魯迅和里奇和西蘇等許多人直奔自由的文本國度。路上，他和她，他們倆，衣裳飄飄，在七月的木窗與石階前，走向內宇陌生而廣漠的曠野：

我就是你要我變成的我，在你注視我的那一刻你想要我成為那樣，而你在任何時刻都用一種過去從未見過我的方式注視我。當我寫作時，從我身上寫出的是我們不知道自己會變成的一切，不加排斥，沒有契約。

——西蘇

時間溶解，一朵死亡的飄流

Terkapar kapar ku kelemasan
Sakit dilambung ombak kerinduan

Ku menyusuri jalan berliku
Membiarkan hari hari berlalu
Namun wajahmu bermain dimataku
Tiap waktu*

酒店

七月追隨一個青年的時空邁入回返家鄉的行程，家鄉在高速公路上切割視野和他的心情。

每年他一再回家，重複了二十餘年從不間斷，但他從大學始就已經知道他永遠回不到同一時空，在同一地點不同的時空瞬間他無法回頭，再也回去不了的宿命，消逝在相同的地點。

大道年復一年穿過雨林的故土，從消失已久的原始森林的內部伸展，被現代工程摧毀的大地在歸鄉人的眼裡展示森林內在自我的原始面貌。故土從此永遠消失在叢林。

天邊，陽剛的柔性地平線上布滿赤道傍晚赤紅的晚霞，映照著年少戲潮的沙灘。暮色中，突然一陣暴雨降下，聲浪巨大，彷彿穿透車廂。青年這一次隻身回國，竟在班機上遇見出國開會的大學老師，老師熱情的招呼青年坐上來接他回家的轎車，才剛開入大道不久，天空突然下起暴雨。

首都的黃昏竟以對比如此強烈的晚雲和暴雨迎接他。

這種身在海外多年而未曾目睹的景象，使這片土地成為獨有的地方。

在這裡，赤道的天性喜愛質樸的星空，喜愛奉獻自己。整座城市，隨青年住進首都邊遠小鎮的酒店。第一夜，窗外的長街就急不及待地橫切過接下去的一個又一個失眠的夜色。第二天早上，窗外一片柔藍的地平線獻出自己，抵達遙遠的童年。酒店的早餐桌上，落地玻璃窗外射入的朝陽明白了自己的遭遇。

隔著一張餐桌，兩個日本中年男人在喝咖啡，年紀比他大至少十年，不久另外一對男女加入用餐，享受著當年他們侵略過的土地的款待。青年則想著，他要如何度過他在家鄉第二度重回單身的日子。

餐廳裡傳來已故同窗學長的情歌，蘇迪曼的歌喉習慣以中性的聲調撩撥起離鄉人內心的荒原。一個俏麗的印度女郎，以一口極為白潔的牙齒展露笑容，在接下去的三個星期裡每天早上為他準備咖啡和兩粒半熟蛋。

回到家鄉首都，青年的皮膚敏感症竟又開始惡化起來。他懷疑自己患上的正是張愛玲晚年所苦的皮膚痕癢症，似有無數的蚤子寄居在身上的那種痛苦。自從分居後，他看過四位普通科醫生和四位皮膚專科醫生，至今仍舊沒有完全的診治。最後一位皮膚專科醫生從他身上割下一塊皮肉化驗，才開始看到自身的血肉所要對主人講訴的故事。這是一種現代醫學上至今仍無法找到合理解釋的皮膚微血管發炎與免疫系統失調的病症，簡稱PLC。這種十分罕見的病症，如果年內不好，便可能成為長期病症。

後來他在北京大學演講時一位傳記學專家告訴他，這情況在傳記學裡很常見，許多研究傳主太過深入的人，寫完傳記後發現他們都患了傳主生前的病症。這在我們的專業領域正常，可以說是一種職業病。

原來學術研究裡，也像藍領階級一樣也有自己難言的職業病。

嗯，放輕鬆些，不要喝酒，每天充分的睡眠，這樣我才能夠幫你克服人體身上這片最大器官的病痛，醫生說。這器官是無窮盡的野蠻叢林，他必須十分小心注意自己的情緒和精神狀態。他沉默著，從墨色的太陽鏡片中盯著他的眼神。那天他走出中環連卡佛大廈，街道陽光燦爛，他感到皇后大道中的心底一片荒涼的冰冷。青年想起古代小說裡，一些無端患上皮膚敏感病而身體潰爛的故事，他們有些遇上神醫或神仙人物，但他呢？

（在漫無秩序的凌厲中沉溺，痛苦隨海潮飄蕩，大海茫茫。）

別後的鳶尾花

青年沒對她說過，他喜歡班雅明在流放生涯中所記下的世界印象：認識一個人的唯一方式就是不抱任何希望去愛那一個人。

班雅明對花卉的鍾愛遠遠超出世人的凡俗。相愛的男女最依戀的，最終是他們自己的名字，深愛的人最愛的，往往是自己。這是天竺葵的絕戀。至於那些愛與被愛的人，其實都像是謝絕凋敝的康乃馨：看起來總是有些孤獨。

在他有關鳶尾花的想像中，他首先想到馬可波羅尋訪中原帝國路上所經過的一座城鎮，像美拉尼亞（Melania）那樣充滿了奇花異草的國家。就像當年馬可波羅一樣，每次他走進廣場，同樣發現自己置身於各種花木與花木以及人與森林的對話之中。他想讓他依戀的生活隨他進駐每一座他所喜愛的城鎮，在滿是花卉的街道上散步，引導他，走入更深的城堡的中心廣場，遠離雲霧的雨林。

在這座由鮮花建築起來的城裡，一種花卉被另一種花卉取代，死去，誕生。城裡這些對話的參與者一個接一個的死去，同時接替他們的人也一個又一個的誕生，男男女女，每個人選擇的角色都各有不同，都是世俗的展示與繁衍。

在這裡，歷史與神話在他的寫作中變得空洞變得，難以捉摸。他不斷記錄如今讓他可以擺脫哀悼的文本。他的人生就是他的文本。落日，分裂的落日，都是他敘述生活的文字和修辭。他透過令他痛苦的欲望去觀察他的世界，最終使他成為大虛無，成為過去和未來。

一切啟蒙的語言，他都覺得可笑，而且難以理解。

記憶就像種子，亡者和未亡人的歷程通過記憶的中軸線把兩個世界貫穿起來。在他掏空了的骷髏中回到生者生活的土地上，他的生活渴望開出花叢燦爛，想要重回年少時代。那些深埋在他內心的青春事蹟，在解禁的體制裡放縱，自甘墮落，卻又如此不甘。

離開美拉尼亞以後，在他的家人和幾個生平好友的生前死後，他滿心匱乏，無可迴避的內在憂傷從年少時候，就已開始。

情與慾的洗禮很早就已到來。他開始時以書信的方式去征服女性，把她收編在他的情人隊伍中。他的文字塑造出連他自己都無法知曉的一個奇妙敘事者，代替他向異性表白內心的風華。

他成為為所欲為的敘事者，奇妙地，讓他感受到萬物向他回歸，變化豐富而自由，如紅色的葡萄酒渴望穿透時間的束縛，這個敘事者代表了作者而且以更加真實的方式出現在收信人的手中，接受女孩手指的輕撫。

後來，形式不斷地轉換，電郵和手提電話也成為現代人最流行的交往與攫取異性的方式。生活在城市景觀中幻形異變，在科技的創新中轉變為身體與生活的一部分。他對形式的轉換感到痛苦。他告訴她，這變化多端的城市是一種容許任何自嘲形式的皇宮場所，一旦走入，就無法再走出去。

每次離開一座城市，他都會留住一分有關花的記憶，獻給美拉尼亞。而當記憶來到勿忘我的面前，總使看到被愛的人越來越渺小；而在常春花的背後，影子變得越來越巨大，那些被愛的人的身後，情慾的深淵就像家庭的深淵那樣封閉著。所謂仙人掌花，是能使真正深情的人以找到心愛的人為依歸，並永遠相愛。而喜歡辯論的人則以找到錯誤為樂。青年不是喜歡辯論的人，但也可能今後再找不到仙人掌之花，或最終能夠依戀的天竺葵之花。

青年害怕他最終將失去自己的名字，終將面對天竺葵的絕戀。至今，他仍保留著去年七月她遺下的那束鳶尾花的，告別語。

一早醒來
知道你已遠去
就讓鳶尾花飄在空中
遙寄，唯此刻

小山坡上的木屋

「木柯」是花朵，「瑪帝」是死亡，「林土」是思念。

這些馬來文的中譯詞，都是別後鳶尾花凋敝的悼詞，被他流放在故土荒廢的家園。

終於在這麼一天的午後，青年決定去找尋他們童年的舊居，或者說，去尋找他在異鄉的冬夜裡對她說起的那一座城市。他在一間分不清是不是他們經歷了初戀的小學的門前，想像當初他們尚未漂流異鄉的童年，如何在半島首都邊界的殘破新村裡長大。孕育出，當代社會中最富有精神文明的新生活。

青年捕捉到他們當年清麗的稚影，和保持至今的笑容與眼神。他從學校的門口，遠遠望見一間破木屋。那是開啟她生命情感視野的老木屋嗎？被廢棄的木屋，活在四周華美的建築群中，在午後的陽光中展開她的寓言，充滿哲理，像一朵殘凋的蓮花層層包裹著史前祖先記憶的童謠和不為人知的故事。看起來，那地方遠得很。

這是在青年所追尋過城市中，最遙遠也最接近一次的天啟錄。

從來沒有像阿達瑪（Adelma）那樣的難於找尋那麼的遙遠，奢華。阿達瑪，阿達瑪城就在山坡上。上岸時他正逢年少，回程路上他已經老去。青年慶幸他曾來到這座陽光澄澈的城市，不過很不幸地，這座城市並沒有出現世界上任何一張地圖之上。

在這座城市，當一個人認出另一個人時，那個被認出的人就會消失；只有當他被任何人想起時，他才會再次現身。不過當他再次現身時，那個已經老去。

站在十字路口上，青年盡量地裝扮成不同自己的另一個人，以免被任何人所認出。他不想在別人的記憶中老去。

後來，青年想前往他最鍾情的城市伊希朵拉，然而那是一座更加遙遠更難尋訪的城市。他四處尋找了許多年，一路上他沒有被任何人認出來。當他身邊的人都老去時，青年還在享受他的青春。就這樣在長久的迂迴的漂泊之後，他終究會身處何方他自己也完全沒有想法，可能會是在布滿花卉的廣場，也可能是一座有著另一個和他一模一樣的青年的城市。青年必須往前走下去，前往下一個城市，在那裡也許會有另一個他等著他的到來，或者，有如卡爾維諾所說的，是某種原本可能是他的未來，等著他。

夜晚，年少的異鄉男女在燈下夜讀，帶著忘了青春的夢迎向另一天色未明的早晨。在童年的木屋內外，誰知道誰曾坐在那裡哭泣過呢？哪一個角落曾一再收集過他們天真的淚水，哪一個角落又曾在淚水落地的一剎那間，召喚他們日漸蒼老的心境？

他踏過童年和少年踏過的門檻，如鑰匙般解開故鄉與異鄉的謎，開啟通往海外的地圖，日後成為理想澎湃洶湧的，自由主義者。

天剛剛微亮的時候，他看見異鄉人在離鄉前的少年歲月中走下門前的斜坡路，坐上了中學的校車。那是離鄉路程的首站。

少年開始了他離家在外的日子。從求學生活到為事業而忙，他沒有太多空間可以安放所謂的自我。在空無與存有之間，他的自我從來沒有容身之處。他討厭起所謂的追尋和一切所謂的幸福與安逸。從不想追尋卻從來沒有停止過追尋。

他像人類學家一般的痛恨探險和野地考察，更加厭倦了內心世界中一切有關心靈的活動與事物，厭惡至極。

離開阿達瑪城很多年以後，這座城市的雨季還沒到來，他的生活慢慢變得平靜。平淡的日子，身體逐年在彼此間失去魔力，生活在事業的追求中受挫而把男女帶向雨林的沼澤地帶。荒漠地帶讓她回不到起點，把生活僅有的位置給婚姻侵蝕得一乾二淨。

他把個人的小我融入大生態的大我宇宙中。他有時感覺他的生活像極了這一座熱帶海島上獨有的屍香魔芋花，感受得到，來自他身心深處的腐爛的，芋花味。這一種散發腐臭味來吸引昆蟲散播花粉的屍香魔芋花，金色花粉，綻放的花期有時可長達，一百五十年。這是他一生的寓意。這一百五十年的時光，也是他從小自我走入大自我的時間。

每當屍香魔芋花盛開的時候就是他更深走入童年小屋的時刻，就在一座無名的小山坡上，曼陀羅星像使者般以一種道家的形式降臨，檀香繞柔，他陷入，無為哲學的理念中無法自拔。

木窗

窗口有了命名的能力，那是睡床前方一處語言來去的出口。窗扉最本質的特徵，不但懂得雨林最終的聲音，也知道童話世界中孩子最真實的需要。

那一扇木窗後面深鎖著早已被主人遺忘的美夢？那一扇窗扉至今仍記得她溫柔的手掌？經歷許多年以後，他們又是否還記得那些季候風雨的午後曾用怎樣的心情關起木窗？

在他心中只有這木窗知道他的大學時代不是他美好的青春。他美好的青春發生在有她在場的戰場上，存在於逃亡的路上。有她，獨有的煉金術的時光中。從少年時代起，他就再沒有能力掙脫她用四肢環抱他的姿勢。他至今仍毫無力量抵抗她趁著四野荒蕪的黑夜伸過四肢擁抱的初夜，給了他家人與愛人一樣的溫暖。

他感受到無數次在她的擁抱中睡去，直到再次被驚蟄般的擁吻弄醒，為沒有明天的夜晚再愛一次，為死亡的戰火隨時到來之前的黎明再愛一次，那麼樣的狂野，極致。

許多年後，他去到香港中大新亞教書，在國內外都打聽不到她的任何消息。雨水在窗外找到自己身分的歸宿，心甘情願，是等在窗前的日夜。

窗扉一年年的開關，他們逐年遠去，似乎忘了早年窗子內外流蕩的心情，或歲月，故事年年被框架著，塗抹令人喜悅或心酸的色彩，自己也變成了一扉電腦視窗，一扉立在城市中心教堂樓上正中的，視窗。

時間落入源頭之地，他，落入沙特「沒有出口」劇作的舞台場景上。他生活在視窗內無法從永晝和永夜的密室中逃離。他的人生陷入無窗無門的境地，無法從自己和他人的目光中逃離，有如失落的碑文和語言，在沒有出口之室沒有出口之國度，他一度以為他再也無法從生活的縫隙中逃離。

告白，或者傾訴，難免都會略帶一絲自嘲的意味。他為盲者觀賞為啞者歌唱，卻無法為他的自我求歡，經過多年的苦修禪坐，他漸漸有能力再次感到童年時的心曠神怡，就在他回到小屋前的庭園裡的時候，他看著年年花開花謝的杜鵑花、胡姬、勿忘我、迎春花、百合花，輪流交替。

在歸於完整之前，或在趨向分化之後，他像女人一樣在強勢霸氣的男性資本社會前面面對將要腐化的自我，在他被內化於功利關係的象徵秩序之前，他已沒有自信將會保有完整的主體性。

自我在他的心靈領地只是混亂主體的一扇窗，望得到豐盛的場景。他後來也曾經名望顯赫，功名事業如日中天，婚姻美滿，然而一個巨大的疑問突然入侵他內心的大陸，生的風帆來到無風的地帶，進入現實的另一端，生活的追求，全都出現了矛盾。

穿過生活的視窗，他發現他失去悲傷的能力。城市化一直深入他心靈的奧祕之地，深入深不可測的古老大陸，癡人說夢般在違反人性的商品物慾和名利中來到，新時代。

他的新時代中永遠有黑暗的力量。永遠有，超然的現實與夢境的無限釋放。在黑暗中他看得見白鴿群飛。在沒有月色的花園裡，他一人走在黑暗之間，晶瑩剔透的黑夜，純粹的一個漫遊者。

這扇青春的窗，就像一座會作夢的城市那樣，是由許許多多的欲望和恐懼所構成，有的隱密有的荒謬，暗藏了所有有關夢的一切事物。這是屬於他的，看不見的城市。就像所有的夢一樣，一切可以想像的城市，都可以入夢；而一切可以作夢的，也都可以建築為一座座壯麗的城市。

最意想不到的夢，創建了最神祕的城。這一生走過的路程，所有路過的城鎮，就在開開關關之間漂移在遙遠夢中的雨林，留下渴望傾心的擁抱，等待下一次推開窗口的藍天。

在那些傾心的時刻，他們將是那一扇伸向何處的窗口？

荒徑

一道通往外公廳堂的小徑，荒廢在草木的竊竊私語中。她長大了，母親的女兒變得比當年的母親更為美麗，而外祖父的女兒卻在小徑的盡頭老去。首都的夜色降臨在破落的遺忘之中，響起遠古的童音（時間碾磨著／緩緩，像成熟的太陽，迴轉歸來的行程）。然後他們離去。

遠離童年曾經庇護他們的家園，像愛情，從不管對方是否已是一無所有（的離去）。石階總是忘了自身的低微，目送他們來他們去，自己留守在風雨浪跡的飄搖。她林姓外公走了，而他的陳氏外公去得更早。

有些事，總是來去得不遲不早，直到班雅明在漂流異國的生涯中以作者的身分告訴他：當你賭輸了一切的時候就不要再故作清白了。她的回應竟是，當一個人賭贏之後，一切都不再存在了。

他情願讓她賭贏。一如他們相信真情（理）和忠誠比什麼都重要，但他們都一再背叛自己和欺騙對方，在情感是不可背叛的門檻內。

最初，他們的詩篇以一奇異的詞開始了它的人生旅途，在第一行裡就急於表達破碎的自我，任狂風暴雨的早晨到來。第二天，他發現自己醒在詹諾比亞（Zenobia）城內的酒店裡。從窗口望出去，看得到山坡上最絕妙的風景，街上許多陽台彼此交錯，欲望之城，人行道由東方華夏諸神的傳說所連接而成，懸吊的梯子通往不同的諸神或魔鬼的住所。這座城市沒有區分人類居住的凡塵或天神居住的仙界，然而卻有更多的小宇宙：欲界，色界，無色界，迷界，此外還有四梵天，三清境。

說起來，創建詹諾比亞城的人已沒有人記得起是誰了，一座快樂的城，應該有快樂的創建者，以及零憂傷的居民。在這裡討生活的平民百姓沒有任何人會提起痛苦或哀傷的語言。欲望經歷了許多歲月以後，還原為城市的夢境，讓他最終可以在另一種城市裡，遇見他的未來。或者，他的過去。

那是一個由多元種族組成的城市。時不時，有宗教的衝擊與種族的矛盾，最終將他送入牢獄。他從此開始了另一段精神荒原的拓荒歲月。在破舊骯髒汙穢擁擠的牢房中，他時不時回憶起那個女人。他的囚禁生活，沒有曲調沒有詞的歌，也沒有人吟唱。他出獄後，他寫下的詩，已沒有意象沒有死神，什麼都沒有的一無所有，只有恐懼的孤獨。

荒徑帶引他，來到一處故事發生的所在，一齣發生於海邊的悲劇。而他的故事，只能發生在他失去自由和得到痛苦之間的地域。

如今他害怕再去看大海。他恐懼海浪拍岸的潮聲，聲聲不斷，一年復一年地，似有直到老死的那一天。每到夏天，重生的鳳凰花在路旁靜靜怒放，催促時光回流，去勢匆匆。經過整個冬天的等待，相思花再次染黃了後園的山坡。紫藍色的藍花楹在黃昏中迎風飄搖，魚木樹的燦爛花叢，各自以不同的神姿走入現代生活的神話情境。

歡樂的結局比痛苦的開始好，就好像悲劇的戲碼比沒有戲碼的悲劇好。曾經，他以為自己可以飄浮於體制之外，全心投身在文學之中。這一點不足為外人道的寂寞。他記起那個女人當年所說的故事。永遠的，記得她年輕的眼睛裡充滿了星光般的淚光，迷濛中，原始純淨的藍天夜裡的，一張神幻的，甜美的臉龐。

他想起某一年某一座城裡來了十號颱風的一個早晨，城府深沉，鬱金香過早的凋萎了。颱風過後，另一年的春天不過只是一個藍色的瞬間，眼裡耳裡到處都是異鄉人的足音，寄居在藍色半島的夜空下。

他感覺他像一隻藍色的獨角獸懷念起她走過的故鄉的，小路。

石階

（時間溶解，流向自身的元素。在那裡，他成為流水的子女。）

天涯共此時。她是否和他一樣曾在放學後或假日無聊的傍晚坐在階上等誰？

七月的陽光陪他坐著，在石階級上。在他們獨坐的時候，總會有別人的身影在主人不知覺的時刻、在遠離他們的遠方陪他們坐著。他們都不知道彼此將如何陪伴彼此。

走上石階，往往會走到新的生活，看得到新的事物和未知的故事，喚醒心中沉睡的心靈，靜觀宇宙，想念萬物萬象。那些年，她特別想念她失散多年的母親。她母親家族和魯迅的元配夫人居住在同一個地方，和同鄉人一起生活。那年代，同鄉的女孩很多都共同擁有縹緲無名的青春，同樣的無憂無慮，然而一旦失去男人沒有丈夫以後，無一例外都老死在寂寞孤獨中。

除了家族史，他的師母沒有留給他更多她的個人故事。她的形象只是銘刻在他身上的痕印。他在她眼中看到他自己，她看到的是她早已逝去的時光。那是魯迅元配夫人逝去的青春，抖落在他們身上。暗中的無名花，貓頭鷹的不詳之言，僵墜的蝴蝶。

他知道，同樣的景物她一一都曾在異鄉見過，只是心情略有不同。一如魯迅和他母親在家鄉看過的地平線，當年她母親的家族也在家鄉同樣領略過地平線的，起起伏伏。

很多話要對她說。他突然想要買一隻她長大後所喜愛的香脆乳鴿給童年時候的她享用，剛燒烤好的。很多話，想要對她說，但不是此時的她，是童年的她，是少女的她，對留著長髮的小女孩說，對穿著校服走回家門的她說。她可能會比較乖，比較像他想像中的女子，就像一棵樹，誓言等他路經的時候開滿奪目的花的一棵樹。

他經歷了深淵般的掙扎，最後感召於一棵等了五百年的盛花碧樹的感動，走出內心的荒原。世間所有美麗的樹木都只是一種隱密的意象，修飾了他們期待的心情。然而，他們的內心世界是外人禁止的疆界，即使回到家鄉的土地，即使踏上舊時殘破老家的庭院，那棵少年時候形構的盛花樹木，意象終於還是凋敝了。即使在最美麗的時刻，即使在最哀傷詩裡。他把那棵被佛陀點化為樹的花木，在時光倒流中回到十多年前他在馬大中文系畢業刊上所留下的一句詩。

眼神是一株盛花的碧樹。他心中一直生長著這樣一棵盛花的碧樹，一棵寂寞的雨樹。但他們彼此無法想像自身以外的過客是怎樣的一種過客。他們來自各國各種族，汲取山林的力量而擁有自己的故鄉，或者最終放棄了情感荒原中的故園。

眼前只剩下殘破的短階，陪他如一株小草坐在老屋的石階上，忘了塵世的萬丈癡纏。故園的鄉土，像回故土的過客一般不惜代價地孤身獨處，享受孤獨和傷懷，然後再向自己表白，一個美好的午後。

其實真正懂得那個午後的詞，是詞中的祕密。

寂寞長廊

這是他們童年生長的故土嗎？

鄉土，在馬來文裡的意思是「鄉水」，其實應該譯為「水鄉」更貼切，但他喜歡鄉水的意象，也就讓鄉水成為華夏的鄉土，一土一水，都是原鄉的元素。在馬來詩人沙勒的筆下，鄉水被寫在西邊海岸的裂縫裡：

mereka menyeberangi//dari jalur jalur pantai pulau timur/diusung angin yang dikenali/oleh layar perahu moyang/kelapa kering dan getah bergiling/pengungsian sejarah/dan kegelidahan pelayar/telah mengampungi mereka-Muhammad Salleh: Kampung Air）

先人越過西邊海島之岸，在海岸的裂縫中，航海手的憂傷和歷史共生，這些源自米蘭加保的木屋從他們身邊延向大海的盡處。

遠離海邊的長廊一度是長滿紅樹林的孤島，岸外島內都有他們各自演繹的世界。赤道上，年年到來的季候風，漫長的雨季又要開始了。

在他三十歲剛滿的時候，他才開始真正的書寫有關的他的心靈史與生活史。初春的風吹起，他站在高樓上，春天從廚房的窗外吹進高樓，最後的一列火車馳過車站，不停站，直奔邊界，帶來一年又一年的雨季。

那些年的雨，簡直就是他前半生的、馬孔多雨季的複寫，複寫心靈帝國的傷痛。

馬孔多的雨季，馬奎斯筆下的漫長雨季下足四年十一個月又幾天的一場雨，那場浸蝕了居民骨骼的雨打動了所有聽聞過的路人與讀者。而在他的記憶中，有另一場更為漫長的雨季見證了地球的史前景觀。那是地球地表最初的形成時期的史前雨，一場連續下了二千年的豪雨，形成現今海洋和所有河川湖泊的最初形態。這是一場人類祖先對雨和洪水最初的生命記憶。

這一場漫長而黑暗的千年大雨，在他心中構成了世界的景觀萬象，他的童年他的少年，愛，理想和事業。在馬孔多這一場漫長的雨季中，他內心深處隱藏了他家族的，最初的黑暗記憶。有關他們祖輩的，非文本的詩生活。

他們的外祖父，本來就是不用文字寫詩的詩人。他的外祖父走得早，留下他外婆獨自生活；而她的外祖母也走得早，留下她外公獨自生活。兩個孤苦的老人半輩子守著伴侶生前共同生活的木屋。他們並不相識，但他們的孫兒女們把他們聯繫在一起。祖屋外的小走廊，是外公刻意留下供他女兒和孫女走動的廊道。

長大後，他們走了，或者確實的說，她走了之後，遺下的寂寞說出了空間的容量，寂寞至今，安置了今日他到訪的影子。

黃昏照常在這裡成為過客，在他們逐年長大的身影中拉長，伸向天涯。他回到半島尋找別人童年的土地，在舊時家園的後院，她是否能夠毫無怨言地沉默著，在凝視中更新自己，說出許多年後他們人在天涯最後的一吻。

後院

青年如今走在情感後院的荒野裡，接受荒野的洗禮。面對他們內心的後院，他們是否像他們的外祖父那樣早已忘記建造家園時所許諾的願望。木構建築堅定地用自己的方式生活著。後園的空地，新一代的芭蕉種植在遠方的彼岸，仿似在夢土森林度過流浪的歲月，通過童年的臉，收集赤道陽光的神采，絲毫不知道有人經歷了深淵般的歷程。終於站在五百年一度盛花的碧樹的感動中，為他的臨行回鄉的前夕添置了變數。他的心理防設一下幾全崩潰。

她讓他感受到愛者心中只看到愛，而恨者心中只看到恨的哀傷。

整座城市居住在他的酒店房中，整個從異鄉帶回的情感深鎖在這座荒落的故土家園裡。說到底，這是他者的故園，不屬於自己，屬於自己的，卻不在自己的掌握之中。但可幸的是生活還在他們的手中，而不是在別人的手中。只是在越走越遠的回程中，他們幾乎忘了來時的路，像一條兩頭燃燒的信子，再不受點燃者的控制。

詞語在沉默中沉沒，順著藍色的河流思索著那些早被忘卻的節日慶典，痛苦早在內在的門檻內把哀傷化為石頭。一束鳶尾花，充滿他們分手之後的恩惠，癒合了一再創傷的傷口，而後不能再度癒合的喻隱。

思念猶如盛花的詞語
在深處蒼老
在清晨離別之際留下各自的信物
任由你們離開

終究在走完應該走完的歷程之後，將一張貼在生日卡片上的童稚的笑臉徹底荒廢於舊日故園的後院。在這七月，黃金芭蕉盛長在後院裡，去年的一場七月雨早已落盡。七月雨的去年今日，他們無法預期今年雨水的流向。

雨水，把他們帶回十八歲離家的那一年，從此再也找不到回家的路。青年抄下一種她看不明白語言的詩篇，飄流著一朵死亡，毫無痕跡。

一切夢幻化作烈火的文句，暴烈地燃燒自己，在飄雪的，七月。

kegelisahan didalam kedinginan
meniti sepi keseorangan
sebuah kematian yang tiada bernesan

sendu mengiringi perpisahan

namun keupayaan ku terbatas

segala mimpi menjadi api

terik membakar diri**

PS：前後文的詞句是文中所提及的已故馬來著名歌手蘇迪曼（**Sudirman**）所唱的兩首歌曲，而文中提及的木柯、瑪帝、林土，是馬來語「花朵」、「死亡」、「思念」的音譯。

*

漫無目的中他近乎沉溺
痛在思念拋起的浪濤中病溺
他沿著婉曲之路
日子一日一日翻逝而去
惟你的容顏
卻不時在他眸中玩弄嬉戲

**

在淒寒中黯然神傷
咀嚼寂寥的孤單
一座沒有石碑的死亡
沉默地送走別離

惟他的意願挫落
所有的夢化為烈火
暴虐地燒灼自己

人潮來襲，漂是一座沒有石碑的城

在流亡的路上愛我，妳說。
自由，這一種族已經滅亡。

人潮飄移

告別的行程，就像變化是人生的主題永遠在變化之中。城裡的行者無處不在，全球性的飄移人潮有時會使青年微微恐懼，像他一樣的尤利西斯世代的漂泊者，今天仍在四海散居，過著永無止境的流離生旅，永恆的異鄉者，永遠的他者，永遠的遠行人。

白先勇自喻他的世代為永世飄泊的尤利西斯，張錯進一步自喻為中國的尤利西斯，隨著四九年國共分治的大遷徙流散在世界各地。遇有聶華苓。於梨華。陳若曦。余光中。張系國。劉大任。這些人成為他在海外閱讀文學的離散文本，一種無家語境的生活方式，遊走在當代全球化的文化環境中，在精神位置和地理位置的自我放逐空間中追尋心靈的原鄉。

青年對妳說起，他們是他生活中位置十分奇妙的一群文化人，劇作家，還有革命者、企業家、素食者、旅行家、神甫、司祭、教主、神學家。他們之中有些像遠方的親人有些像師長有些像忘年交的長輩，時不時因為各種聚會見面吃飯，交往下來，發現他們那一代直到今天仍然是被神話放逐的現代人。

在軸心時代消失許多以後，這些作家和詩人的神話在放逐者的身上再次體現，流放的血液流浪在他們的身體，像現代城市吉普賽人般過著自我放逐的生活，從部落到城市從家園到烏托邦一直追尋，到底。

作家永遠不死，他們可以像埃及帝王一樣，在《埃及死亡之書》中向世人宣告：我再次恢復了青春，我是奧西里斯，永恆之王。

這一天可能來的更快，那時候，他隨時都準備想要浪跡天涯的模樣，遠方，美好的遠方，所有美好的，都在遠方；遠方，永遠在遠方等待，他青春正盛，人生中風華最盛的一種快樂。

他如今的生活變得有些蒼白，像許多綠色主義者那樣幾乎沒有選擇餘地的回到國際大都會的荒野地帶，一回又一回，把他被現代文明所放逐的自我再次被二度逐放。

我的大半生，經歷了幾次時代的大變動後，我始終是堅定不移的自我放逐者；青年告訴妳說，一種屬於經歷戰亂之人所獨有的流放心態，宣告了我的時代的罪孽，而我只能在追求的選擇中，在追尋中，宣告自己的解脫，青年對妳說道。

人潮的全球性飄移，使我感傷。

我所到過的每一座城市，都沒有對我表現出真正的內在世界，觸目所及，都只是鏡花水月的美麗幻影。

遺世而獨立的大城市，像復活荒島上的孤獨石雕映照出時代的獨身現象，孤獨的社會已經到來，我們都是群體中的孤立的個人，體驗著新世紀所帶來的悲壯的孤絕，青年說。

那年的初雪來得早，整座古城在雪中成為客人，我形同主人一般，在異鄉體會到扮演主人與賓客的角色，一場銘刻沉重的大雪，千里飛雪的寂寞連綿整個冬季，把一切覆蓋，把最後一季的金黃時光隱匿在雪中的內宇，連同這個時代的人文死角，都深鎖在我的心門之後，然後離我越來越遠；然後把我們覆蓋，在我們分手以前。

青年說，那年蘇聯還未解體，克里姆林宮圍牆下的古舊道，園林內花葉早已凋零，燈火輝煌的白色教堂，矗立著鍍金的拱頂，他和妳漫步在遊學訪問期間走在封閉國度裡的開放廣場上，飄蕩如雪的花，蕭瑟的古老園子，河上的倒影，映出遊人所無法知曉的某種波動。

在雪花飄落之前，雨水之間，滿地的枝葉，在城中的角落裡把解體的人生打散在幽暗的水底，舊林道上，在克里姆林宮城的南方牆下，許多年來一直都在他心城的北方，在他們的記憶中某一點的岔道上，在祕密和夢幻的位置裡保留在為他而設的心界上，一種，他所難以捉摸的男性圖界，散布在流放路上。

我會回來，聶魯達這樣告訴過他，會回來的，他。「我將在這裡迷失，也將在這裡被找到，在這裡我也許將變成沉默的岩石」。聶魯達所說的這裡，其實是那裡，是他自己的離散國度，那並非他們一代人共有的，心靈原鄉。

在他共有的心界原鄉圖上，他曾用墨水刻畫過的地方，那裡有白色的教堂，矗立著鍍金的拱頂，夢幻似的，在蕭瑟的古老花園裡獨處，不讓他接近。

在冬雪落下前，哪一年，或者隨便哪一年都好，他準備為新儒學著作寫下結論，學術的意義給他帶來無法言表的比喻的，無力感和虛無感，他是感受到了，感到學術研究有時候只是菁英分子共同建構的智力遊戲，鑽研越深，越感到人生浮雲。

荒野中，心的原鄉圖

時光是一種流亡，我們能夠在這樣的時代中對自己忠貞嗎？

妳說，無神論的流亡者，神靈的死亡，宣告了他人而非自我的淪滅。

那年冬雪落下之前，一個永遠的遠行人準備為他最新的離散著作寫完最後的章節。

遠行的，永恆的遠行人，未必一定要遠離家鄉故土，有一些人身在家園心在流離狀態之中；當年出獄後的陳映真化名許南村，正是自我靈魂追索空間中的遠行人，獨樹一幟的人道主義者；他的儒者精神在他訪問的那一年仍然熱情散發，台灣僅有的唯物主義者今天去了北京養病，他那深邃的左眼長久地注視著詭譎多變的中國兩岸。

在陳映真之後，他追尋幾位資深知名作家繼續深度的訪問，此外還有白先勇、劉再復、李歐梵、瘂弦、賈平凹、馬悅然、李銳、張大朋。他追問他們有關文學和政治、民族、文化，以及和生命本體的意義，人生的追求與修養，完整的人和心靈的思考，在他和這些作家的交談中感受到豐盛的感動。

他對妳說，在文學和學術的路上笑傲江湖是他少年時的想像，要過一種閒雲野鶴的生活，然而那是離現實非常遙遠的生活方式想望，以前沒有太多高科技和電腦的年代，很多人生活得更開心，就像訪問馬悅然時他所感慨的那樣：以前學術界和文學界都有許多大師，那時沒有像今天這種電腦科技輔助研究和寫作，然而今天卻很少有大師級的巨人了。

沒有巨人的年代裡，初雪來得早，整座古城成了雪中的客人，他才真正體會到一個賓客扮演主人的滋味，樹上晶瑩的雪景，為他的重生之旅平添一幕時代景象，飛雪的寂寞，歿亡。

夏天的雨水，和去年夏天一樣的雨，滴落在不同人的心原，隱隱撩動他們，走在這一座名叫做香港的地下鐵城堡，黑暗裝飾了無數燈火的地下車站，給了這座城市可供他們想像的空間。

地下鐵的每一站，都是歷史的注腳，殖民者與被殖民者都在這些歷史場景中交錯而過，各有各自的夢典，各有自己的神話和符號；許多人坐地下鐵從上環起站，到中環，然後金鐘、灣仔、銅鑼灣、天后、砲台山、北角、太古、筲箕灣、杏花村、柴灣。每一站大概都住著妳們調教過的大學生。

這些調教過的學生時不時會來電郵或其他各種聯繫，就像那個不喜歡別人稱他為哈佛大學教授的李歐梵說過的，他們的一生都有義務為這些學生盡一點力，讓他們的人生更加美滿；而他們也和這些學生一樣，一生都在建造屬於自己的城堡，不管在學院內外，至今他們仍常回到年少時急於擺脫的歷史時光中試煉自己，深深鑽入香港內宇所包裹的他們彼此的內宇，舞蝶般鑽入繁華的底層，在島的體內逆馳，一路上，經過鑲嵌著雕花絲綢。還有曼陀羅。金玉。鑽石。戒指。王冠。紀念章。政治或謊言的車站也不在話下。

這座全球人口最密集的城市像一個渴望不受規範的作家，為他布下他的敘事迷宮的路線，讓他無法看清自己，也摸不清這一座城市，特別在地下道的上班路上，車廂的開動，也帶動了鐵體的夢幻時刻，一站一站貼近他，把他帶入當年紐約地下鐵的驛站印刻。

在另一座城的地下鐵，紐約，城市底下那一座傳說散布的車站群，迷宮般複雜的路線連接起留學生在海外最初的生命行程。來自東方的留學生來到紐約。曼哈頓，留學，學位，專家，事業，升等，教授。那一年，他還記得第一次到紐約地下鐵的中央車站，宮殿般金碧奢華的地下空間，行程從中央車站向四方漂流而出，帶動他的旅程，流星體的地下迷宮，堅毅與憂傷之光，在彷若天宇的穹形天頂下，一站一站地向外撫卹著他漂流身體的內宇。

地下鐵的空間，構成一座城市通往夢幻的通道，是一座城市所能創造的最實用的時間廢墟，帶動他通往黑暗的隧道前方，而香江百年的孤獨，正宛如變體的巨蛇蟄伏在海島的邊緣，沿著海岸快速爬行，在黑暗的百年血脈中，地下鐵帶他和香江的群眾推擠在一起，任黑暗的隧道，穿透。

流浪賣藝者

流亡讓流亡者變成時間，變得真實，妳說。

自由，是一朵破敗的玫瑰，從來不曾被愛及所愛者真正擁有過。

香江，一朵離枝的玫瑰，經歷了名為九七的成人儀式，在祝福和試煉中有了成人世界的複雜表情。

社會主義與資本主義的傷害已經夠深；一隻是貓，一隻是狗；一是文學家，一是批評家；一是所愛者，一是被愛者，在顛倒互置的身分中宣告了自身的苦難，與兩難。

九七年的元旦午夜一時，青年在尖沙咀柏麗廣場前走著，一個老乞丐坐在亮麗的霓虹廣告牌下，在行人道旁拉起胡琴，聲音從破舊的揚聲器散發出來，音準極佳的沙啞胡琴聲，飄揚在九龍公園的樹叢深處，幽怨琴聲中，行人匆匆，老人衣著邋遢，神情神祕，分不清是什麼心情，在幽明的夜燈中演奏某一種人生的故事。

他佇足聆聽一位流浪賣藝者的忘情演奏，在九七年開端的第一個小時，零點的一小時時光，也許就是流浪藝人一生中的最後的時光，在新年元旦的歡騰人群中盡情演奏他生命的樂章，用哀傷的弦音奏出香港人對於前途的期盼，一重又一重地，充滿在一個街頭演藝者的眼神裡，他突然看到城市中獨有的孤單。

在心靈領域中，也許每個人都只是另一種賣藝者，只是賣的內容和形式有所不同，如今出賣知識的教育倫理的變化毀滅了他們的內心信仰，師生關係也像其他市場商品一樣被制度逼迫到顧客消費關係之中。

往後的許多年，他在這座幾百萬人的住址中，和這一個街頭遊藝者共同經歷了共存的各種試煉。

隱喻總是喜愛完美，喜愛戲遊人間。他力求過著隱居而與世無爭的生活，一種和人世的現實毫無關係的生活。他遊走過名山華林，也到過最古老繁華的城市。森林中有樹木的城，城中有建築的森林。表面上，森林和城市都有亙古常新的建築體，實際上，城市人的生活本質卻幾乎是沒有經過文明洗禮就從野蠻的森林時代進入頹廢的歷史。

在留學生涯中，香港是他的最後一站，而他的眾多友人分別去到了世界各地留學；當年亞里士多德十八歲離開馬其頓家鄉到雅典，在柏拉圖門下聽課，學成後，像他老師柏拉圖一樣授課收生，並在阿波羅神廟近郊創辦自己的學堂；第一帝國的浮雕與尖拱牆壁上的裝飾雕刻，給了他不朽的感受，感受到建築體上的石頭有著脆弱的歷史

柏拉圖的學堂流傳至今，以不同的形式傳到他這一世代，陽光，透過大堂兩側的彩色玻璃，光燦迷人。藍、紫、紅、黃色彩穿過華麗寶石鑲嵌的窗櫺，撩人心魄。

多年前，他以為只要有愛兩個相愛的男女就可以組成美滿的家，然而婚姻似乎比愛，有，更多的要求，而且有時是近於苛刻的要求。

離婚後數萬個見證愛與夢想的日子，是生活幻境裡最真實也最幻象的生活，不深不淺，僅僅影響了心性，時而昇華時而下陷時而迷失。

如果能開悟痲木已久的心性，也許可以開悟愛的祕密。離婚後，這些年的愛與慾的追擊，從追索追捕追剿到追悼從花樣年華到樣板歲月，慢慢發現愛是一種安居的狀態，是一處供我暫時寄居的地方。

生活於此，看到香港在回歸後時期的形象，比殖民時期更像一個失意的小女人，在一國兩制的文化差異中，以至語言和意識型態的對立之間，沒有人能夠建立共通互補的和諧榮辱；這座後殖民城市正是從男女不同的角度觀察，看到一個女人形象與精神的變化，也看到這個女人身上所發生的一切故事；雖然，只是一隻下午茶杯裡的漣漪迴盪，在國際氛圍中有時候也會感覺有點凌厲。

城市的妖魅大概偶爾也會像他那樣產生一種墮入時光隧道之感，那一年，香港回歸了，他也

來到這裡生活，商業化的人文世界，讓這一個回到娘家的小媳婦不再流放於世界版圖上，一心一意，只想做一個有國際野心的商家。

流程總站

流亡中的自由比自由的流放更加令人動容，妳說。
回顧學術叢林的漂泊生涯，有時候也有無窮的樂趣。

許多年後，年輕時候被他埋葬在不知名地圖的心情又再突然地破體而出，彷彿，他又回到神祕的古堡，綻開蓮花的心情，走在克里姆林宮牆的林道上，或者紐約的午夜街頭，街道兩旁的老樹把春天所收集到的葉子丟盡，扭曲的枝椏彷彿有著雨天的能量，受盡無名心情的投射，將他的外在形體的表象移置為一種感傷，在他離去後的窗前表演充滿象徵意味的肢體藝術。

書寫一本書，那是很久以前他年少時候的夢想，許多作家的尋者，英國的勃朗特、奧斯汀和那位被譽為英國文學史上最有才華的女詩人羅瑟蒂；法國第一位女性動物畫家拜賀，法國浪漫主義代表作家斯達爾夫人，以及被波娃指為法蘭西真正偉大女作家的科萊特；智利諾貝爾文學獎女詩人米斯特拉爾，超現實主義先驅女作家拜巴爾和魔幻現實主義流亡女作家阿言德。

絕望之詩，死亡的十四行詩，穿裹屍衣的女人，流亡家書中幽露之家，愛情與陰影，都是一些絕好的詩與小說。

如今他還記得那年的初雪來得有點早，滿樹晶瑩的雪花散發一種令他吃驚的破敗之感，為年輕時候作客莫斯科的旅人增添了一份世紀交替的時代景象，彷彿，一剎那就過盡一生。

異鄉色澤中，他從大學時代起，一次次在談話中自喻為宇宙中飄泊的流星，不斷自我燃燒，所謂飄流，自此給了他無盡的幻象。

他深知人格的發展決定了書寫和愛的能力。然而，愛的人格卻可能是當代都市生活中最欠缺的要素。在現代通訊科技高度發達的都市生活中，物慾的享樂追求剽竊了他的性靈內心。我們是，另一代在垮掉世代中走過來的路上行者，常在一瞬間，消失於網路與現實交界的生活裡，容不下，迂迴曲折的幸福。

毫無異議可言，他的寫作借此更加深入生活文本中尋找尚未被讀出的主題。

許多仍然沒有被作家收取和盜取的文字與詞語，像無名一代迷失一代垮掉一代的先輩們同輩們晚輩們那樣居住在文字最初源頭的符號荒原上，等待真實生活的到來，等待被他被無數的作者所書寫。也等待，愛情的絕望的，再度來訪。他喜歡等待，就有如我喜歡各種未知的文字，在符號的荒野中極富靈性地活蹦亂跳、情迷意亂令人昏眩的樣子。

追尋的本能是一種內在外化的集體潛意識力量，一種象徵化的心靈活動：他在青春時期所面臨的生命軌道的困境，推動他努力地由邊陲往中心力溯，在人生宇宙中尋求自己的位置，成為彗星，或者行星，或恆星，或流星，或衛星，或黑洞，或暗物質。這些有關宇宙大爆炸遺留下來的物質，都是他這一生中的隱喻，被年少的他，一語中的。

可能這大半生他都是一顆流星，拖著繽紛燦爛的星塵，和其他流星們羈旅宇宙，一顆顆的青春火流星，帶著遠比太陽更強烈的光亮在宇宙流浪，荒漠或繁華，伴他穿越心靈的天堂與地獄，最終他落入她失眠夜裡觀星的心界圖中，用宇宙中最短促的光芒告訴了他，她今生的故事。

在漂流的旅途中愛我，她說，她成了他漂流路上的一個路標，也成為現代社會中爭議性極強的指向。

漂流的愛，成為所有現代都市人的隱喻，他透過無形的幻象，以強大的知識理論系統去追索他的漂流行程；而他，從少年時代開始就駐足在冥王星的隱喻中，體驗極度冰冷的一種心靈流程，她的到來，為他貯藏故事的時空黑洞推壓出一個銀河系的往事群，同時也是他往後日常生活中的一個路標，一個儲存庫，一個收藏室，一個博物館，一個歌劇院，一個帕德嫩神廟。和一個不棄不離的守護神，時不時，鑽入他的深層潛意識中將他往外湧現，挖掘自我，挖掘出的，是星體共有的內在黑暗與哀傷。

他少年時候的逃亡成為下半生的創傷，他的伊甸國開始了無限度的破裂。通過她，他看到新的世界，通過相約之地他來到告別之所。

這些荒蠻部落人的身體銘文，是他的人生代喻，是他日後精神世界的烙印，這逃亡的行程，在他的伊甸國中有如膨脹的宇宙在黑暗內宇的太空爆炸；而黑暗，正是他今後所必須面對的、內心宇宙爆炸之後的結果。

他曾經為了家庭放棄了自己嚮往的生活，放棄自己的夢很不容易，他的下半生，流離在膨脹的歷史中繼續燃燒，沒完沒了，像過早偏離軌道的星體，努力想要逃離現代政治和商品社會的追逐，在物慾文化的引力下渴望逃離卻無力造訪綠色心靈的總站，他的特立獨行，百年中華民族的戰亂歲月，現代城市人的華麗囚犯生涯，最終讓他成為隱性的精神病患。

只有他知道她的苦痛，也只有他，無法再忍受她的苦難人生，在漂流的路上，他並不想做一個知名人士，他嚮往古典時代的光陰，現代人的心靈只能屬於未來的自我所有，不屬於他的時代，她說。

這一回的聚會，他毫無拘束地談話，在另一個除夕之夜，老電影的一首主題曲，縹縹緲緲的，漂流路上，他都在尋找一個可以終身相愛的人，這種尋找解脫孤獨的承諾，始終沒法由一個愛他以及他愛的人去實現，他仍舊生活在兩難之中，仍在時光的甬道追尋自己的路標，Somewhere in time，一齣老戲，撲朔迷離，到處是相見的地方也是告別之地，最終的發生也是最初的，告別。

六　災難新世紀的天蠍座，聖歌

十年歲月，我走上里奇從一個養育著幾個孩子的家庭主婦變成女性主義批評家的道路。當我徹底覺醒的時候我像里奇那樣狼吞虎嚥地閱讀，在筆記本上胡亂地塗抹，寫支離破碎的有關婚姻和自由的詩篇，感受到里奇對自己人生無望的哀傷。

我們不約而同不得不承認，我們都是拚著命尋覓內心的怪物的那一類人。

這十年來的詩生活有點像里奇在她那傳奇般年代中的自我開創生活，一面照顧孩子一面在家庭繁雜事務之間的零星時間中，詩作草草落筆成章，就在人們休息的時候在城市零碎的生活時間裡匆匆，定筆。

上一代人似乎仍然相信現代婚姻而下一代人似乎已看到婚姻制度的崩潰感召，只有我這一世代對於愛或婚姻都還處在進行式的猶豫與懷疑之間，徬徨。如今以婚姻為目的的愛情已是一種不道德的理想，少女說，如果有人說她是為了婚姻而去愛一個男人，那太小看她了，要愛，就不要小看愛。

婚姻也許也是沒有意義的符號，只是兩人內在想像的世俗景觀。在婚姻裡，兩個人最需要的是毫無條件的去接受和自己不同的另一個人，有誰能做到就可以走向幸福殿堂的，婚姻。

雖然離婚潮曾像病毒般四處肆虐雖然許多國家的離婚率已超過婚姻總數的一半，然而卻有的夫妻在婚姻生活中為了孩子而在一起生活，有的為了當年所愛的人而死守失血的誓約，有的為了虛假的假面人生為了如今已然失去了自我的生活而殘存，而更多的人好像我一樣像是失去了自我的一代，在網路上以假名符號在虛擬空間中過著類似中世紀人的精神流浪，生活。

精神流浪一族的現代吉普賽人，這是最令里奇深深恐懼的一種漂泊感也是許多中年女人所害怕的一種生活狀態而我，也是。

黑格爾美學把愛情最高的原則主體視為一種能夠把自己拋捨給另一個性別的不同個體，放棄自我的獨立意識也放棄個別孤立的自為存在感，從而讓自己在對方的意識裡認識自己，這古典式的愛情觀顯得有點高有點超然：

> **我應該把這主體性所包含的一切，把我這一個體的過去、現在和未來，全部滲透到另一個人的意識裡去，成為他或她所追求和占有的對象。在這種情況下，對方就只在我身上生活著，我也就只在對方身上生活著；雙方在這個充實的統一體裡才實現各自的自為存在，雙方都把各和自的整個靈魂和世界納入到這種同一裡。**
>
> **——黑格爾**

奇妙的愛情美學神奇的愛情主體原是通過放棄自己的主體才能獲得更高的另一種統合主體。

在愛慾叢中在姻緣叢中，我們可以成為詩人的載體也可成為一隻畫眉鳥共同召喚尋愛者召喚異鄉者，也可把自己的意識消失在另一人身上，這正是現代無名一代人可能想要實踐的一種忘我忘私的精神狀態。

我從黑格爾的愛情綜合主體中重新發現自己重新實現自我：由於忘我，愛情的主體不是為自己而存在和生活不是為自己而操心，而是另一個人身上找到自己存在根源，同時也只有在這另一個身上才能完全享受他自己，自由的，生活。

無限的心靈世界無限的高的愛情狀態可以創造新的世界，愛之名，讓一切得以獲得價值，這是我在里奇生活中所尋找到的一種感情觀，也許也是佛洛伊德所相信的蒼白而巨大的水樣似的一種慾的昇華：既存在於肉體的愛中，也存在於非肉體的愛中。

很多時候，時間被各種看似有用實而空洞的故事所割裂，這是天蠍座聖歌的主調，支撐起里奇和我這些年來支離破碎的詩句，同時發展後散文與後詩歌書寫的空間，也在後文學時代中開拓敘事性的小說化散文同時嘗試開創新詩的新式寫作，在，美杜莎的笑聲中等待另一種文學江山。

閱讀與寫作驚醒了我內在的陌生人格也驚醒愛的人格催促我走向天涯驛站，在詩與寫作的前夜，我和一些友人各自躲藏在隱密的避難所，彷彿還能夠在遠方觀看災難新世紀的舞步。

在各種災難的路上我通常只是生活中的某種媒介工具供他人使用，這些媒介工具和生活，只有很少的時候屬於自己的時候。

只有在星期天，這一天永遠是西蘇無邊無際的日與夜，黑洞般吸納了無際無邊的青春，孕生了一生中所有的星期天，路上的行人永遠特立獨行，想把日常的生活場景變成文字牧場，用書寫自我修行，尋找一些可能終生都無法被尋獲的什麼東西和理念，當然還有，文字。

在新世紀災難的面前許多人只有淡薄的愛的力量，並未能抵禦悲痛侵襲，那些秋色優雅的枯林前方，文字已經搬到高樓上的森林寄居在城市中，在里奇和西蘇和德希達和張愛玲和魯迅的文本之間，文字是自足而獨立的有機體，將我排除在外也把我納入於內，在需要說明的地方不說明，在不需要說明的地方卻細致地解剖自我。

到頭來，我的文本在相互交融中深陷在文字的戀情理論之中：寫作，不是一種原始意願的後發性情感，重新喚醒內宇沉睡之詩，成為文本互涉中那個寫與被寫的人。

我很早就看到凡夫的生活，看到波特萊爾身體中天生的興奮劑，不斷自我更新，從生到死，許多幸福的時光轉眼即逝，我仍在學習著波特萊爾那種憧憬中的寫作，構思一處被人稱作樂土的富饒國度，與最心愛的一個情人一起到那裡旅行，在那獨特的地方忘卻巴黎的憂鬱。

然而我要忘記的，卻是我自己。在寫作的前夜我跨向天涯踏上無止境的軌道，向自己的童年、家鄉和自我，一一地迎新，送舊：

異類混雜的作家是性感的，她是性感的混合體。她可以消散，巨大驚人，充滿欲望。她有能力成為其他人，化為其他女人，成為與她不同的其他女人，成為他，成為你。是昨天的，也是明

天的。她進來了，進入她自己，我和你之間，進入另一個我之間，在那裡，人總是無限地超越自己，超越我，從不懼怕達到極限。

——西蘇

輾過，城市的大荒地帶

「他的化身跟隨著他
鬍子眼睛脊背手杖破衣
沒有任何一個特徵可以區別
都來自同一地獄
以同樣的步伐
邁向未知的目的」

災難新世紀的舞步

如果此刻我們坐在車裡在雨濕的回家路上滑行，夜雨打在金屬的聲音將傳入車廂，和收音機的聲響融為一種獨特的音效。

那天，回家路上聽廣播裡香港新任特首的記者招待會講話，轉眼已經換了兩位香港特首了。當年那位壯志凌雲的新任特首，如今成了階下囚。

如果香港新任特首的首個記者招待會的現場對話和雨打在玻璃窗的聲音混合在一起，一路上流動的空間便會散布幽暗，把街上的雨中的景象和夜色雨水都變成一種難言的暗淡色調。一條暗夜雨濕的道路。這不是個人的噩夢，而是一座城市的噩夢。地球，有一個噩夢，正在發生。

這是一座星球的生物暗物質和暗能量爆發的年代，作為我們現代生活的標誌。我們以最新的科技發現了血液中的微生物群落，以最新的基因深度測序工具深入我們的深層基因之中，窺伺我們的身體和環境，藍色地球的暗物質地理學。

城市彷彿回到沒有彩色電視機的時代，整個世界只有黑灰和微明的光點，如雨水般一滴一滴滲入中外記者的提問和回應聲中，化為科技的一種聲浪，在雨夜的大道上帶我們駛入黯淡的世界。

許多記憶在心裡回流。這座城市在十多年前有了一個新的名字，叫回歸。回歸之城，殖民地的色彩散布在夜晚的大道上。

一種過渡
歷史的聲音，降下
歡慶與哀悼的一種典故

獨具一格，一種幻覺
命運的文本
在掌中攤展
潰爛的生殖器
請你解讀
中國的傳奇

回歸的路比任何人的猜想更加的艱辛。有的民族可回歸卻不想，遠遠的，帶家人父母老小逃亡。有的民族渴望回歸卻找不到回祖國的路。

回歸之路繞過遙遠曲折的歷史，來到這座城的港口。這座城市的首長象徵了一國兩制的苦難時期，也象徵了一座城市從孩童進入成人世界的儀式，進入一個更複雜更政治的現實世界。只是我們沒想到，下一任首長的首個記者會匆匆地在一個雨夜裡舉行，淒風苦雨的象徵中，展開後殖民語境新的一頁歷史圖卷。

回歸後，世紀的災難步伐也到來，許多人逐漸都有了回顧的心情。

上世紀末的金融風暴的力量，至今仍影響著城市的居民。金融風暴後，是禽流感瘟疫的新病毒時期，緊接著是更致命的「殺士」集團造訪人間。災難的腳步，延續了上世紀的瘋牛症和豬隻口蹄症的瘟疫陰影，把人間的苦難演變成動物界的巨大災難。

一幕幕，史無前例的動物界的災難圖卷。

動物大屠殺的世紀來臨了，人類慘絕人寰對待動物後的物種大反擊，各種病毒通過動物襲擊全球各地的人們。然後是大的物種大屠殺。家豬大屠殺之後，禽流感瘟疫帶來了更大規模的屠殺工程，一場又一場禽類的災難。前所未有的大屠殺在人類對於新病毒的恐慌中展開，迅速向周邊區域擴散，一切都是如此地理所當然。

一場禽流感病毒，揭示出，病毒的先驅者如何自我改良基因，從不同物種到另一物種的宿寄進化，刻畫在家禽之上。

亞細亞的鳥殤，向全世界發聲：我們，來了。

亞細亞的鳥殤從香港這一座城市，首次展開了。病毒的先驅者姓名，以此展開它們的新世界，病毒的新的，自由。

這是生物界反撲人類作惡的年代，黑暗時代的重來只是時間的問題。

然後，然後就是聖誕節過後的南亞海嘯巨災。新世紀災難的腳步近了，在冬季聖誕的時刻到來，預示了新世紀將會是災難連連的一場夢魘。如果日子也有生物的情緒與心理，該知道我們的世界如今已是一座沉睡的火山，一座修道院，應該知道顛倒的世界是一種怎樣的錯亂情緒。那一夜，新任首長的記者招待會的夜晚，一個仿似冬天雨夜的晚上，而其實，春天的腳步早已到來的夜晚。只是夜的色調如此的冬季。

我們記得，天色在寒流中很早就已經暗了下來，行人匆匆在路上走著，如鬼魂一般沒有身影。古老大陸的繁華濕地，內心裡有一處大荒地帶的荒城情結，一處現代語境的世俗化城市景象，企踵於中國海的角落。那些遠去的迦太基淪亡的古代戰場，壯麗的原野風光無法哀悼自身消亡的壯麗。而新世紀的世俗城市，只能祈求世俗神靈的憐憫，怕只怕連神靈也失去了回顧和反思的能力。

二〇一五年美國禽流感侵襲中有四千八百萬隻雞喪命於所謂人道安樂死。想像美好的新世紀吧。伊波拉疫情。塞卡病毒。米米巨型病毒。美好新世紀的前景遠在前方。想像完美的理想社會遙不可及。想像所有彳亍者所希望的諸種幸福都可望不可即。

想像彳亍者自身就是一種不可迴避的毀滅——想像，這座城市逐漸喪失了所有的能力和優勢以後，許多人還在渴望新的生活。全然不知悉生的巨夢源自海水乾涸後的大荒盤地，在孽搖群抵的山巔，在商業極度自由的荒野地帶，那只是曾經有過的美好老日子。

邁向未知的一種英姿，或許是香江城居人所追求的人間仙境，之幻境，在極度世俗化的國際大都會裡，繼續英姿，煥發。

枯枝優雅的秋色

「孤獨感從幼年便開始
雖有家人
身處同學之中
尤其如此
——宿命中永遠的孤獨」

這正是這個時代的絕望影像，最後的審判日。災難世紀末，從荷馬的七座故鄉跨越現代大都會來到我們眼前。雅典，阿戈斯，希俄斯，科洛豐，羅德斯，薩拉米斯，士麥那，不知哪一座城市才是盲眼詩人真正的家鄉，哪裡才是我們尋找中的家園。

這是生態的災難時代到來的，日子。剩下的，只是時間的問題罷了。

房龍在他的巨著裡如此寫下他的序言：

在寧靜的無知山谷裡，人們過著幸福的生活，永恆的山脈向東西南北各個方向蜿蜒綿亙。這美麗家園景象，埋藏在現代人的天性中，一層非常單薄的禮儀與文化底下。早晚，要爆破。

我們相信，世界毀滅的寓意，不是隱藏在叢林荒山的深處，而是深藏在一座體質單薄、纖細而極度世俗又憤世的島嶼。

那些寒意漸濃的黃昏，窗框成為秋的演繹舞台，閱讀著老樹夢中所構思的肢體語言。枯枝優雅，赫然有如海中巨大的珊瑚，伸展而出，用複雜的肢體展示海水乾涸以後的巨夢。

秋天。火車在軌道上輾過秋色金光，穿透而過，通往記憶功能良好的街道，以及越過遺忘能力很強的各種廣場。那是一道從中央神州入境香港的軌道。不久前，剛剛把行駛的領域延伸到尖沙咀東部的中心地帶。那是新的方向，讓軌道能夠更深地進入特區。那是一條記憶能力很好的軌道，也是非常善忘的一種城市道路，指引許多人前往不知名的地點任其迷失。

世俗化城市的鐵道成雙成對地到來，然後成雙成對地離去。所經之地，留下男女彳亍，彳亍，亍彳，漫無目的的一種穿越姿態。走向各自的目的，一種漫無目的的走向。

秋天，伴著病毒的先驅者，一再的反覆進化的病毒，如今已有戰勝超級抗生素的紀錄。從生物進化的視角來說，我們看到了物種自救的神奇力量。我們也許應該把一顆紀念章放在病毒先驅者進化的盡頭，並刻上這些病毒的名字，它們把我們的生存史和疾病史推向新的里程碑。

一年潮濕悶熱的季節又過去了，不久冬天也過去了，鐵軌照樣沉沉壓過世俗荒野的城市。我們感冒我們咳嗽。在城中心和城市邊緣之間的花園樓房，許多互不相識的居民在花園和城市中心地帶之間走動。我們咳嗽我們感冒。荒城的世俗景象彷佛有一種原始力量的光環，每一棟高樓都是現代虛擬城市中的巨樹，巨木的枝椏幻化為各式的窗口，燈火就是這座森林的葉冠。男人，咳嗽了，女人感冒了。

我們逐漸失去了回顧的心情，一如往常地走出高樓上的家門，在人潮中的地鐵，在接近中午的時刻，發出一陣陣令人沉默的聲響。陽光，被棄於隧道之外，許多行人也病了。

一個又一個的冬天，一次又一次的黃昏，一場又一場的雨，從扶桑樹上降世，落入我們的內心。我們在心海的深處放眼雲海，在三百萬里的扶桑巨樹下，沐浴著太陽的溫泉源谷。一切夢典的重生處。在我們沉默的時候，重生的夢典重複地閱讀我們，一再地分析我們，理解我們，書寫我們，一個個時代的絕望符碼。這其中的代價，正是這個時代的絕望。

高樓上的森林

「當陽光以雙倍殘酷的線條打在
城市，農田，屋頂和麥粒
我孤單一人
練我的神幻劍術」

我們所喜歡的一位羅馬皇帝定下這樣的原則：宗教是人與上帝之間的事，上帝覺得自己尊嚴受到損害的時候，自己會照顧好自己的。

人們依然在談論新的社會新的時代，有如新的天國一般，我們談論了數千年。像漫遊中的波特萊爾，我們也把我們的社會當作處世的招牌，在漫遊中孤單一人演練我們的神幻劍術。每一條城市的軌道，都是一處修練孤獨劍術的所在，也是修繕愛心的堡壘。

生態病毒反撲的年代，也許也隱喻了我們靈性世界的，病毒。

這是愛的災難的時代，是無名災變時代的到來，是無名的憤世女神降臨的時代，到了。

愛情會是人性最後的堡壘嗎？然而，我們需要自己尋找愛與婚姻的黃金年紀已經過去許多年，許多人剩下的只是工作和養兒育女的任務。

沒有愛情，人類最後的救贖也將永遠消亡嗎？最大的挑戰也最為脆弱，我們的時代也許正處於愛情消亡前最後的餘輝光環之中，拐彎抹角地，拚命在尋找不被消亡的可能；然而如果沒有毀滅的命運，還會有愛嗎？愛情的另一個地址真的是毀滅嗎？

而毀滅的另一個地址，真的是愛嗎？我們常在他人的故事中追尋愛的主題。從少年時期起，把言情小說一章一章地閱讀，把電影一年一年的追看。文字中，作家並沒有對讀者清楚說出他自身的傳奇。我們是如何被作家過去曾經的愛慾迷宮，建構了我們今日此時的內心世界。那是一片生長在青春廣場上的古老叢林，有一絲年華流逝的傷，是我們擺脫不了迷宮般的愛慾糾纏。

在我們中年以後的安全島上，偶爾仍然有情感亂流的巨大力量碰撞我們的航程。愛情也許只是激情的另一個原址。婚姻也不是愛情的必然結果，更不只是簡單的商品化的一種現象。

這一點我們也許和張愛玲一樣，也和五四時代很多文人作家一樣相信，愛不應該有目的，也不定必須要有結果才是完美的愛體驗。愛不應該成為當代社會文化中一項交易下的商品。今天這已被很多現代人視為保守的愛情觀。

朝聖式的愛，仍然是現代人所追求的感情模式。

那是佛洛姆的愛慾體驗。我們比較難不去認同他的愛慾見解。成熟的愛是在保存自己的完整性，以及保存自己的個人性之前提下的愛情。只有保留了自我的完整性。如此，愛才能成為生命中積極的力量，突破自我，突破人際關係的隔離牆垣，把我們的自我與他人的自我完美結合起來。

在充滿不滿和矛盾的國際都市中，這一座城，日日夜夜被一列火車和一列地下鐵橫貫穿越，留下咔噠咔噠的空洞聲音，急馳而過，在高樓與高樓之間，高樓之下，從樓前屋後，從四周的琉璃窗口聲浪洩入廳堂，連綿動聽。

我們周圍響起音樂的聲響，在清早的曙光中漂浮，永遠的彳亍者，永無停息的漂泊在城市與虛擬的森林之間。每天，我們在高樓上醒來，清脆的鳥鳴聲自窗外傳來，從對山的樹林裡隨風傳來。來自森林的風和其他聲音令人產生森林的幻想。我們想起我們跟隨朋友到巴西雨林站在數十層高的樹冠層間觀看濃郁煙雨迷霧的起伏森林景觀。

那年秋後的歲暮，冬日的微陽充滿了新儒學的意味。在一個都是男性學者的研討會裡，這些孔儒的後裔，雖年到中年卻個個仍充滿活力，一種男性荷爾蒙活躍的催發現象，使整個會場充滿了誘惑與妖魅的氣息。

燈光有點浪漫，有人不斷搖腳，有人進了夢鄉，雲遊四海。道德的價值，儒家理論學的重建，良知坎陷的辯論，儒學政治的開拓，中西哲學體系的陳述，以至情慾與價值，知命與立命，自由與自律，內聖與外王的解構與重建，都有了新的商榷。

大荒地帶的城市

「老人破爛發黃的衣衫
模仿著這陰沉欲雨的天空的顏色
出現在我臉前」

旅行家二號飛船飛越海王星的那一年秋天，我們到了年少傳說中的福爾摩沙海島展開我們新生活的轉角。旅行家二號飛船從本太陽系邊緣回頭拍到了地球的身影，只有一點非常微小的微藍小不點，漂浮在遙遠星塵的微紅光帶上。我們微藍星球，縣浮著，我們的一生，和我們的故事。

如果日子也有的心情，應該是日夜顛倒一般的心情。

香江十年的學術生涯，已足夠教我們看清學術界和文學界的內野。許多無名知名的彳亍者，仍舊努力地做著支解知識和人生的工程。到底，我們要在一生中追求什麼，生命中最重要的核心元素又是什麼？我們努力地想要洞悉自己，想要尋找到現代城居生活的價值所在。到了最後，發現彳亍者都在為他人作嫁妝。

那些年的秋天，我們偶爾喜歡坐上開往郊區的小巴，在上水和粉嶺一帶的舊區閒逛，沿著綠意盈然的道路遊走，景色有點像是家鄉吉隆坡的衛星市八打靈。每隔一段時日，我們會和那時候還是妻子或先生的伴侶特意坐上的士或小巴到聯和墟的老店吃晚餐。

我們最常到有新界最古老酒吧之稱的餐廳喝酒用餐，喝啤酒，在一座長方形的單獨小房子裡。晚飯後在舊墟的街道上彳亍，古老破舊的小鎮風情。這是另一種荒原之地的破落地域，演繹著荒城被徹底世俗化前的舊時樣貌，一種風華消逝以前的歌劇，金粉散盡，所有聖城的美好想像，很快就破落了，景色在夏日裡偶爾被早來的颱風雨水安撫著，玩弄著。

千禧年後，我們經歷了離婚之痛，打開喬維拉．娃格斯的黑鴿子之歌，喜愛這一個墨西哥老女歌手特有的沙啞的腔調，歌唱人與飛禽走獸的傷痛。

我已欲哭無淚／而黎明尚未到來／我不知道是詛咒還是為你祈禱／我害怕因尋找你而發現你／你拿走了我狂歡的支票／黑色的鴿子／黑鴿子／別再玩弄我的尊嚴／黑色的鴿子／妳是痛苦的規則。

從年少起我們就一直進行著這種耗費光陰的感情追逐戰，以及文字書寫工作。對於文字的癖好，始於我們年輕時候的逃亡生活。逃亡中我們重新建構了自我的主體，找到了認識世界的語言，從逃亡的人生中讀出許多以前看不見的文字。

事實上，我們讀出的，不只是那些已失去的初戀情感，也讀懂了自己內心深處的奧祕，以我們所能表達的語言將深藏於內在的原石的力量釋放出來。

寫作，在我們往後的學者生涯中占據了重要的位置，經歷過文學的輝煌時期。文學曾經是我們生活的重心。我們寫作，我們編書，我們發行期刊推廣文學風氣，樂在其中。九〇年代以後，我們在亞洲的經濟災難中沉默下來。

文學的輝煌時代已然事過境遷，盛況不再。

一夜之間，文學突然從社會大眾的日常生活中消失，網路時代好像就要取而代之，特別有種重返荒涼峰巒的意味，十足像當年凱魯亞克在一個春天用了三個星期一口氣寫完《在路上》一書後的挫敗感受。跳過垮掉的一代，當代人的精神生活變得越來越多元，也越來越表象化影像化。

文字，或者說，文學的語言已變成微不足道的小擺飾，陳舊，無用，冰冷黯淡。

荒城的記憶中有著世俗難堪的陰影，而物質生活的軌道也有另一道記憶之路，引領著彳亍者的追尋。香港地區的彳亍者，一如往常地追尋，盼望著曾蔭權的上任能夠帶來另一番風華的景象。

記憶，對這一特區的彳亍者來說只是一種生物性的欲求，缺乏安全感。在世俗荒城的想像中，記憶是一種缺乏安全感的欲求。在商業的競技遊戲中，在文字藝術的想像中，或在各種理論的應用上，香江彳亍者陷入自己所追尋的盲區之中。轉眼數年間，彳亍者還在回憶美好的舊日時光，以記憶和想像的特殊功能，活了下來。

彳亍者的許多記憶，有些生怕被棄置，有些卻不願被再次記起。昨夜的夢，許多人已然失去。今後的夢，仍然在記憶女神的引導中主宰了我們的生活品質，物質都被轉化到生活之中，形成現代城居的生活形態，而且扮演著重要的角色，影響著這一座世俗荒城的價值觀，引領著，所有還有夢想的人、的追尋。

隱密的避難所

「古老郊野的陋屋上
掛著，百葉窗
祕密色慾的避難所」

通過波特萊爾的百葉窗，我們也在尋找避難所，盡量地，避開色慾的場所。

在一座道教的寺廟前，第一班火車照例按時馳過清晨的露水。

在寺廟的金碧輝煌之中尋思人生的軌道，兩旁充滿世俗的影像。清晨的秋色中，鐵軌穿越城市的高樓之間，一次又一次想要通往神聖的中心地帶，而一再地迷失，重返，再迷失。

在高樓上，我們和彳亍者在各自的學院和起居室之間生活。

觸目所及，世俗化的荒城一年一年地更加通俗了，充滿著華麗不實的幻象，布滿各種供人解讀玩樂的符號。陽光如花，在夜晚凋零的星光中，彳亍者走在雨季過後的海島，看見了島嶼被城市化之前的原始面貌。那時候，彳亍者還沒有技術去解讀現代大城市身體所隱含的黑暗和光明。

那是彳亍者們無能真正快樂起來的黑暗死角，特區如今已不再有哀傷的心情，留下來的只有疲累的身心，落在荒野的中國海的邊陲。

逐漸，我們失去了回顧和反思的心情。

老子對人生這方面的領悟有著無為無知的道理：「為學日益，為道日損，損之又損，以至於無為，無為而無不為。」這種無為之為和無知之知的觀念，在我們的生活中產生諸多的弔詭，即是一種理想，卻又是一種危機。

我們討厭自己到了這一把年紀還沒有擺脫對人推心置腹的心理，相信社會的美好內涵。我們知道，對於某些人來說，天真大概是永無止境的一種人生追求。芸芸眾生中，我們跟隨著《紅樓夢》裡少女少男的步伐，還有和《浮士德》中的正反主角，嘲諷現世的人生。

在異城破落的角落中，我們在樹冠的高空通道裡孤零零地爬行在樹冠與樹冠之間。

我們居住在完全虛擬的生活空間，有著全然虛構又真實無比的存活方式。

我們總是有點孤獨，長久與主流社會隔絕，不理世事，活在自行建構的現實之中。

我們感受到這座城市令人迷失的力量，走在令心靈死亡的奇異之旅，再沒有任何的記憶以讓我們坦白說謊。

我們以為我們會繼續活到下一個更為奇異的世代，在樓影幢幢的城市，在這座有待破解魔方的地方，我們想要成為極其簡單的人，想要成為極其純真的人，想要有極其美好的心思。然而在社會領袖的臉上，在父親的人格中，在男女性別在各種身分之間，我們看到人們極其複雜的心理跡象。八方都有隱性的分裂情緒，把文明帶到現今這種地步，任歷史與生命的雙重場景不斷被人重提，整合，或消音。

火車按班照例從遠方馳來，一列列，夜夜把我們送回睡覺的地方。靜夜裡，花園裡的遊戲嘩叫聲寂靜後，孩子回家了。未來的彳亍者，從幸謙的眼前走過，孩子臉上流竄著憂傷的神色，慢慢走出花園，在彳與亍之間，等死，或者，夢降臨，如果。

走過，開創自我的歧途

這是波特萊爾筆下的巴黎，也是愛倫・波、雨果、巴爾札克、恩格斯筆下的巴黎。第二帝國的巴黎，人群、櫥窗、賭場，一切在跳動而混亂的的煤氣燈下，被繪出點彩派般光怪陸離的平面效果，錯綜的身分各標籤，不同文本間的相互交錯和撞擊，拼貼出一個立體的、超現實主義的、奇特而又矛盾的巴黎。

——班雅明

在詩的前夜觀望命運的耳語

（小小車站探觸到一片荒渺的廢墟

我的故事要從城市的小說說起
站牌把我駐留在故事的出口
塗改所有的行程
在軌道擴建的第三階段
隨著列車的更新
變形，扭曲，錯置
把車站駐留在異鄉的巷尾）

思想之路往往是我們的生命之路。際遇因緣中，與自我對話的結果，是詩。

詩作，是詩人自我翻譯出來的內在情思。我們是能夠不斷將自我情思譯出詩篇的作家，我們的詩體語言不乏原始性和個人本質。

在回顧我們的交往時，發現了許多看似不重要的人生交叉點到了後來竟是生命中發生巨大變化的前夜。詩，可能就是這樣的前夜。寫作本身也是。

我們其實都在改寫我們自己以及我們的詩篇。當年我們到台灣讀書前，在馬華文壇他已享有相當的聲望。那時期，他以半島詩人的名字為大家所熟知。文學此一詞彙對初出茅廬的詩人而言並非是空洞的名詞，然而他的文學之路卻遠比許多獨中生來得曲折迂迴。

人生的複雜性與機遇維度需要時間才能進入我們內心，我們才能傾聽清楚某些無可迴避而又需時思考觀望的命運耳語，然後成為真實成為存在成為詩然後，成為流逝，觀望的一種聲音。

在社會工作了七八年後，他在人生道上繞了一個圈子，才在九〇年代初到南台灣的成功大學讀中文系，那時我在政大讀研究所已快畢業。那年他常為了聽演講而從台南連夜坐火車趕來台北參與某些盛會。在一次的同學聚會中我們在台北的一間餐館見了面。在這之前，八九年我離馬前買了他的處女作《江山有待》，好像也曾在吉隆坡的某個場合見過面，但記憶中的第一次見面卻在台北。聚在一起的還有祝家華和林建國等人，轉眼已經十五餘年過去了，各人心中的酒神也有了戴奥尼索斯的滄桑。

歲月有聲，詩文無語。

印象中，他總是溫文儒雅一派書生氣質，這形象日後跟隨我到了香港。我在香港中文大學讀博士的第一個暑期，他到香港找上了我。在求學的人生道上，他沒料到他會在成大認識了一個香港留學生女朋友。他女友比他早畢業，畢業後回到香港。這緣分讓他此後幾年常往香港跑，有幾次住在我家。香江成為我們友情發展的港岸，詩人這個名字慢慢也就變成了現實生活中的他。

此後幾年他常在香江的航道上遇見這位戀愛中的詩人。除了香港，以前在我回到台南前岳家時也和他見面，這樣有來有往的，從求學生活中逃遁出來的兩個來自南洋的遊子，依據各自的心情與心靈探尋著隱含在敞開狀態中的命運之詩。

詩的寫作向我們展開本質的時空讓我們思索讓我們遊憩與閒逛，各種迷思的軌道一路開展闖入我們闖入海德格的時空與存在之思。

在思中發問詩的可能的境域。

存在的發問起自於一個少年的覺醒，我們看到一個遠比家鄉更大更深邃的世界。我們首先踏出家鄉，走向我們未曾想過會在那裡居住的城市：童年的時候，我們沒想過會到或為何要到首都吉隆坡去生活；少年時代也沒想過有一天會到台灣求學。香港在這意義上也是我們另一個人生的前夜。我們在文學的追尋中向更遠的國度遷徙。

然而他至今還沒有學會定居，可能也還沒有學會愛情。他是從他的香港戀情開始走進我的現實世界中。這段戀情日後證實只是人生中的一次戀愛經驗。在他多次來港小住時期，我曾聆聽他對這一段情感的喜悅與矛盾。那是他的初戀，可稱為異國情緣吧。我就是從他的初戀故事開始對他有了更多的認識。

暮色襲身

（月台上一對疲累的異地情侶

順軌道的方向尋找相愛的胡同

排除在列車之外
隔絕於傷逝的追捕
跳軌前，遺下姓名
許多年後被人遺忘的一個站牌
遠在橫瀾燈塔的光線之外
香港依舊
真情是生活下一站的等待）

天色暗得快，書房內沒有開燈，暮色襲身，很快就感到有點倦怠。窗的一方，沙田跑馬場中的彭福花園暮色漸濃，賽馬場的跑道將這一座花園圍繞起來，形成獨特的花園景觀。連續幾天，同樣的傍晚，那年我的窗外常有數十隻白鷺每晚在同樣的地方棲息。在兩棵仿似熱帶常見的雨樹的傘形樹冠上，白鷺的身影在暮色中有如落在花園裡的白色星影，為園中的水池灑落點點白色麗影。

常常，鷺鷥就在樹和池的四周飛舞，以怪異的姿態劃過，遠方的湖面。越過沙田的護城河，越過九龍半島，越過維多利亞港，香港政權交接儀式大會在港島會展準備舉行。許多示威和各種抗議的聲音占據了各種頻道，以及香江的畫面。那幾天我們坐在窗旁，靜覽這一路來的人生歷程，有點夢境般的感覺。

她的文字讓我重新追憶起許多已經淡忘了似的往事。最難過的莫過於觸文而感到往日的某些憂傷重新侵襲著我。當我看到她記述我和前妻的往事時，心中突然有針一般地刺入了一下。我記得我們談到日本首相小泉對於離婚的感想。他說離婚的決定，要比結婚的決定更加困難幾十倍。我想，這是一種只有認真對待婚姻的人才能體會的痛苦吧。

那一個星期天的午後和夜晚，在寒流來襲的風雲中，在十度以下的氣流裡，我的日子彷佛更加的冷意森森了些，在沒有開燈火的書房裡。

年輕的花雨季中有過美麗的少女夢，透明瑩亮，成串成串的黃花在路經的地方開放過，景致如畫的巴里夏季之旅，香江馬鞍山麓前的燈火，以及中文大學吐露港的蒼茫海景，當然還有屬於大馬獨有的各種生活記述。彷佛我也看到了荒漠的景色，彷佛，一片片沉落的蒼茫和荒涼的原野就在有山色和有江水的遠方，招搖。

等待江山

（現實的碑文刻在處女地上裸身示眾
隱喻將自我借給弱肉強食的荒原
生活自我掏空

我們航向狂迷的旅程
用想像的柔情摧毀迷宮
青春將符碼解構
沉浮浪跡，在清晨的床上）

我們有過多次的相處交往，深夜深談。半夜裡，他懂得如何從旺角車站搭乘香港特有的午夜小巴到我粉嶺的住處。

這是一種只許坐不許站的小巴士，只要沒有坐位巴士司機就不會允許客人上車，這對於我們是一種很特別的巴士規矩。通常公共交通巴士都想方設法多載幾個人好賺更多的錢，這種為了顧客安全的反思維經營方式有點異類之感。當然我們很樂於享受這種可以坐在車中的感覺。

巴士在夜色裡行駛的速度簡直可以用風馳電掣來形容。

夏夜，車窗大開，巴士從燈紅酒綠的市區穿過山區道路直奔新界。一路上像敢死隊般大有風聲鶴唳之勢，我們在唬唬的風聲中用南洋腔的普通話大聲說話，聲震全車，無視車上昏昏欲睡的乘客。

我大概就是在類似這樣的各種異國情調的場合中慢慢認識了這一位在我馬大畢業闖文壇前已有名望的同輩作家。從寫作「出道」時間這一點而言，我自然是他的後輩，雖然我們同年出生。

八〇年代中，他即以詩人的筆名在馬華文壇崛起。那時的馬來半島，正處在一個茅草政治風雨飄搖的時刻，因此凡是具有歷史意識的華裔子弟，無不在內心中深懷著憂患情結。他自然是其中一個，這從他所出版的兩本散文集和一本詩集裡，就常可窺見其之生命底層抑鬱和騷動的心跡。他以筆為文為詩，跨出的，正是馬華那一代人的命運和焦慮。不論是政治、經濟、教育和文化，在馬來種族主體意識下，處處箍制著其他的族群，讓許多年輕人感覺找不到前途和出路。他即是在這國家體制偏差下眾多的犧牲者之一。

那時，他在大學先修班修讀理科，原以為可以順利考上心目中理想的本地大學，結果在不公的大學配額制度下，卻讓大學的門檻立成了一面高牆，尤其念理科的，我身邊同學中不乏考得好成績而被排拒於大學之外的例子。然而很多馬來同學的成績遠遠比華人學生的更低，卻能拿到全額獎學金到國外公費留學。同樣的成績，華人學生可能連經濟學院都進不了，而馬來同學卻能進入醫學院，而進法學院的馬來學生的成績，華人以同樣的成績卻可能連文學院也進不了；而在文學院的馬來學生的成績，則低到令華人學生憤慨不已。不公、不平、行政偏差和處在馬來主義保護傘下的大馬教育史，讓多少華裔子弟的人生理想壯志被平庸的馬來同胞所取代，更確實地說，被國家盜取了，並轉贈給其他平庸的馬來同學。

東海岸風雨飄飛的季節，一個有心向學而成績一向名列前茅的少年進不了大學，他的心糾結成理想破滅後一股抑鬱的情結。這讓只受過六年華小中文教育的他，最終以中文寫作而走上創作的潛因：「我寫作，無非就是為了苦悶的靈魂尋找出路。當時那份苦悶，只有通過寫作才能發洩。」他說。

憂患的年代，只有以筆代口，狂歌當哭，才能在鏗鏘之聲中將自己搖醒。而詩文，無疑也就成了一種洗滌心靈創傷的最好藥方。

早年，他曾在東海岸一個偏遠而頗為傳奇的「狐狸洞」（Gua Musang）的地方生活，那裡有我中學年少時候一位交往最深的、最後卻沒見過面的少女筆友。在那個夢幻般洞穴似的鄉村住著一群最早來到馬來半島生活的南來中國父輩。

這是讓我留下深深記憶的另一個西蘇似的歷史魔幻場景。我們的想像盛會曾經駐足在這樣一個幾乎與世隔絕的鄉村之地。在狐狸洞鎮上，四面的居民都是異族人，只有一個海外華人集聚的小部落之地，頗有傳奇色彩，給了我們詩前夜中生命最初想像的源泉。

八〇年代末，他在創作上已經鋒芒顯露，並與一些文友們連袂在馬華文壇上各領風騷。期間，如與傅承得、游川等一起辦「動地吟」及「肝膽行」詩朗會，也與陳蝶策畫「蝶吟」等活動。可以見出其優游於文學創作和活動之間的那一分熱情。然而，那時期他的文學信仰，並非是做為一種技藝的展現，而是做為某一時空下抒發鬱悶心情的書寫；詩的表現模式較為直顯，詩語言痛快而淋漓。從當時他的詩文窺探，可以預見，他遲早是會轉入政治界的。

人生的轉折和機遇，其實是早已有脈絡可尋。每一種投擲的存在姿態，也在跨步前進的那一刻早已定好。辭去臨教的教職後，他轉入雪州馬華擔任執行祕書，那是他向理想實踐靠近的一小步；是探索，也是一種自我的考驗，是困頓和飛揚的相互辯詰。他實際上明瞭，批判的簡易和實務的艱難，不了解，無以言、無以思、無以行的實際狀況。我後來曾問他，在馬華那兩年，最大的收穫是什麼？他沉默了一陣後回覆：種族政治主義的無法翻轉，協商成了一種施捨，歷史的幽靈將會以嘲弄的語調，不斷重述著這塊土地上不公不平的故事。

天涯驛站

（我們陷在亞熱帶的暴雨季節之前
舊約神話照舊有追尋神話的神話故事
情愛照舊有祭祀情愛的情愛舊約
說辭永誌不渝
懲罰我，對於愛情的忠誠）

記得她在中大讀博的時候曾說過，她最不喜歡漂泊，覺得漂泊的人很可憐。我並不贊同她看法，然而她那時是十分堅定的如是想，不同意國際人，也不認可過客、城市漫遊人等等的人生形態。

閱讀她大學時代的文字，我們常有仿似回到了馬來亞大學中文系的歲月，也勾起我們在香港的生活片段。很多時候，她所記載的生活細節十分細膩，處處表現出她對生活、對人生、對生命、對社會文化的觀點。為她那個年代的女性留下不少可觀的生活誌，以及富時代價值的社會側影。

她追憶中文大學的那一段留學日子，她也交代了她回馬的一些前因後果。當年，她三思後賣了心愛的家到來香港留學讀書。孤身到了香港以後，竟然意想不到、很不幸的她和博導意見不和，最終決定放棄學位半途歸家。那種挫折想必外人難於理解。

然而，第二年的某一天香港蘋果日報刊出她博導家暴的半裸照片，轟動兩岸的學術界。

我原已收集了一些相關的資料，計畫以女性主義視角寫一篇以她為原型的女留學生的後散文。然而至今沒有寫成，只在詩的形式上將一些相關的留學和學院的主題交織在一起，草草寫了幾首詩，然而沒有專題散文，有點可惜。由於這些年來學院的工作繁忙，遺憾的，不只是她的這一故事的留了空白，而是這些年來我的許多寫作計畫都沒有完成。直到去年夏天始，我才重新提筆寫了幾篇，希望有一天我還會為類似的友人寫一些後散文。從我研究女性文學和女性主義的專業角度來說，這樣的主題足以把女性此一性別本身，推向寓意深遠的文學審美與哲學思維的高度。

那一年，她返馬後不久，我也回馬探親，在吉隆坡遇到家華，他對我說起在台北龍山寺看到讀大學時那個喜歡我的女同學，一頭光禿禿的，站在寺前的香火繚繞中。後來，我為這一位大學美麗而善良的女孩寫了一首詩，名曰〈原詩〉。日後成為我在香港的第一本詩集之名。這是承接我台北出版的處女詩集《詩體的儀式》之命題——以「詩」為書名，立志至少出版「詩的三部曲」。而第三部詩集，在台港兩地出版，名曰《五四詩刻》。

橫掃大乘般若經
一幅坐禪圖
一闋男女斷絕的詩章
萬境歸空
出家成為絕塵的符碼
震動禪院正壁的空偈
過分超凡
領略各種苟活的方式
引渡聲色都城之寺
剃度黑髮　一根根
哀悼年輕時期的旅程
在我們曾經青蓮帶雨的城市
落髮為尼

農曆新年很快過去了，很快又要開學上課了。那年當和我朋友坐在窗前喝酒聊天的時候，午後或夜晚的時光很快就過盡了。有時在傍晚，我們看到窗外灰暗的暮色中有數十隻白鷺沿沙田護城河的上空飛舞。湖畔的雨樹上，有幾十隻白鷺圍在其中一棵樹冠上擠在一起，形成小白圈子，周圍是暗綠的葉群，對照十分分明。外面十度以下的溫度裡，白鷺們原來是擠在一起保暖身子。寫著寫著，漸漸地湖畔上另一棵更壯大的樹冠上，也停棲著越來越多的長著白羽的鳥群。

人生歧路

（大雄殿展示妳幻夢的根深柢固
構圖形容枯槁
把我變成廢佛
踏上草庵的眉宇
赤血三觚置於殿前
寺外清酒雙觥
彷彿見妳點亮燭火
為眾生送別
關上門
讓涅槃／無明頓悟）

到台灣的第一年裡，他體驗到的是：「真的後悔到要死」。

在大學講堂面對老師唱獨腳戲照本宣科的上課方式，讓他感到十分的失望。無聊下於是不斷蹺課，很多課就此全被蹺掉了。有些老師惜才，隻眼開隻眼閉的讓他過關；但也有些老師覺得他太過恃才傲物，特別在課堂上曾因學術課題而激辯過的教授，則磨刀霍霍等著當掉他，甚至在課堂上對全班學生言明他不必期望該科會及格了。

南台灣的大學四年，對他簡直是個漫長的學習生涯，讓這位在社會打拚過七八年的人，沉不住心的苦悶。一直到甄試上了研究所後，他才算舒坦下來。

初抵台灣，除了學業的問題外，他似乎遇到了創作上的瓶頸，並停頓甚久。他說校園的生活，水波不興，許多事物無法產生太大的感覺，更沒有那種觸發生命感或可讓他感動之事。在異鄉，失落了自己成長的土地，他的詩筆和散文創作也幾乎停止靜默下來。一直要等到博三時，他才開始大量創作與發表詩歌。

如今來台十餘年了，他在中文系走了這許多路，終於在三年多前他突然覺得，他似乎有點誤入歧路之慨。他的博士學位，就是被他自己耽擱下許多年。這種情況讓我想起祝家華當年讀博士學位時，不知為何也同樣一拖再拖直到最後一年才畢業——那時候只希望他快馬加鞭摘下博士帽。

詩人裸身的前世，為今生留下他的詩句引文。在光的導引下，生命中的轉折常在毫無意識的情況下成為生命變動的前夜。變動的出現與靜止的缺席決定了我們的寫作與我們的生活。他告訴我，赴台後一連串的命運，如今再回首，總不免有唏噓之感。他說，許多記憶久已煙消，記得也好，遺忘也好，似乎都不太重要。

而有時候，回憶只是另一種歲月的調侃和諷刺而已。他說。

早年他就曾說，自己的天下自己闖，來去全在自己身上。如今他的天下已在他的腳下，只是有時不免也會問自己，如果當年留在老家，或還留在馬華，會成怎麼樣子呢？他有一次寫信對我提起這個問題。

當年若順著人在馬華職務中去搞政治，買車買房然後娶妻生子，再然後到了某個年齡，覺得自己這一生無望了，於是所能夠做的，就是把所有的希望寄託在下一代的身上。他說，這無疑是生命的無限停滯，或另一種死亡。但說不定，也會像以前的舊同志一般，一不小心撈到了一個「拿督」的爵位來玩玩？其實，這些都是皇家向有錢人要奉獻金過更豪華生活的方式之一而已。這些受封人士每一年都固定在這些馬來國王的各種紀念日和誕辰時候「進貢」大量錢財以維持他們和皇家的良好關係。

不過，我知道吟松就是喜歡這種難料的情境。他曾說，人生若照著規畫一步一步來，那是多麼無趣啊。顛沛流離又有什麼不好呢？永遠不知明天將會是什麼樣子，因此，將使我們永遠活在期待之中。

生命原本就充滿著這樣的無限可能：一步跨出，即是天涯。人生總是會有許多錯失，錯失就錯失吧，殘缺裡必然有它殘缺的道理和意義。生命的安然和安頓，還是要回歸到自己的內心裡來。

不過或許有時候，我們需要的是更強大的自我，以及更堅定的信念，而不僅只是生命語言和文學技巧的探索與創新。

寫作與文學，將是他的另一身分，就像學術建構一樣，只有發揮他內在意識中更大的堅定的信念，或許才能找到他生命中的核心隱喻。這是我們對彼此的期待，期望他如酒神般高舉詩之火焰開創屬於他的語言和文體，以及他的美滿人生。但願我們不用再有如過去那般在淺灘在深淵或在內陸地帶的人生道上，擱置下來：以我們的鳳凰花跨向生命的另一個驛站另一個天涯，烈火熊熊，燃燒屬於我們的傳說我們的詩我們的，思想。

（青春是青春的謊言嗎）
是獨角獸回來覓夢的足跡嗎
成年後我路經街道放縱的城市
躺在妳少女睡過的木床
日漸從忠誠的憂傷解脫
忘卻年少所有的傷慟
躺在那裡
青春是不死的語言

七　藏骸地的傾訴儀式

伊甸國路上的追尋者，也是世俗國度裡的佈道者。這一個自我色彩十足的追尋者，同時又是十足的超我也有十足的原我本色：幸謙重新借助現代醫學對於大腦新技術掃描的研究，重新定位了佛洛伊德的心理學理論，看到了自我確實隱藏在前額皮質層之中，也捕捉到前額腦區底部皮質中無處不在的超我，同時感受到腦伏核中的本我，本色。

離婚後的多年以後幸謙再次來到聖地鹿野苑，伊甸國的盡頭應該曾經就在這裡。而在相反之處，是一片現代東方吉普賽族人的藏骸地，遍布在世界各地以各種不同的名義出現。

再次來到瓦拉納西的近郊的鹿野苑有如來到卡爾維諾版圖裡一座名為遙遠的城市，艾雷尼。鹿野苑，幸謙的伊城，也許就是這樣的國度，遙遠而又鄰近的一座城市。走進城裡，城市就會隨著彳亍者的視線變化而身處在不定的歷史場景。那些從城外經過卻沒有進城的人，伊甸國這座城市對於城外人永遠只有一個樣子一個固定的模樣。而當我第一次離開這座城市而後再次進入伊甸國時，我眼中的城市又將以一個我不曾見過又未曾想過的新名字出現。

伊國不只是伊甸園的世俗化的現代版城市，也是佛陀對眷屬門徒的萬法開示圖，是一種以香氣為食的尋香神靈的追尋，追尋祂的香城，也是我的尋香城的終極體現：美的體現，詩的體現，愛的體現。

當我離開，永不再歸時，我的伊甸國和尋香城又已是另一個城市的化身。

這是幸謙追尋潘多拉星球之旅的中轉站，是當代生活理論所組成的奇妙世界的複雜與隱蔽之處。幸謙離開馬來半島離開台灣然後一再回到工作的香港，和各地城市人經歷人格的增值和貶值的年代，自得其樂自由自在無可奈何無所適從也無動，於衷。

伊國中的自我成為現實唯一最受人們所渴望追尋的王國。

作為追尋者的追問，可能有如當年鳩摩羅什年少時決意前往中原國度的追問：那個遙遠而深邃博大的王朝將會以寬容或苛刻的方式對待他的到來。在他的人生追尋中他踏上陌生中原尋道的道路，在漫長的孤單中在無限的隱喻中過他自身安樂的，小日子。

星泉回想起小學的某一個老師，在星泉長大結婚成家時候亡故了，他中學的老師也有少數在幸謙讀研究所時候在意外中身亡了，而大學的老師和研究所裡的老師不少都身經百戰身懷絕識開創新學，拓展學問前沿空間，也有沒沒無聞暗自在個人的小天地中品味人生。其中有幾個老師和同學在他盛年時不幸身患絕症與世，長辭。

如世界，如水月，如幻品，如夢品，如紅樓，如果。

這是師生兩代人，一代又一代日常生活中的歷史場景。在教育問題上，每一代人都在反對他們前代的教育制度，每一代新的教育體制又被後來者給取代了。每一代人都不滿自身所經歷過的學習模式，但越是精細周密的教育體制所教育出來的，卻越出產專業人才而沒有大師級人才。

門徒們，追尋的集體記憶正是師長所遺留下來的歷史碎片，我們所批判的也正是我們自己正如他們反抗的也是屬於他們的時代。

在他與她、你與妳的文本聖鄉中，我曾經渴望在凡俗之間體驗禪機的靈性和迷亂。時代在永無靜止永不間斷中尋找安息之所長途，跋涉。

這一條無名之路，有著無名一代的無名路標，那就是紅樓夢醒之處。這也是一個關於卡爾維諾的故事，也許不是；是卡夫卡的故事，其實也不是。這故事永遠不會是馬奎斯的小說，也不會是托爾斯泰或者曹雪芹的故事。

或者也不是幸謙的故事，或者，只是幸謙的故事，或者不是幸謙的也不是非幸謙的文字。

一切故事最初都源始於自我，一切自我都始於想像，在名叫伊甸國的地點，或名叫藏骸地的花園，伊凡，以幸謙的名字寫作。

伊凡，始於伊國內在的原始力量也始於長久與之搏鬥的藏骸地。我立足於伊國長大成人走上藏骸地的，舞台。不論這是一頁虛擬或真實存在的國度抑或僅僅是心靈或潛意識中的世界盡頭，我們都將在暴雨和陽光中體驗亡靈最後的，時光。

香港的魚木花每到春天都在召喚伊凡召喚星泉，瘦姿花影，年年，依然。幸謙走過青春的晚年期之後，是中年的青春期，與晚年的身影咫尺天涯，在有色彩的夢境中探望手術後的各色人生的景觀。

這些題辭其實都是她和他很久以前被繆斯放逐的言詞，在文字的筆畫中四方游牧，最終來到幸謙的心頭上，在鳩摩羅什的卷宗上，一處早已並不存在的歷史場景。

假如幸謙不是幸謙，不是真正的幸謙也不是非我的幸謙，你或妳的幸謙，或許，他，會是誰呢。

誰會跟隨神話中的美杜莎般勇於隱姓埋名而又不會自我毀滅超我印證本我涅槃。

我（們）只要屬於我（們）自己就夠了。

今天的作者在時代的潮流中和日漸世俗化的社會抗衡中寫作，明天的作者的意志，必須更加堅定不移才行了。

幸謙最早在暴雷的馬來半島上成長，在雷雨超過三百天降雨量豐沛的茂物度過他三十六歲的生日，在南非貧瘠小國賴索托裡一天之內經歷了冬夏秋春四季的日子，在挪威北部有北極之門的特羅姆瑟港口觀看整夜的極光，在海灣前的朗城小鎮經歷過半年白晝半年黑夜的非凡生活。作家的日子都是無止境的修行。

天體沉默中寫作成為自我拯救的方式，打從伊國的深處，幸謙在尋香城域中書寫，駐守太陽：

對我而言，這毋寧是作家所面臨的問題。這是一種似是而非的富有，即必不可少又十分危險的

富有。因為富有使我們喪失了貧窮的財富。這些實際上一無所有的人們的財富唯有窮人才會擁有，這財富便是我們一旦富有便不復具備的那種奇異的、悲劇性的欲望之源。我們曾經了解這份貧窮，儘管不知道那是否真稱得上貧窮。儘管不知道那是否真稱得上貧窮。

——西蘇

亡靈傾訴：鄉關何處

「一個詞語一個句子
從密碼中升起
熟悉的生命
突兀的意義
太陽駐守
天體沉默
萬物向著詞聚攏」

亡靈

傾訴，是我對父親亡靈的懷想。

那段日子，一座非常古老的聖鄉召喚我。有一天，我突然就成為了某個聖鄉古鎮上的遊客。那是可以讓我焚燒生命往事的聖鄉之岸。

我來到，興都教徒的聖鄉。在古老而蒼白的色彩中，我不由自主地也成為搖撼古典行列中的街上遊人。生活在古城裡，我體驗著當年馬克吐溫對這座古典所設想的形容詞：這是一座怎樣的古城，老過歷史，老過傳統，甚至老過傳說，老過世界全部的總和。

亡靈的愛，也許才是真正絕後的愛情。也許，才能真正的無目的和無條件，一如恆河岸邊上，滿臉白色長鬚的苦行僧面向河岸靜坐時的一種姿影。

我跟隨新識的阿格瑞長老，一頭到腰間的粗獷的長髮，臉上滿是死者骨灰的色澤，天天，他沿古老恆河岸邊看他們悄悄地尋找火化不全死屍的殘肉。

在瓦拉納西的河岸，許多窮人不夠錢買柴木火葬親人，草草把沒燒完的屍身推入河中漂流。阿格瑞長老吞食火化後殘餘的屍肉，是這些古老修行人的宗教儀式，是修行最高的神聖儀式。

這是亡靈的傾訴，一種離經叛道者的祈禱。資本主義中重生的無名句子，在商業社會中被擠壓的一個詞語，在死神的密碼中浮現。

一條十分古遠的河流淌過那一年的秋天。那年，林教授正好踏入四十不惑之年。在這年齡，我們還需要精神的家鄉嗎？性靈還能復活嗎？失去山林國度的天堂鳥，早已無法回到世代追求的天堂。

中年的生活並非一種標記，而是永遠在自我創新的一種符號。

八月最後的星期五，我在文學院十樓與十一樓之間的梯級上拾起一隻蝴蝶。在往後無數的日子，又幾次發現幾隻死在梯級上的蝴蝶，和粉蛾。這些美麗的屍首，有著學生時代的青春的翅，淒豔地躺在地上，我不忍這些美麗屍首被不經意的腳步糟蹋，毫不猶豫地把她們帶到研究室，放在窗前。

那年的八月，四十歲的哀傷從容地降臨在獅子山下的角落，在蕭邦第二號E大調夜曲的琴聲中，八月從十萬八千里的天涯深處隨風吹來，徘徊在窗前一排茂密的相思木的細葉之間，紛亂飛舞。

那隻死於過境颱風的蝶，如今已從我的研究室裡消失不見，後來，我換上另一隻粉蛾用身體寫成詩篇的另一段日子。好漫長，似乎今後所有的日子都等待在明天後天再後天的哀傷之再次降臨在離異者的人生路程上。

那一年春天，一群五百萬以上的雪雁從墨西哥飛越數千里到達北極阿拉斯加的雪原凍地，只為尋找終身的伴侶，在冰霜的異地築巢養育孩子。這正是現代人走上離異道路的啟示。對於愛和婚姻，就像對待藝術那般，已失去了信念。在感情的道路上，從零開始。

四十歲以後，林教授生活在藝術與生活之間，兩者之間的距離等於人與愛之間的空間。愈來，愈窄小，愈脆弱。林教授知道他所需要的，是一個忘憂的生活空間，在藝術與文學之間，較為自在地存活，下來。

許多年後，我們再次前往古老的火葬小城。恆河古老的岸邊，我們不約而同地，舊地重遊。然而，這一次，我們已經是分居離異的，兩個熟悉而又陌生的男女。

也許，我們是在赴約，赴往一座供人相逢也供人分離的城市。一處生離死別的古老場所，是許多遊客們所追尋的，古老的火葬小城。這些從四方而來，刻意想要老死在這裡的死者，他們的信徒夢，都有基因相同的一個夢境，流過恆河的轉彎處。

像聖城以外許多人一樣，我們一直想要逃離基因循環的噩夢，尋找可以開啟也可以關閉夢境的宗教式甬道。因此我來到這一座傳說是濕婆神創建的古城。在耶穌和佛陀之間，在佛陀與眾神之間，在凡人與聖人之間，我坐在古老的紅岩石壇上，冥思。

尋找光明的甬道是我此生的另一個夢想，或者說，另一種假性夢想的生活方式。恆河古老的岸邊，瓦拉納西等著生者和死者的到來，等著我們。

我很難相信離婚後，我們會不約而同地，舊地重遊。或者說，妳真的也來赴約。

這是一座供人赴約的古城。一座供人生也供人死的河岸，生離死別的古老聖城，竟有著我所不知的一處空間，有如走入史前生物鸚鵡螺內在的旋輪溝渦中，帶我往空無黑暗遊蕩，在無盡頭的旋梯螺內部睡眠、工作與飲食。

夏天，中國情人節的黃昏中傳來妳的聲音，還有妳帶來的中國情人節的喜悅和想像。我說，已經很久沒有這樣的心情了。離婚後的男人，對愛情有一種異化作用。離婚使女孩變成女人，使男人變成男孩。

愛可能源自肉體而非心靈更不是多巴胺。在婚姻內外談戀愛，現代男女很少人知道我們的下丘腦中隱藏著神祕的愛源，以詩的神經遞質侵襲戀人。這情愛的中心只是我們腦海中一個隱密的島嶼，隱藏著戀人所期待的丘比特之箭，在我踏入中年之時，感覺遙不可及而又，咫尺天涯。

太陽駐守，詞語在四十歲的地平線上，浮現出伯恩的詩。

這詞語，是碩大無朋的暗冥，把我們陷在虛空之中，是我們從未完結的詩句，有如一個結局還未構思完畢的故事塞在我們的生活之中，有掏不完的話，和無數後設的，生活情節。

暴雨

「熟悉的生命
突兀的
意義
太陽駐守著」

瓦拉納西古鎮的燒屍台景象隨我回到學院。我一次又一次回到，屬於自己的伊國園地裡，生活。驚覺我已是伊國中人，一個活在瓦拉納西的河岸焚屍台前的苦行僧。從快樂原則超越到現實原則，從原我到超我，伊國總是最脆弱的密宗心靈地。

我所無法迴避的伊國之尋，帶我來到盧舍那佛的身影中伏禮傾訴。我的自我，就像盧舍那佛般傾聽所有自我的傾訴，傾聽世間每一個人內心深處的傾訴，心聲若暴雨若亡靈若般若，長久進駐在我們的伊國內心。

夜深人靜時，我有時會夢迴鹿野苑。在我之前，東晉法顯歷經苦難來到鹿野苑遊歷學佛，而後另一個中土唐僧玄奘也來到這裡取經，鹿野苑給玄奘留下的印象，就好像我夢中的景色，紅岩的夢，具體而詳實：

三藏法師至鹿野伽藍。台觀連雲長廊四合。僧徒一千五百人。學小乘正量部。大院內有精舍。高百餘尺。石階磚龕層級百數。皆隱起黃金佛像。室中有　石佛像。量等如來身作轉法輪狀。精舍東南有石窣堵波。無憂王所建。高百餘尺。前有石柱。高七十餘尺。是佛初講法處。

當年我去到恆河北部的古鎮聖城瓦拉納西時已經歷了十年的雨季。第一次去我還沒離婚，再度去時已然是個精神領域中的吉普賽人。

我短暫的遊憩於人世間這片最後的藏骸地，感受深刻，差點也跟隨阿格瑞教徒那樣，差點從他們濕婆輔廟裡撿起碗形的顱骨，隨修行者那般手拿人頭顱骨做的碗具過起終生乞討的生活，差點也在自己身上穿著從恆河邊死屍上除下的，壽衣。

這一處，是我內心性靈苦行打坐的修行場所，古老的像家族所留傳下來的，傳說。

這一處，是我初轉法輪之地。

我跟隨夢境的指示來到鹿野苑，走入她的傳說。這一座被大地封印上千年的聖地，如所有的傳說一樣，故事發生在很久很久以前：

彼時有一國王喜獵鹿，鹿王為將種群之損失降到最低，命眾鹿抽籤，每日皆有一鹿須獻出自己，供國王射殺。如此，國王日獵一鹿，便可心滿意足，欣然回宮。一日，正當他彎弓搭箭，卻見那姍姍來遲的公鹿氣質高華，雙目含淚，非同尋常。國王一時怔住，不由收箭，細細打量那鹿。那鹿竟口吐人語，自言己實為鹿王，只因今日輪到一母鹿須被射殺，而母鹿已然懷孕，若允其前來，必一屍兩命。鹿王不忍，然若重新抽籤，於眾鹿不公。遂決定代替母鹿，親自前來，以命為獻。國王聞之，大為感動，命此地永不可獵鹿，成了野鹿的天堂。

在鹿的天堂苑囿，我與大比丘僧三萬二千人，眾菩薩摩訶薩七萬二千人，以及三千大千世界所有釋梵護世天王們，一起生活。

聖地寺院遺址內，極少數阿育王古時期建築的遺作答枚克佛高塔，以及遍地古老的紅砂石磚砌成的大小講壇，想當初這裡佛光普照，而當我到來的時候，一切已完全變了樣變了味。

校園裡一場暴雨，一路從千里的遠方落到長年乾旱的曠野。在地下冬眠了數十年的牛蛙破土而出，在雨中交配，歡迎雨水的降臨。學院裡季節性的風雨是一種壓抑性的語言。這種雨，若非令群眾沉默，就是令人無法言所欲言。

我在季節性的大氣候中寫作，處處受到制度的束縛甚至宰割。然而，在教學生涯中看著學院中的學子們逐漸懂得文學和文字書寫的形構，慢慢懂得表現另一種生命的形式，我的欣慰也是無法言喻的。

回到香港後，我重複簡單的生活。在片段的敘事者中構成自身錯綜關聯的世界。無數夢叢生的海島，無數的夢死於這裡。

年輕時期專門收編崇高理想的夢，死在縹緲動盪的現實之中。我的世界沒有晚禱鐘聲，沒有恩惠之樹的金色閃光，只有伯恩的詩句伴我度過幾年沒有詩意沒有文學心情的生活。非常熟悉的一種生活，卻有著非常突兀的意義。不足尋常，也不足非凡，然而熟悉依然，如太陽駐守，如詩筆刺穿我的記憶。

在夜闌空靜中閱讀記憶的一種時空，一道影像繁複繽紛的回溯之壁在夜裡展開，回溯中的幻覺飽滿，原野充滿幼年的憂傷。

牆壁之內我面向窗外的蒼空，深邃的空間傳來深邃的聲響。

我恍然還走在恆河的右岸上，和陌生的人潮一起走在火葬場上一種獨有的煙霧與氣息之中。

忙碌的人群，哀傷的悼亡者，在一場又一場的火堆儀式之間走著動著。

我感覺到天國諸神的光環閃亮，也感覺到天使的翅膀被恆河的流水濕淋了。古老的火葬之城，消解了人的生命和大千世界的生命歷程。

燒屍台上的燈火不滅，照亮了恆河的夜空，文學院的蝶體恍然飄飛，火焰迷人。在歷史中，我就像行走在火化場上的葬台上。

神聖的火苗點燃了我的重生之路。

一座城，城邊的河邊，無數的河岸祭壇邊，我們不約而同到來，看著煙火送別死者，通向永生的天堂。

太陽，永遠為我們駐守。

聖鄉

「天體沉默
萬物
向著詞
聚攏」

據說，小聖城中有一把把點燃火葬儀式的火種，乃經歷無數代的薪傳保管聖火的家族今天仍然日夜不歇地保留火種。那也是世上許多人內心的欲望之火，在每一個家族的聖火壇中被保管著，永不熄滅地傳送到一代又一代死者的身上。

然而我們又將是那一世代的死者？

從不曾熄滅過的古老火種，能夠讓死者升天。

秋天到來的時候，我和一個即將在耶誕節和未婚夫回馬來西亞辦婚禮的新娘子吃午餐。她帶了今年夏天在台北拍的婚紗照和我分享她的快樂，說了許多美好的人生的憧憬。我留下一句話給她，健康的婚姻觀就是不怕婚後可能要面對離異的結局。

我們的學院和她的居民們，像海明威晚年時候一樣索買索價高昂的命運，也像梵谷低價出售自己的命運一般，都是無價的命運，無價的慈悲。喪失慈悲之心的人，才知道慈悲喪失後的意義。

面對未知命運和命運的主宰，誰主宰誰，也許大慈悲的佛祖也不知道吧。回到日常生活中的城市，我又回到校園教書。我的言行充滿社會性的銘文，銘刻著世世代代的愛欲功名。那是劉勰《文心雕龍》墓碑的一種修辭，愛欲功名之文是銘，社會言行是敘述，是傳。

盛德，能見清風之華。那是我的銘文之碑，藏骸地。

藏骸地的佛首雕像，在鹿野苑就是自我展示的一種殤痛，自我，從來不是天國的產物。

在我想要洗禮成為基督教徒前，我從瓦拉納西往西北徒走十餘公里路，第二次來到鹿野苑，想要好好的親近這一處當年佛教發源初轉之地。西元前五世紀，釋迦牟尼來到這裡初次講學佈道。聖地容納了我。我像法顯和玄奘那般生活在重新出土的佛國故地，在一座相傳是六千年前由婆羅門教和印度教主神之一的濕婆神所興建的神祕古蹟裡，過短暫有如出家般的生活。

那幾天的時光，心境努力追尋當年七世紀時玄奘來到鹿野苑的情景。走在考古學家根據玄奘所著《大唐西域記》的資料，在一百多年前把這片歷史淹沒中荒野聖城，挖掘出土，連帶也把鹿野苑最初的美麗傳說帶回人世間。

然後在印度北方古鎮的河岸上，遇見妳和妳家人。妳沒有看見我。那女人也可能不是妳，只是像妳的一個東方女人而已，同樣有著及腰的長髮，飄飄。

那天午後，我和友人一起見到了濕婆神靈宗教長老，一個阿格瑞信徒。遠遠地看見了妳。古老的鎮就像古老宗教的信徒一樣，臉上的神色和裝飾有著非常後現代的壯觀而又悲壯的景象，令人迷失。我穿過喧囂雜亂的巷弄，窄長曲折，迷宮般將我吸納進入瓦拉納西古老的體內，跟隨這位朋友所引見的老人，一個崇拜古老濕婆神靈宗教的長老，法號獸主。

獸主長老跳起他的儀式化天舞，據說是濕婆神早年留傳下來的，創造和毀滅世界的天舞。我彷彿在他身上看到印度教三大神之一的毀滅之神的身影。這一位俗世化身的濕婆神，就是神話中前身是印度河文明時代的生殖之神「獸主」和吠陀風暴之神魯陀羅的結合體。在他的儀式化天舞姿影中，舞出生殖與毀滅、創造與破壞的雙重影像，赤身露體，巨大無比的生殖器，就像古聖城裡大大小小無數的林伽雕像一般，象徵了濕婆的根本主體，無比的神奇。

阿格瑞獸主，手持另一個無名死者的半邊頭顱骨，在恆河邊一具死者的靈體前，跳天舞。舞後，阿格瑞長老伏身親吻死者靈體那已經腐壞了大半的生殖器，然後開始他的食屍膳餐。這些恆河漂來的屍首，被教派信徒視為神的禮物。

瓦拉納西，天體沉默萬物聚攏。我看到史前我們祖先同類相食的歷史場景。在那古遠的年代，沒有東西可以浪費，即使已經腐爛的肉體。

那時候，我們還是食腐動物。燒化不全的殘屍，在阿格瑞長老的憐憫中化為灰黑物質，炭木，鮮花。這些漂流而過的浮屍，一日日見證了這一座古老城鎮的生死存毀的火化儀式。

夕陽，在過早衰老的西天，成形。我知道儀式化的宗教體會後我將依舊回到日常生活中，孤光如夢，我有如一片雲掠過季節的，天空。

本來，我選擇到古城是純屬偶然的機緣；就好像我選擇生活在這一座城市，也純屬偶然。在我的現實生活中，花園左側的馬路上急速馳過兩輛救傷車，拉著徹天的警報聲。孩群的歡叫聲在秋暮中的花園裡響起，彷彿也儀式化了，那幾聲孩童的歡笑語，伴隨著花園裡另外幾個老年男女的腳步，漸漸地走遠，消逝。

香港九龍一角傍晚時分黯淡的花園，在蒼白的燈光中歸復清靜，繁英寥墜，風格遒勁。

這是一座完全沒有熱帶叢林氣息的城。

完全不值得任何人這樣奉獻一生的城。我跟隨著大家漫無使命地集在一起，生活很快就沒有了沉重的民族激情。

在伯恩的詩句中，生命的意義變得突兀起來，從密碼中升起。我的學院生涯包含了天體的沉默和萬物的恩寵，向著詞，聚攏。

❦魚木❦

「然後又是碩大無朋的
暗冥
在虛空中
環繞世界，和我」

年輕的時候，日日夜夜都有雨滴在我心田上的魚木森林，金色之花，在春的雨中滋潤我。我聆聽窗外的雨聲，放眼雨色攏亂的青春影像。多雨的大荒島國，浪潮凶險，海島留給世人遺忘不了的殖民記憶。飛鳥，潮浪，和充滿世俗欲望的殖民者的噩夢，充滿，欲望的自我和自我的欲望。

深夜中，無法言表的雨夜有一種年輕的情調，朦朧的青春，心影。這是內在想像的人世景觀，給了我神奇的魔法，有如杜靈的現代魔法，讓我在世俗文化的魔法力量中，開始精神魔法之旅。

這座大荒海島上的城市，對於我來說有點像優薩匹亞（Eusapia）城中的生活，總是為了追求享受總是躲避生之憂傷。唯一不同的，是大荒島上的居民沒有建造完全一樣的翻版地下城，讓所有居民生活在地下王國之中，而是往天空建造高樓建築生活。

我的身影慢慢在優薩匹亞的夜色中擴大。我的心情和優薩匹亞的居民一樣，過著平淡的生活，懷著秋天中春色的心情。

第一次和妳共同遊聖城，就是在秋天裡懷有春天氣息的日子，也許，說是季節更適合吧。我們相約在十年以後的那一週，要再次重遊聖城。而我真的赴約了。而妳也許真的也赴約了，那個女人的身影，也許真的是妳。

回想起我們在古老的火葬之城以外，生活也有許多形形式式的火葬場。在日常的生活場景中不露聲色地燃燒。

我們都是伊國的追尋者。日常生活中仍有無數的屍首在古城河畔岸上的木材堆上焚燒。那是我們精神生活中的大手印，為我們頂禮。那也是學院內在的曠野，乾旱已久。

我們在恆河的某一段河岸上，第一次共同觀看真實的火葬儀式。印度教的淨化祭典在我們離去後照舊每天舉行，為一個又一個的死者歌唱動人而哀傷的詩篇。

那年，我們想親自看看神祕的阿格瑞教徒的生活，想看看他們如何儀式化地坐在屍首上冥想，如何住在墓地裡，獨自過著禁慾的苦行僧生涯。

當我再次重回瓦拉納西的時候，終於在貝拿勒斯印度大學大學友人的安排下，認識了阿格瑞信徒獸主長老。初見時，如果妳也在場，一定會被他的氣場、髮飾和衣裝所震懾。他手托一隻人頭骨的碗，過了大半生的苦修者生活，以信徒乞討的方式而活。古老印度這一派殘留的神祇的忠勇信徒，從屍體上脫下壽衣，在恆河流域的小鎮尋找火舞中燒不完的人體殘屍，吃死人烤肉，是他們日常的儀式化生活和餐飲。那是神聖的肉，配神酒，喝人尿成為獨特的精神轉化的生活形式。

吞噬人體屍肉成為日常飲食儀式，這是另一種極端的人生，一種生的宗教生活，過著一種被人視為罪惡的人生。然而，這就是史前人類文明在未開化前的當代生活寫照。我們的祖先史前的生活史。

那是生者的藏骸地，也是我們的，伊國聖城，我們精神地圖上的吉普賽標籤。

在陽光陰沉的季節裡，我也試著過一種較為精神文明化的生活，把自我囚禁在詩的意念之中。暗冥，虛空中，太陽駐守。城市的孤光迴盪著碩大無朋的暗冥，每道暗冥的光線都是一種啟示。群眾的心中，或許充滿不為人知的隱憂。第二年的夏天，歷史的內在危機浮現在城市中心的街道，數十萬人遊行在烈日下，為那一年的夏天點起火葬的祭典。生活的詩仍然碩大無朋，卻一再貶值了，而且不能再次保證任何人可以得到任何的慰藉或價值。

在我決意想要繼續書寫的意念中，我的生活被學院所包圍在最內裡的機制肌理之中，有一種只有我看得見的花木，盛放的花猛綻如寂寞的煙花，向寂寞如人心的銀河的中心伸展。

我的病痛的手指，伸向花樣的紙張和筆，交彙在我的身體與文本之間。

我們的花季，閃耀的魚木花。另一群來自琉球諸島的新移民，在城裡一條古老破舊的街上猛然綻放，綻放一年又一年許多人的青春花季：分裂與並蒂，內斂與外顯，花季很快也就將過盡。

我們的目光沿著密密麻麻滿樹的飾紋，在葉影和花影之間陷在雙重分裂的人世裡，陷入，無邊無際的人生長句之中，魚木花的季節。

這一般人生的長句。青春與白髮，荒野與城市，現實與虛構重疊為一體，把城市和我納入其中，又把我和城市排除在外。一棵棵魚木花滿樹的街道，白花花，我慢慢地，走著。

我想起那一年的春天我去看我老師的路上，那一條種滿魚木樹的街道，滿街都是魚木花令人心碎的景色。魚木花白的季節，滿眼都是色彩閃爍不定的花影，倒映在城裡長長的天橋和長街上，一種只有我明瞭的滋味孤單地在光影中爬上心頭。

我有時候不禁懷疑，那是一種只有我看得見的魚木花。

自從我居住在這座城市裡，我的生活由內至外，經過曲折迂迴的心理把自己的心靈排除在外。街道上，盛花的魚木，淡金色的樹和花連為一體，觸動心田，一樹又一樹的花凋在夜晚時分，像心事的魚木花，落了一地，令我孤立於內合群於外。

不知道以後會在那裡終老。在一座越來越感到陌生的海島，我害怕我的身影會在一夜之間駭然老化。記憶中有一種春天永不死亡；有一種花季，永不凋零。

醒來。我穿越出生和死亡的牆壁，影像繽紛反覆，穿越言語，再現所有的歷史。飄蕩的故人身影，飄搖的歲月光影，雨水特別的剔透晶瑩，顆顆有如水晶雲石，魚木花似地想起遠去的親人，令我心碎。

芻狗

「一個詞語
是閃光是飛絮是火
是火焰的濺射
是星球的軌跡」

如今，有些立志寫作的文學愛好者，成為了失寵的芻狗。寫書弄文。寄情酒色。偶然地，也會感到毫無意義。

能不老嗎？轉眼兒子已是大二的青年了。記憶中，這位同事的孩子不久前還在小學讀書。終此一生，都在等待許多事物和故事的發生。

那個在大學校園裡賣保險的女人，每次見面都會說到哪間大學的哪個教授因患什麼癌過世了，一數就好幾個。才四十一歲就那樣去了啊，直腸癌真可怕。林教授，您們在香港的大學裡教書真是不容易啊！她總是語重心長的提醒叮囑，不要太忙太累了，工作做不完哪！

再老一些，年輕時候所經歷的他人的生生死死的故事，會更動人些吧。我想起我的老師，有肝癌有肺癌有血癌有老人癡呆症，或許再過多幾年，直到年歲更大的時候我也會感到一種芻狗的哀傷，就是老子很早以前所感覺到天地不公的那種滋味。

從幾年前開始，突然會聽到小學的同學病逝了，然後是大學的同房室友心臟病突發死在咖啡廳的大廳裡。後來聽到越來越多各種親人的離去消息，再到自己心愛者的死別。

只有年老的到來不必我們費心去等。在奧古斯特．布朗基的宇宙幻象組合中我捕捉到強大的幻覺。我看見的現世世界，是一系列的魔術幻象。我想像其他星球上，同樣狹小的舞台上同樣單調的人們。我們或許自命不凡或許坐井觀天，經歷永無止境的自我追求。然後，慢慢老去。

能不老嗎？我又想起同事的問語。我常記起許多年前的雨季。落在異鄉的那一種雨水。

一路向我早已遠離的小鎮的窗前，滴下的那種雨水。

夜雨一陣陣落在窗外的相思樹葉上血桐的葉上以及牽牛花的嫩葉上。雨水，是一些極其遙遠的河流，變相來到人間，落在永恆的河岸。落在，地上的枯葉，和一些我所不知道名字的葉群。黃昏時候，有鳥兒在葉群上輕唱，到了夜晚，有雨水的感覺落在樹上，我心頭有種異樣的感動，雨水一般，滴下。

我們能不老嗎？追憶總可以不老。在我們的追憶裡還保留著我們做過的事物的痕跡。我們坐在午夜的火車裡，連夜奔向瓦拉納西。我們在恆河岸邊的無數火葬儀式中觀看古老信仰的現代演示。

死亡是自由之子。

然而沒有人不怕老弱時像無助的乞丐一般死去。

皇家和賤民在瓦拉納西的懷抱中都沒有區別。數千年歷史的古老小鎮，每個晝夜不停地舉行大大小小的火葬儀式，煙火蔽天中我們把現世的煩惱投入火焰之中讓陌生的死者帶上天堂。

天堂以外，那一年我們的足跡落在印度半島，向恆河古鎮的石階敞開我們的內心。我們走在雨中，河岸的台階依河岸地勢高低不等地展開，為我們攤開一條條神色迷離的走道。恆河邊上，依岸勢建築的城鎮，青煙滾滾，沿河岸約有六公里長的河岸祭壇，伴恆河流過無數歲月，露出各自斑駁青森的體姿，道出我們日後離異的另一種現實。

離開家鄉許多年以後，我們的家鄉都已被城市的景觀所置換。

然而荒野仍舊是荒野，海是海，島是島。

蝶歸蝶，舞歸舞，都是沒有意義的符號。

我的生活中仍有一位靜坐在恆河岸上的苦行僧，彷彿在瓦拉納西的渡口岸邊的燒屍台上，我仍然在恆河岸上靜坐，入禪，無視於身旁的生生死死，各種匱乏藉助各種名目占據恆河兩岸的大千世界，占據海和島的各種空間，像花占領蝶，像蝶占有舞，像火葬儀式占據了一生中幾次重大創傷的時空。

這些在追求人生價值的各種試煉中，功名富貴的昇華或者墮落，到時候有誰會在意誰呢。

從印度半島回到學院以後，學院繼續成為隱居的地方，終老在來去匆匆的青春男女之間。

我把書本視為心靈的調劑品，繼續吸納我的青春和欲望，偷取我的一生。

我想要重生的夢，這夢，卻一再死去。

很久以前，從我早年的研究所生活開始，我看到幾個生活在理論之中而不能自拔的年輕人。

這一群生活在理論之中的人，曾經熱烈地熱愛過理論的思索與辯證，遠比我更加投入理論思想叢林的火山地帶。經過這些年月的洗刷，如今我卻驚覺我的人生遠比許多朋友的中年歲月更加的理論化了，讓我自己感到有些吃驚。

這些滿懷壯志的年輕人都到哪裡去了？消失在社會的黑洞了吧。我常這樣對學生說。

這樣的學院生活，一處被我喻為學術叢林的地域，陪伴我走過世紀末和新世紀的迴光。

在大學校園內，我目睹各種大荒的景象，在島嶼在大陸在半島上一代一代地重現在人們的面前。諸神圖騰怪物的原型藉助各種喬裝面目體現在生活之中：饕餮、九尾狐、食人的窫窳、渾無面目的帝江、自鳴清高的鳳凰，從荒遠的時空回來，活躍在文明的現代都市中，像無法自主的娼妓一般，淪落，在無名的燒屍台上。

學院依舊死氣沉沉，然而我的寫作卻生氣勃揚。在寫作中的文學有著覺醒的自我，每一個字，每一個筆畫，都渴望自覺，散放不凡的精神。我的文體將湧現出驕傲的欲望。

每一個句子，還有標點符號，都是自我的覺醒，都是想要超越自身的強者。

強悍的詞，讓我可以和文字好好玩一下，每一個字，每一個詞都是內在世界的宇宙，或者，喪失意義的芻狗，永遠神聖而卑微的一種傾訴，流過我內心的恆河，一路迂迴，通向無言的傾訴。

傾訴亡靈：最後的時光

雪殤

情感的流露，有時候是一件痛苦的事，就像物的崩潰。舉殯後我大病了一場，連續發燒了一個多星期，曾高燒至華氏一百零三度以上，似乎過去多月的積鬱，都在頃刻間湧出，連帶將去年觀音誕期間在車禍中雙雙過世的家父和小弟的記憶，一起化為傷痛把我擊倒。

在黃師繼持出殯後的第二天，我收到一封瘂弦的來信談起黃老師。在瘂弦眼中，黃老師是一個忠於學問和忠於朋友的好人，富有知識分子的良知，「像他那樣的謙謙君子，學界早不多見了」。而在談到黃老師的病情時，說有幾種食療法務必叫老師一試，看到這裡心頭一酸。

去年中秋，我得知老師患了晚期肝癌，徹夜難眠。大概那也是老師生平所度過的最哀傷的中秋。然而中秋過後，還有重陽；重陽過後，還有聖誕，然後還有元旦新年；然後，就到了農曆春節。

憂傷來到香港城市一隅，每一個日子都有不同的哀情，或者想願，或者豁達情懷，我嘗試各種思路接近老師。而在中秋之後的每一個節氣，寒露、霜降、立冬、小雪、大雪、冬至、小寒、大寒到立春，此後幾個月是老師在世最後的日子，我有幸多多少少短暫地陪伴在側。

去年九月廿二日，老師證實患上了晚期肝癌，而且已不適合動手術割除腫瘤。在絕望中尋找一絲希望，原是人的本能。為了確實可不可以動手術切除腫瘤，老師踏上尋找第二個可能提供答案的醫生，結果找上了在香港大學肝膽專科執教的醫生，他根據肝功能和電腦掃描的診斷，認為還可以動手術割除。人在病中的心理，脆弱得受不起任何一絲希望的召喚，老師於是在十月十一日進了瑪麗醫院的手術室。

日後，我認識了捐贈上千萬元贊助文學院主辦紅樓夢文學獎的商儒張大朋，得知他九〇年代做了移植肝臟手術，把已惡化到晚期的肝換了，至今生活得很是健康。用張大朋引述手術執行醫生的話說，那是一種創新的、超越常識超越自然的手術，艱巨困難的手術。可能帶給他重生，也可能帶來死亡。

本來在那之前，乙型肝炎病患者是不能接受肝臟移植手術的，因醫藥的新成果而有了新希望。以前，原本新植入的肝臟很快被病人體內的病毒所感染，導致移植手術後的身體在最脆弱的時候整個新肝臟迅速壞死而無望。但有了新藥，可在手術後保肝臟健康而使這種手術成為可能。雖然香港也可進行此項大手術，然因捐軀肝臟太少病人太多之故，張大朋選擇在美國洛杉機市加州大學醫學院的肝臟移植中心做了移植肝臟手術。而在肝臟移植中心這裡，每年都要做上幾百例的肝臟移植手術。

那天的手術於八時三十分開始，原計到傍晚才可完成，但二時許老師就被推出了手術室，家屬們以為一切來得順利，然而，有關醫生卻在傍晚五六點的時候才告訴家屬手術失敗了，腫瘤並沒有割除。最令人憤慨的是，還沒確定腫瘤擴散程度的情況下，手術中途為了方便竟把膽先切除了。西醫或許覺得膽的作用並不大，但中醫認為肝膽有相補相護的功能。事態發展至此，先前建議進行切割手術的診斷言談，幻然變成了一種戴著謎樣面具的花言巧語，誘騙著病患者，考驗著受難者，而讓老師提早身陷苦難絕境之中。

有人認為，有關醫生原出於醫者父母心而提出動手術的診斷；然而更多的說法是：幾個病患中只要有一個手術成功，就能大大提升醫生在相關方面的權威性和知名度，所謂的專業診斷，背後高高張揚著一面幽暗而不為人知的私心旗幟。傳聞，黃老師早已不是第一個個案。從黃老師這件事故，以及有關香港當代醫學界中各種有關黑暗傳聞的真實情況，不只是港大醫學院相關單位必須加緊監督追查，香港醫管局似乎也不能無顧於類似悲劇事件一再的重複循環地發生下去。

手術

手術過後，由於老師在瑪麗醫院得不到完善的照料，加上各部門協調不足，導致老師的糖尿病情突然惡化，血糖高出了危險水平。十月廿一日後，老師出院在家療養。兩日後，老師身體雖然虛弱，仍堅持到一位相熟的中醫處診療。此後每隔數天，老師都會到有關中醫複診。開始時候，由我安排幾位同學駕車接送，由於老師行動需要旁人扶持，因此每次複診，都會有三位同學前來幫忙，而很多同學也都很想借此機會探望老師。這段期間，曾經駕車接送老師的同學，包括了楊貴康、吳學忠、李貴生、何杏楓和鄧城鋒等人；其他還有陳潔儀、霍玉英、張婉雯和鄭瑞玲等人，以及其他幾位不在我聯絡之下的同學等人。

第一次到中醫診所，我們早上八時即到了老師家裡，老師坐在一張特別為了他的行動方便而新買的棗紅色大躺椅上，除了有些消瘦外，可以看出老師精神相當飽滿，我們也盡量帶出輕鬆的氣氛，然而大家的心情不免沉重。那天，我扶持著老師下樓上車，至今我仍感到老師手掌的餘溫。一路上，老師都緊緊握著我的左手，這是第一次我和老師如此親近地坐在一起，親切地談話。倘若老師不是身懷重病的話，這種經歷該是多麼美好的記憶。路途上，黃師母坐在前座指引前往診所的路向，我突然意識到，老師身邊的這個座位應該是留給師母的，回程時我堅持請師母坐在老師身邊照料，此後大致都是如此。

在以後的回憶裡，年復一年，河上的倒影無數次映出男女往後歲月的波動流光，把恍如解體的人生一次又一次地打散在幽暗的水底。多風的海港，豐收的季節在岩砌的石板道上逐漸遠去，後來，許多人也遠去了，許多人病了。

愛與病，也許是一體的兩面。愛的現象是身體與反身體，以及兩者相結合又相互矛盾的一種展現，同時也是身體與性靈二律背反另一種展現。所謂真愛，可能就是純然的、純粹的、純真的意思。有了純樸的愛，才可能在張愛玲說的話裡找到愛的慈悲心。

中年是滾動的岩石，像戀人的觸角貼近四十以後的人生，一種寓意的生活。

這是一種脆弱之極的心靈。慈悲，有多少人能真正擁有？張愛玲也許只有在她的文字上有辦法擁有一丁點，而玄奘呢？達摩呢？

美學大師黑格爾說，愛不分古典與現代。自然，愛也不分性別不分城市與鄉土。然而，有慈悲，也許更能不分種族與性別，不分信仰與階級，一切歸於愛的慈悲或慈悲的愛。

因為慈悲所以懂得，因為愛，慈悲才得以結合。愛與慈悲的結合，這心態，是一種可以讓我從容通過苦難和哀傷的、其中一個最好的方式。

保存愛的慈悲心，贍養慈悲的愛心讓我們可以更加好的面對生，面對活，面對紛擾，善護我如今的中年，並引導我們未來的生活。我們都在追尋張愛玲說過的話：愛就是不問值得不值得。

生活的暖流如蜿蜒的心情水落如雪，沒人靠近我們的冰涼晶沁，幻覺回歸，一個沒有欲望的天地反而真實而可靠。我們感到安心，曾經的刻骨銘心在心靈的孤寂中獲得了，安息。

瘦姿

在老師證實患病之前不到一個月，我曾約了老師一起午餐。聚餐成為畢業後我和老師交往最多的一種方式。那一天，我們相約在九龍又一城的書店，見到老師的時侯，我做了一件我不曾做過的事：當我看到老師消瘦的身影出現眼前時，我走上前半擁著老師的肩膀說：

「老師，您怎麼這樣瘦了？」

這一句話，是我畢業後見到老師時就想說的一句話。雖然我感到老師的消瘦很不尋常，但總覺這樣和老師說話有些失禮不當，也就一直沒有說出口。那一天不知為何竟很自然的用了我的身體語言和問候對老師說了。中秋之後，我常感到自責，恨不早日說出心中真實的感受，讓老師對自己的身體有所警惕。我只是和他人一樣不疑有他：消瘦一向是老師回應世界的語言和身姿。

畢業後我和老師聚餐的時光，讓我得以和心中的嚴師走向亦師亦友的橋梁，這樣的時光，畢竟是那麼的少，那麼的珍貴。最後一次和他在外用餐，我向他推薦了劉再復伉儷最喜愛吃的一道家鄉菜，老師吃後也讚不絕口，一道普通的菜餚能做到如此可口美味真不簡單。那時候，我並不知道老師除了哮喘之外，還有糖尿病，每次餐後總是邀他喝糖水，而老師每次都沒有拒絕，他喝什麼我也點什麼，他喝糖水時顯得很開心。我特別記得有一碗酥桃糖水的香甜滋味，大概是那天早上才剛磨好煮好的，特別的香濃清滑，甜而不膩。那將是往後歲月裡我所懷想的一碗核桃露。

正因為我不知道老師有糖尿病，最後一次聚餐因時近中秋，我想買盒中秋月餅送給老師略表心意，但老師無論如何都不接受，當時還以為老師確實是不太喜歡月餅，而不願我破費。

那些被壓抑在銅綠苔莓下斑斑駁駁的心神，常在夜色裡燃燒起來。他的心界圖沒人知曉，逐年隱匿在隔年的銅綠苔莓底層，遺落在他的，心界裡。

一個絕無僅有的時代，早已悄悄隱沒消亡。沒有任何安慰可以撫恤未來未知的世界。在那個絕無僅有的年代，一如羅馬時期殿堂裡壯麗的科林斯柱上的雕像，華麗無價的大理石築起的公共講堂，代表了一個逝去的時代。我們是，路上的彳亍者，或許我們一樣也能夠感受到波特萊爾當年漫步在巴黎街道上的心情，眼裡看到的是，巴黎的憂鬱。憂鬱的巴黎，在惡之華和夜黃昏的骷髏舞之間，城市居民的流動就像移動的帷幕流過生命的，軌道。

我們漫步其中，彳亍者彼此透過彼此的生活去觀看我們所生活的城市，在永不下雪的一座城市的中心。

佛首雕像

手術後，由於老師深信有關中醫的診治，那段期間老師就只服食中藥。中醫師說，若不是這次手術，老師的病情在他的診治中，大概還可以挺得住兩年，他說他現在就有這樣的患者。每次我們來到那一間中醫診所，就會被診所裡遍布的「佛首」吸引，一尊尊身首離異的佛陀首級，像流放人間的蓮花化石，被散置在擠滿了求醫者的診所裡。

這些釋迦佛首來自遠古各個朝代，各種不同的石質、色澤、紋路、質感和各朝代的雕工，就像是病患者的臉色一樣各有不同。造型從髮髻、眼神、唇的笑意和臉的形態，也都不同，一尊尊像玩具一樣擺放在地上，一尊尊低眉微笑，注目眾生，特別有後現代的寓意。

由於老師的推薦，今年初，一向不看中醫的我因身患頑疾也去問診。第二天中午，傭人把煎好的藥帶到學院裡給我，服後一個小時，我站起身來，驚覺雙膝竟不受控制的微微彈跳，走路和上下階梯時膝蓋處都同樣不由自主地彈動；更糟的是拿杯子喝水時杯口竟不受控制的撞了門牙，手腳竟都不靈活起來，不受控制，顯示神經系統受到了干擾。我趕緊打電話到中醫師處詢問，卻碰上醫師午息時間找不到人。我走出辦公室活動活動，剛好碰到我的保險經紀，驚叫道：哎呀，林教授您怎麼臉色如此鐵青？我的頭開始昏痛起來，趕緊回家休息，折騰了一個小時後才聯絡上有關醫師，他說那是藥性太寒的關係，只要把田七拿了，其他六帖藥照常服用可也。

結果我昏睡了一天一夜，到第二天的傍晚時分，才感到四肢行動如常——其餘的藥，自然也沒敢再吃。但我沒有立刻把這件事向老師提起，擔心會影響老師的心理而有減藥效，直到下一次的複診時，我趁抓藥的空檔私下跑到藥鋪告訴師母，供她參考，看看是否有必要做其他選擇。

許多年後，老師那些在歐美日台等地做客的記憶，都落在他心界圖上，有如打理整潔的蓮池，裝飾著大都會的內在荒野。也許他如今各自身處的心理地點，同樣是白色的教堂，同樣矗立著鍍金的拱頂，同樣優雅的古老花園，同樣迂迴曲折的地下路線，在心界圖上都成為水月鏡花的思念，傳奇般，把恍如解體的青春打散在幽暗的水底。

我曾想去尋找老師閒聊時說過一些地方和城市，那些等待我到來的地方，也是少年時候所苦苦追尋的故事，相同之地，也是相約之地。從黯淡的年少時光起，我們就開始了黑暗祕密的追尋，追尋中的逃亡以及逃亡的人生，拖著，巨大的倒影橫穿曲折蜿蜒的歲月，甬道中。

透過彼此，我們在文本中重新建立了自我的形象，不論是在逃亡或追尋的生涯中，我們的身心都受到啟迪的洗禮。這也是我的成人禮祭祀，一個新的戒碑，一種召喚，一種銘寫，穿透在追尋、疾病，和逃亡的，路上。

在我心靈史和書寫史上，銘刻著不知名的神祕圖騰，常有不知名的部落族長，以各異的神奇圖騰，繕寫現代人的另一種創作，一種真正的大寫的，身體文本。

紅樓夢醒

這一次驚魂事件，讓我對有關醫師的信心大打折扣，心下很惘然，但沒再對任何人提及。那段期間我再次翻閱著《紅樓夢》——我是最近才發現原來每次翻閱此書時，我的情緒都十分低落，而在夜深人靜中重讀，常常都會痛哭一場。那一回我翻到寶玉深感生離死別的那一章，看著寶玉在不得解脫之下，一逕往蕭湘館走去，一進門就對著正在梳妝的黛玉放聲大哭起來，說道：「活著真真沒有趣兒。」後來他讀到曹操的〈短歌行〉，一句「對酒當歌，人生幾何」，讓他感到無限刺心，然而很快又被王羲之〈蘭亭序〉中一句「放浪形骸之外」所開解。好一句放浪形骸之外，在寶玉心頭迴旋不已，旋即轉入我的心海。人生走到某一境界，不就是這一種放浪形骸的生命智慧嗎？

在幾次接送老師複診的經歷，我在同學的眼中看到香港病了，香港社會的絕症已經擴散到這一代了嗎？香港社會到底哪裡出了什麼問題？怎麼身邊這些青年才俊，一個個不是博士就是碩士而且還是年輕的作家，卻都落得如此地步？人在現今社會中不斷地忙，不像是生命的靈物，而是機械異物。在老師的病情外，這社會異象暗暗的觸動著我。許多人似乎都生活得並不快樂。不快樂的人，是容易生肝病的，我最近常想。

常常，在前往老師家的途中，時有人會說起近日的工作如何如何的忙，有一次，楊貴康突冒出一句：老師問起時，千萬不要在他面前提起我們很忙。大家突然沉默不語。我心想，他也是一個心細的男人。

老師轉到中醫診治後的那個星期，有一天來電要我到他家去陪他，因師母已有三兩個月沒回公司，想回去看看，不放心老師一個人在家。剛好那天下午我有兩節的講堂，因此只能上午過去。那天早上，我記得陽光很好，天氣並不冷，老師看來相當輕鬆，不過他和我談了一會，就有點倦意而到睡房休息去了。我坐在老師家沒事，翻了老師手邊正在看的一些書，後來拿出當天下午的講義來看，不久老師從睡房出來，我手中正拿著講義站在客廳中來不及收拾，心中暗叫一聲不好，很擔心這會徒增他不必要的心理負擔，很是懊惱。

後來，我在老師睡房門外打坐了一會。靜坐，也是我和老師最後一次聚餐時所談到的話題。老師素有氣功調息修練，談起打坐有他一套的看法和體悟。我和老師分享靜坐的經驗，說我學的是來自印度的一種和「七輪」理論有關的靜坐法，他即指出那是屬於禪宗的一派。我請教了一個打坐中所遇到的問題，在第七的頂輪之下的額頭間我常有一股氣感聚集，自嘲道：難道我已接近打開頂輪之門？老師叫我不必擔心，可能個人資質有所不同，並說出幾個我所不知道的西方詩人的名字，說有些詩人懷有靈異能力，甚至通靈。

色彩極盡繽紛的夢

由於老師少談自己，因此我們的話題除了香港教育與文學以外，不少都和我的生活有關。老師對自己的生活，只提到他退休前後常讀《古蘭經》，研讀各種不同翻譯版本的經文，談起時神采奕奕，大有在釋道以外覓得了第三種思想哲理的空間。《古蘭經》中優美的經文，其藝術之深奧至今仍被視為不可翻譯的文字。這使我記起小時候在馬來鄉村中，我常有機會和鄰居長老的孫子（我的這一位童年異族玩伴，小學還沒讀完就在車禍中不幸早逝了），一起坐在高腳屋的大廳裡聽伊斯蘭教義的情景。

那一天我在老師家裡打坐，是被來為老師準備午飯的傭人的開門聲所中斷的。那時候，老師還可以進食，精神也很好，吃得也多，可以吃魚和素菜，但不吃肉類，怕不好消化。那是我最後一次和老師共進午餐的時光，窗外有陽光照進客廳，餐桌上並不開燈。我注意到老師的生活很簡樸。他寧願自己不便些，也不想傭人服侍得更周到些，「這樣，她（傭人）可以省一些事。」

我聽說作夢能夠看到顏色的人，是有預言能力的，但我不願相信。然而我有時候會在充滿色彩的夢中感到幸福的美好，夢中的色彩遠比現實的更能觸人心扉。然後老師問起我的寫作計畫，我談起我的第三本詩集的構想；老師說他喜歡我的詩，並答應為我的第三部詩集寫序。而在學術課題上，由於教學的關係，我原本計畫研究古典小說的敘述學，但老師認為來日再轉向古典文學領域不遲。老師不但在學術上給了我寶貴的意見，在私人情誼中更鼓勵我早日振作起來，而我的際遇已可看出紫微坐命的王者相，實不該消沉不振。我近年來的生活，和心事，不論長輩或同輩中只有老師最能體貼明白我。在我破裂的婚姻生活中給了我不少精神的撫慰，那三年當中的人生曲目，我自喻自己穿越了內心荒原的生命丘壑——當老師看著我走過這一段幽暗歲月，卻不知他自己也正遭遇著可怕的病變。

老師的病情，在去年十二月底我到北京開會後，一月中回港再次見面時，情況已有很大的變化。我從大門外一眼就看到老師沉瘁的臉色，心中一震。原來老師數天前跌了一跤，雖然老師當時手持枴杖，但仍不支跌倒在地，頭部受創而無法行動，情況很是令人擔心。

說到底，病患者都是孤獨的孩子。

他演繹了生命中的本真自我，而在他文本中擺脫了世俗自我。他跳脫了現實世俗的角色，而在文人的部落中善養浩然之氣，以孤獨而冷觀的心態觀世界之隱喻觀宇宙之變化，觀自在之自我。

波特萊爾是孤獨的詩人，寫出彳亍的現代人如何在彳亍中成為孤獨者。我們可能也是這樣的孤獨者。在詩中傷懷，有一天我們病了，不可挽救的病了，然而孤獨者的歲月永不消失，消失的是自己。

我們注定帶著一生的夢幻，最終與夢幻的肉體，告別。

探望

不久，老師再次入院已是今年農曆新年初九下午，在這之前，我原已約好當天到老師家裡去探望的。我特地安排了去年生日剛相識的新女友一起過去探望老師，用意在於讓老師毋需為我的情感掛心，不料清早就接到師母來電說，老師當天的狀態不太好而取消了約會。幾天以後，我從師母處得知老師入院後，病情顯然已經好轉，特別是仙逝前的最後一天，老師可以吃得比平日更多，胃口大開，半日的食量幾乎就等過去幾天的分量。我心中想，這樣很快就可以再去探望老師了，沒料到第二天上午就傳來噩耗。接下去幾天的講堂課，我都要學生們和我一起默哀才開始上課，算是我對老師的一種追思。

好不容易才等到三月十六日，老師移靈殯儀館，當天下午我和幾個同學約好到場館幫忙，早上卻發現我書房裡一隻紫藍色玻璃闊口大瓶，裡面用水栽法種著幾株原產自中美洲熱帶森林的白鶴芋，不知何故竟然出現裂縫，水珠滲漏滿地，手一碰，玻璃便順著裂紋碎為數片。除了周恩來生前所曾喜愛的白鶴芋以外，書房陽台上的三株盆景，原本時近春節而新綠盈然，特別是其中長得雄逸蒼勁的附石樟，滿樹的春意卻在一兩夜之間凋萎，枯枝禿頂，令人神傷。

死亡的來臨，原本不應讓我們感到悲傷，哀傷也不會選擇自行離去。死亡是生命中一個全方位的現象，不可替代的必然之命運。他或許是存在主義的最後代言人，通過個人主觀的內省思考，生命意義對於我們個人才有作用，也才能掌握生活的內在價值與變化。

傳說，我們臨終前會有精靈來到我們心中。這精靈以無形之象撫慰病痛之靈，以大音希聲之召喚，帶靈魂預觀未來將要前往的地方與事物。在我們真正死亡之前，讓我知曉死後所要發生的故事，以大象之形呈現我們一生中所未能寫出的大寫文本，讓我們能夠在死亡來臨的最後時刻好好證悟自己的心靈。這是最後的精神覺悟之路，到頭來我們都無法拒絕死的恐懼，脫離生死的不自主，而有了真正自由的生命，在生命最後的時光。

在我得知老師手術失敗的那一夜，我在書房裡重複聽著 Hakan Hagegard 的經典曲目，雄渾悲壯的男中音的歌聲起自巨肺的深處，歌聲中彷彿漂浮著千鈞的淚。而在老師離去的那一天，我同樣在書房裡坐著，整日聆聽佛瑞的安魂曲，簡潔靜澈的法蘭西風格帶著祭悼眾生的深邃感懷，沉鬱的流竄在異常的空間中，八方遷流移盪。我回想九三年秋我初次來港，因港大和中大同時錄取了我而不知該到哪一間大學就讀的時候，我和老師一見如故，並知悉老師原來和熱愛張愛玲的唐文標是生前好友，兩人曾經透夜不眠從尖沙咀走路到九龍城寨，暢談人生抱負。老師在談笑中收我為徒，我也很欣然的來到中大，在老師的指導下鑽研張愛玲，至今更加感到我做對了選擇。

老師對待學生的態度一向十分嚴謹，我也視老師如嚴父，每次見面談論課業總是戰戰兢兢，如履薄冰，但老師待我有一份無言的放縱和厚愛，對我有一種和對待其他同學所沒有的寬厚，更准許我兩年多即提報論文答辯取得學位。

當年老師和我素未謀面，竟破例收我入門。老師離世後，有人稱我為老師的大弟子和大師兄時，我才知道原來老師教學卅餘年中並不喜收研究生。在我之前，聽說老師只指導過的一兩位博士生，乃是從其他老師半途轉去的——但我沒有就此事向當事人求證；這使我更覺得我們的緣得之不易。

在老師病中，我曾多次在浸會系裡遇見鄺健行老師，鄺老師和黃老師在中大曾經共事多年，他非常關心黃老師的病況。有一天突然告訴我說：「你老師的病在我們同輩之間造成非常大的衝擊，忙碌一世換來如此晚景，不知人生何價。」

人生何價？或許需要有浮士德的情懷，坐在金字塔前閱盡諸民族的興亡、戰爭、和平、洪水氾濫，都可以若無其事。

一生何求？生命卻如此匆促與脆弱。逝者已矣，誰與我遊兮，吾誰與從，渺渺茫茫兮，歸彼大荒。老師出殯當日一早，眾人還未來到禮場之前，我站在老師靈前上香，念及老師膝下沒有兒女，也為了表達內心的敬愛，我含淚行了三跪九拜之禮。我知道如果不做，日後必當懊悔莫及，我獻上心中的輓聯，心原荒阡的，一縷情感：

道範千秋名不朽

博文約禮仰恩師

籤語

盧梭去世後，我們在他家裡發現了他留下的二十七張舊紙牌。這些紙牌的背面寫著作家的一些草稿、語句和提綱式的預言。翻開紙牌一，正好說出我想寫的文字：

如果想名副其實真正寫好這本書，我在六十年前就該動筆，因為我的一生就是一串長長的遐想。

我的遐想也是長長的一串串文字。這裡的文字和題辭，其實有點像是此類紙牌的代替物，一種轉喻。

紙牌，西方叫撲克牌，中國古代唐時叫葉子，也稱小牌，是日後麻將的先祖。原是娛樂的代名詞，在盧梭的手中變成心語的載體，是心情和文字的隱喻。

紙牌隱喻了題辭。隱喻，應可視為本書的核心意念。我筆下的題辭，隱喻了文本內心的引申語境，道出書本的衍生喻體。隱喻也就成為本書的寓言。我只是他的一種隱喻面具，就像他是你的另一種代喻，在文本潛意識的場域中說出我們祕密的生命代碼。

不管是初次寫作的作者或是內行的讀者，我們最終將會帶著一把隱喻的鑰匙試著解開生之隱喻，開始及完結我們自己平靜或絕望的生活。

少年時，讀曹操的〈短歌行〉，我們可能只對「對酒當歌，人生幾何」，再到「青青子衿，悠悠我心」之句動容；如今人到中年，突然看到詩中原來還有「憂從中來，不可斷絕。越陌度阡，枉用相存」之語，感悟更深。

杜甫在〈敵武衛將軍挽詞〉曾寫下「哀挽青門去，新阡絳水遙」。此中「新阡」，在詩中泛指田間小路，而在本書裡可以解讀為靈／性的新阡，新方向，直指「心籤」。而此籤文，乃借《紅樓夢》的寫法幻化為另一種甄士隱和賈雨村，提綱挈領，通往隱喻的道路。

關漢卿《竇娥冤》亦有「古陌荒阡」之語，同樣令我有感於懷。荒阡野陌，新阡舊魂，千年的越陌度阡，也許正是本書中性靈無界的阡原陌地。

新阡，古陌。落日。

古陌荒阡裡有平靜也有絕望，《孤獨漫步者的遐想》就說過讓作者與讀者在回憶中尋找性靈的安寧與歡樂時光的片段吧。這座沒有歷史感的城市，地平線的內景深處，無名一代人的內心荒原上，野草在明與暗、生與死、過去與未來中生長，愛者與不愛者仍然獨自，遠行。

這裡的文字，包括的文體和風格都有點離經叛道，有點，大膽探索的意味。這裡的性／靈，也許是生命的核心，是構成身體與心靈最重要的本質之一。然而，如今的現實是，愛的性靈消失在中年的日常生活中慢慢經受人性的稀釋。愛與性靈，大概是一隻在北極飄島迷失了方向的北極熊，一隻在南太平洋北方孤獨漫遊二十年的鯨，一座尋遍非洲撒哈拉沙漠偏遠部落的駱駝圖書館。

性與靈的撞擊，完成了本書的洗禮與錘鍊。《人間四月天》裡徐志摩有一段性靈理念的獨白：「我不求自身的完美，但求性靈的純粹」，道出五四時代新一代人堅定不移的性靈追求。

「當生命向我索取代價，我願償付以我的生命；當愛向我索取代價，我願償付以我的愛。我不求自身的完美，但求性靈的純粹。在道德和真理之間，誰能丈量？除了愛，我的信仰已然建立，再不能被任何取代。」

假如愛是一種傷害，我們不會選擇婚姻。假如傷害是一種生活，我們也許也不會選擇寫作。從中學時代起，我就渴望開始無拘束的寫作生涯。後來，我卻成了大學教授，在壓制文學的大學體制中，離文學越來越遠，隱隱也有了吶喊。許多你我他，像盧梭的紙牌像魯迅內心曠野的野草一般，和我一樣開始了無名一代的文本與隱喻的建構工程：一百年後的中國，不但有吶喊，也有更大的徬徨；有漫步，也有更多的遐想。

不管是作者或讀者，我們都有自身獨有的，心籤。

我的書寫，就是始於這樣一個隱喻。

一切隱喻，都有待重新，開始。

寫作
在真理棲居的黑暗國度
摸索前行
人並沒有真知
人不過只是前行
我合起雙眼追尋我的感受
感受從不引人誤入歧途
我不是那種喜歡黑暗的人
我只是身處黑暗之中
通過生存於黑暗往返於黑暗
把黑暗付諸於文字

——西蘇

散文想要殺出一條血路，需要有大視野大氣魄，大性靈。文體和風格的離經叛道，正是發生之所以發生的源頭，也許也是寫作之所以寫成之內因。也許有人會說，這書是我試圖對散文書寫拋出的文體炸彈。在表現的形式、語言和結構等方面，尋找新的寫法和表現手法。對於某些經典，則舉一反三，觸類旁通。

大膽探索，筆鋒越軌下新寫法可能是散文史上從來沒有人做過的表現手法：我在文章中創作出另一人物：「林幸謙」。

這也許是一個自傳體的，敘述者的另類文本生活，一種超文本、超文典的建構工程。我利用散文這一文體空間，書寫了一位同樣也叫「林幸謙」、林教授、小林等別號的人物，運用各種他人的故事和事蹟，希望成為本書的一個新亮點。可以視為一個較新、較佳的宣傳要點之一。

這想法早在十多年前就已經在進行，然而卻一拖再拖，至今。後來，莫言在他的紅樓夢文學獎得獎作品《生死疲勞》中，也寫了另一個莫言，那時我還沒有成為紅樓夢文學獎的召集人。後來，我做了召集人，另一個紅獎得主閻連科的得獎作品《日熄》，書中也有另一個閻連科這樣的寫法。這已是近年的事了。當然，可能其他還有我所不知道的作者吧。

一般在小說中有散文化的小說寫法，這裡則用了有點故事性或小說化的散文寫法，但故事成分不多。

小說作家一般怕被人對號入座，害怕讀者說某些內容是作者自己的真實經歷，而常說明小說寫的是別人的故事與己無關；相反的，散文在傳統上將作者等同於文章中的敘事者，無法迴避，導致散文作者發揮空間較小。散文作品中若有不符合作者本身的內容，更受到不真實的非議指責。這種寫實的基因，讓散文變成紀實文體而非真正的文學概念：文學的基本定義之一，正是虛構。

假如他不是幸謙，假如幸謙不是作家不是學者，只是一個男人，只是一個籤符的書寫者；他將不是她，她也不是另一個他，也就沒有他與她的位置，自然也沒有我的位置。

這是他的籤語。林幸謙，寫下了他的假語村言，也做了甄士隱的角色。

或許，這就是我們的生活文本。我們，不論是讀者或作者，其實都無路可走了。我們只能過一種直接而殘酷的、沒有文本的真實生活。

這本散文集原來的構想是，全篇用散文的傳統第一人稱敘事視角「我」，而在這第一人稱「我」之下，不只是「作者的」我，也包括現在這書裡的其他人物的敘事內容；然而，後來為了顧及全書內容可能造成混亂，因此改為現今以不同人稱視角的寫法。

因此，本書通過敘述觀點的多元轉換和書寫模式，拓展散文的文本敘事空間。散文中的敘事者並非完全等同於作者不可，在此定義下，作者已被敘事者所替代，以一種「隱匿作者」（implied author）的形式暗藏於文本中，間接為讀者提供訊息。

這些個人的關係，可能也只是另一個相似的替身，那也只是為了尋求文本與真實生活中有個可供隱喻安居之所，尋求並不存在的那個可能的自我，也許她是想像中的自我。

本書的敘事人稱視角除了傳統的散文寫法，第一人稱「我」外，也加入其他敘事人稱視角的運用，如「他」、「你」等。在男女作家的白色筆墨中，性別的死亡改變了文本的本質，改變了我，改變了「我」所有可能的幻化空間。

名字和人稱代名詞，在主格、受格和所有格，以及單數和複數之間變體，成為本書的隱喻形式之一。你我他，在修辭轉義中獲得了新生命。

雖然敘事人稱做了調整置換，但內容都是以真實的為主，藝術加工，文學化想像與隱喻工程之外，其中可能並不是作者本人的經驗，卻也是轉移了他人的真實經驗。將其他人／非作者的真實經驗寫入散文之中，從而讓散文有更大的發展空間，並在這基礎上，再進行藝術加工、象徵工程、意象經營、陌生化等文學書寫建構。

因此，這本書中所寫的，有些曾經發生在個人生活中有些發生他人身上，甚至發生在歷史中或未來將會發生的故事。如果能夠，我希望把發生在心靈中發生在記憶中發生在想像中的，也都寫出來，寫出我內心的另一個自我，想像中的自我，文學的自我，文化的自我。

有些事，只發生在想像中，有些只發生心靈空間裡。這是令人沮喪，或是足以令人興奮的事呢？

全書有形式上的結構，也有主題和題材上的結構，並顧及內與外的因素。除字型與表現形式的不同各有不同的功能外，敘事視角方面主要以老師／學生兩個視角出發，人物原型涉及老師、學生（自身），老師的女伴，女伴的女伴，以及學生的女伴和友人等幾條主線展開。基本上都是象徵性人物，並非專指某一老師或某一人。

晚風。疏影。邊界。

我成為他人，有時扮演了其他的女人與男人，成為與她或他所不同的各種女人與男人。

性別轉移以後，想像的自我成為可能，成為文本的性別。她成為他，妳成為你，也成為我。

是昨天，也是明天。昨天我也來過了，走進自己。今天醒來，西蘇也來過了，走進我。明天，另一個她或他會走進了我們的生活圈。我們來到歷史與性別的交界的潛意識層，窺探我們之間的你／妳，在書寫中無限地超越自己，超越任何極限的邊界。

寫作的故事最初是始於自我的地獄／始於我們內在的原始而悠遠的混沌／始於我們年輕時曾與之搏鬥過的黑暗力量／我們也正是從那裡長大成人／不論這是座真實存在的地獄抑或僅僅是潛意識中的地獄／從這地獄中浮現而出的乃是天國／在天國裡，你無形、微末、無著無落、無可歸屬／你感到自己壞，甚至有些邪惡。地獄就是自我／天國不是安息之所，而是永無靜止、永不間斷的長途跋涉。

——西蘇

西蘇的陰性寫法，後來被一個男性所模擬所盜取。

正如西蘇的陰性書寫的主張，書寫必須出自性別的經驗。然而，除了女性書寫女性男性書寫男性最獨特的核心價值外，我們也可以解構男女兩性的特質；反過來以穿越兩性的視角去進行不同的兩性書寫。

從而解放兩性中巨大的潛意識源泉，使女性和男性從遠處從深處從無有中回來。西蘇從女巫還活著的荒野回來，從男性逼使她遺忘並宣告其永遠安息的童年回來。

而我也從一度失去的自我版圖中，回來。

今天的作家，性別，或許不再像西蘇那一世代那麼的關鍵與重要了。作家已不用黑色或白色的墨水寫作。我們在新科技的電腦鍵盤上，也許性別早已經消亡。

觸及內心的寫作同樣需要深入潛意識層的場景，我們所要說的一切，原本都是其他人想對我們說的話，只是用了我的或者她的名義去說，或用另外一個名義表達一種異鄉學人原本之語。

這本書中原本暗藏一些類似遊戲的表現形式與內容，設計了一些謎題，一些沒有謎題提示的文字遊戲（周英雄和閻連科看出了其中一些）。其他如章節起始都有一段引詩，用了括號，卻沒有標明是誰的詩句。在這裡括號本身就是一種暗示，或者一種標明，顯示括號中的引詩也許另有「隱情」。而我，已在有關的章節中的某處，以文本／正文的形式告知讀者。開始時，只是非常晦澀的方式，後來為了避免引起誤會，我幾乎放棄這種遊戲式寫法。不過，最後仍保留一些有待讀者去玩味的東西，留待讀者去尋找與揭示。

本書以新文體思考當代都市中上下兩代知識分子與學者，以及男與女對於現代生活中的各種觀感。

一個世紀以來，散文沒有像詩、小說或戲劇那般標榜各種主義與新思潮，而散文的實驗性質和前衛性也一向不如小說、詩與戲劇。當現代詩、現代小說與戲劇的各種書寫模式演變潮波飛湧之際，其他藝術類型如繪畫、音樂、電影等觀念的創新和嬗替，亦層出不窮。

唯獨散文的步履顯得滯緩沉痾。

早在九〇年代中，我在散文研究中提出當代散文作者不應完全和文中的敘事人稱視角「我」等同起來，如此當代散文才有望拓展出更大的文學發展空間。當代散文，理應和詩、小說與戲劇等文學享有多元化的發展形式。

在傳統上，散文是一種充分允許作者在文本中表現自我的文類。從而構成一種充分為作者而開放的體式，專為作者而設計。從文類角度而言，「文中有我」或「文如其人」的體制要求雖是散文和小說、詩和劇本最顯著的差異點，但無疑也局限了散文發展的空間。

因此，本散文集敘述觀點的轉變，為散文體式的轉變與擴大，不再固守舊有的窠臼。我在這本散文著作中，為了解構散文狹義的「紀實」傳統敘事形式和打破散文只寫「自我」的局限，做出了嘗試更新與創新的努力。同時也是為了建構異於傳統散文書寫的敘事策略，嘗試重新定義散文的書寫模式，力圖突破重圍。

本書因而有意在感性以外也運用文學理論的互文本理念寫一些新式文體。一方面從西方作家的詩句中重寫每一篇相關的主題，另一方面從理論文字中尋找相關主題的文字「互寫」，以隱喻的形式互相推擠相互併吞互為裡表。這些嘗試性的互文本散文書寫模式主要只在題辭中試探性發揮。由於是新的嘗試性寫作，以免讀者不明所以而誤解而略加說明。此種互文本空間仍然很大，日後應會越來越受到重視，並對文學寫作帶來革命性的影響也說不定。

據此，本書自然也注重當代散文應如何「重建整合」與「創新開闢」。這種反思工作的重要意義，除了思索和開創散文的新道路之外，重新思考和重新定義散文的意義，也將為散文作家試驗新寫法提供理論根據。

在文學上，我們已來到沒有理論座標的年代。

在生活上，現實空間已在互聯網路之中被稀釋滲透，虛擬與現實生活互涉對半。

在書寫上，也許還有更多新空間新寫法有待開發和創新。

文學，徬徨於無地。魯迅很早就說過，作家不過也只是一個影，像雨的精靈，像精靈的幻影。文學的寫作，也許不過如此，別無深意，作者設置了一種文學意象的籤文，建構全書。

這些籤文，和我們，以及我們的影子沉沒在無名一代的暗影中，自我也在缺席中看到了自己的影意。也許，我們都不願在黑暗無明中等待末世預言的籤文，不如，讓我們帶著我們內心獨有的影子，在希望與絕望的兩極之間，等待性靈的重生吧。

一切的意義，也許只有在沒有影的黑暗裡才能向我們道出我們所不知道的隱喻，和心籤。

不如，我們在影意的世界中生活吧。

不如讓我們捨棄虛擬世界之無限與有限吧。

此刻，寫到這裡我已在隱喻中走過了我的心籤之路。

這一段穿越愛情的死亡之路，真相就是我們來到這世界就沒想過要，活著回去。不如，我們徬徨於隱喻之中，用我們的影子寫作吧。

我們，只是活著的某種性靈之光影，也許。

我不願意，我不如徬徨於無地。我不過一個影，要別你而沉沒在黑暗裡了。然而黑暗又會吞併我，然而光明又會使我消失。然而我不願徬徨於明暗之間，我不如在黑暗裡沉沒。然而我終於徬徨於明暗之間……

——魯迅

INK PUBLISHING 文學叢書 535

靈／性籤

作者	林幸謙
總編輯	初安民
責任編輯	林家鵬
美術編輯	陳淑美
校對	吳美滿　林幸謙　林家鵬

發行人	張書銘
出版	INK 印刻文學生活雜誌出版有限公司 新北市中和區建一路249號8樓 電話：02-22281626 傳真：02-22281598 e-mail:ink.book@msa.hinet.net
網址	舒讀網 http://www.sudu.cc

法律顧問	巨鼎博達法律事務所 施竣中律師
總代理	成陽出版股份有限公司 電話：03-3589000（代表號） 傳真：03-3556521
郵政劃撥	19785090 印刻文學生活雜誌出版有限公司
印刷	海王印刷事業股份有限公司

港澳總經銷	泛華發行代理有限公司
地址	香港新界將軍澳工業邨駿昌街7號2樓
電話	852-2798-2220
傳真	852-2796-5471
網址	www.gccd.com.hk

出版日期	2017年 5 月 初版
ISBN	978-986-387-157-6
定價	380元

國家圖書館出版品預行編目(CIP)資料

靈／性籤／林幸謙 著. --初版.
--新北市中和區：INK印刻文學, 2017. 5
面； 14.8 × 21公分. --（文學叢書；535）
ISBN 978-986-387-157-6 (平裝)

855　　106003480